大家小文

[遗世独立]

④

杜志建／主编

汕头大学出版社

目录 Contents

「最故事」

宗月大师 / 老舍	002
蹦蹦跳跳的游戏 / 余华	006
阿菊算命 / 简媜	010
打错了 / 刘以鬯	014
石榴 / ［日本］川端康成	017
一个孩子的星星梦 / ［英国］狄更斯	021
香伯 / ［新加坡］尤今	025
街头三女人 / 木心	028
龙虾复仇记 / ［美国］伍迪·艾伦	032
野蔷薇 / ［日本］小川未明	036
狐狸的母爱 / ［加拿大］欧·汤·西顿	039
小猎人 / ［波兰］布鲁诺·舒尔茨	044
沙滩 / 废名	048
两分硬币 / ［日本］黑岛传治	052
看画 / ［美国］马克·吐温	057
小王子 / 周芬伶	060
獾鼻 / ［苏联］康·帕乌斯托夫斯基	064

风雪夜缘 / 方英文　　　　　　　　　　067

战马 / [英国] 麦克·莫波格　　　　　071

半张纸 / [瑞典] 斯特林堡　　　　　　075

罗生门 / [日本] 芥川龙之介　　　　　078

两个得到安慰的人 / [法国] 伏尔泰　　083

「黑 幽 默」

狗事 / 陈忠实　　　　　　　　　　　086

青龙偃月刀 / 韩少功　　　　　　　　088

审丑 / 严歌苓　　　　　　　　　　　091

物质还原 / 黄永玉　　　　　　　　　094

忙碌经纪人的浪漫史 / [美国] 欧·亨利　　098

保护人 / [法国] 莫泊桑　　　　　　　102

一个豆荚里的五粒豆 / [丹麦] 安徒生　105

华威先生 / 张天翼　　　　　　　　　109

强盗的苦恼 / [日本] 星新一　　　　　112

胖子和瘦子 / [俄国] 契诃夫　　　　　116

路灯和我们的街 / [土耳其] 阿·涅辛　119

我是小偷 / [印度] 拉斯金·邦德　　　122

广告的受害者 / [法国] 左拉　　　　　126

小鬼如何将功抵过 / [俄国] 列夫·托尔斯泰　129

河里漂来的幸福 / [日本] 岛田洋七　133

寻根者 / [智利] 聂鲁达　　　　　　　136

刻在树上的记号 / [日本] 都筑道夫　139

巴尔塔萨的一个奇特的下午 / [哥伦比亚] 马尔克斯　142

走开! / [法国] 玛格丽特·杜拉斯　　146

七信使 / [意大利]迪诺·布扎蒂　　　　　　　148
安居 / [法国]都德　　　　　　　　　　　　153
扫出来的兴 / 温瑞安　　　　　　　　　　　156

[狂人说]

童言无忌 / 张爱玲　　　　　　　　　　　　160
大地上的事情 / 苇岸　　　　　　　　　　　165
密思 / 亦舒　　　　　　　　　　　　　　　170
镜子与面具 / [阿根廷]博尔赫斯　　　　　　173
向书致谢 / [奥地利]茨威格　　　　　　　　177
摆渡 / 高晓声　　　　　　　　　　　　　　180
两百年后的世界 / 刘慈欣　　　　　　　　　182
时间断想 / 赵丽宏　　　　　　　　　　　　185
对潘西中学的告别 / [美国]塞林格　　　　　188
巴黎隐士 / [意大利]卡尔维诺　　　　　　　192
同居者 / [马来西亚]黎紫书　　　　　　　　195
榕树与公路 / 许达然　　　　　　　　　　　197
沙漠 / [法国]纪德　　　　　　　　　　　　200
我的梦中城市 / [美国]德莱塞　　　　　　　203
死 / [日本]黑泽明　　　　　　　　　　　　206
信仰 / [日本]武田泰淳　　　　　　　　　　210
读书是一种享受 / [英国]毛姆　　　　　　　212
裁判所 / [英国]王尔德　　　　　　　　　　215
我在 / 张晓风　　　　　　　　　　　　　　217
煤桶骑士 / [奥地利]卡夫卡　　　　　　　　220
树桩 / [德国]于尔克·舒比格　　　　　　　223

山·注视 / [法国] 勒克莱齐奥　　　　　　　　226
老鼠应该有一个好收成 / 刘亮程　　　　　　230

［无概念］

我不想去上学了 / [土耳其] 奥尔罕·帕慕克　　234
一滴水经过丽江 / 阿来　　　　　　　　　　237
野店 / 臧克家　　　　　　　　　　　　　　240
莲池老人 / 贾大山　　　　　　　　　　　　244
猫冢 / 宗璞　　　　　　　　　　　　　　　248
断崖 / [日本] 德富芦花　　　　　　　　　　252
看人 / 贾平凹　　　　　　　　　　　　　　256
晒月亮 / 池莉　　　　　　　　　　　　　　258
太阳的话 / [日本] 岛崎藤村　　　　　　　　260
水 / [法国] 弗朗西斯·蓬热　　　　　　　　263
山羊会有的一生 / 李娟　　　　　　　　　　265
爱吃的女人 / 蔡澜　　　　　　　　　　　　269
在广阔的荒野中 / [日本] 村上春树　　　　　272
湖 / [瑞士] 罗伯特·瓦尔泽　　　　　　　　274
怀表，很老很老了 / 骆文　　　　　　　　　277
春联儿 / 叶圣陶　　　　　　　　　　　　　279
在森林里种首歌 / 张曼娟　　　　　　　　　282
饿 / 刘半农　　　　　　　　　　　　　　　285
深夜 / [俄国] 布宁　　　　　　　　　　　　288

「最故事」

夜里的街道
空旷
突然飘起了两把伞
试图进入
某人的梦里

宗月大师

老舍

在我小的时候，我因家贫而身体很弱。我九岁才入学。因家贫体弱，母亲有时候想教我去上学，又怕我受人家的欺侮，更因交不上学费，所以一直到九岁我还不识一个字。说不定，我会一辈子也得不到读书的机会。因为母亲虽然知道读书的重要，可是每月三四吊钱的学费，实在让她为难。母亲是最喜脸面的人。她迟疑不决，光阴又不等待任何人，荒来荒去，我也许就长到十多岁了。一个十多岁的贫而不识字的孩子，很自然地会去做个小买卖——弄个小筐，卖些花生、豌豆、樱桃什么的，要不然就是去做学徒。母亲很爱我，但是假若我能去做学徒，或提篮沿街卖樱桃而每天赚点钱，她或许就不会坚决地反对。穷困比爱心更有力量。

有一天，刘大叔偶然来了。我说"偶然"是因为他不常来

老舍（1899—1966），男，原名舒庆春，北京人。中国现代著名作家。曾被授予"人民艺术家"称号。主要作品有《骆驼祥子》《茶馆》《正红旗下》等。

看我们。他是个极富的人，尽管他心中并无贫富之别，可是他的财富使他终日不得闲，几乎没有工夫来看穷朋友。一进门，他看见了我。"孩子几岁了？上学没有？"他问我的母亲。他的声音是那么洪亮（在酒后，他常以学喊俞振庭的《金钱豹》自傲），他的衣服是那么华丽，他的眼睛是那么亮，他的脸和手是那么白嫩肥胖，使我感到我大概是犯了什么罪。我们的小屋、破桌凳、土炕，几乎禁不住他声音的震动。等我母亲回答，刘大叔马上决定："明天早上我来，带他上学，学钱、书籍，大姐你都不必管！"我的心跳起多高，谁知道上学是怎么一回事呢！

第二天，我像一条不体面的小狗似的，随着这位阔人去入学。学校是一家改良私塾，在离我家有半里多地的一座道士庙里。庙不甚大，充满了各种气味：一进山门先有一股大烟味，紧跟着便是糖精味（有一家熬制糖球糖块的作坊），再往里是厕所味和别的臭味。学校在大殿里，大殿两旁的小屋住着道士和道士的家眷。大殿里很黑、很冷，神像都用黄布挡着，供桌上摆着孔圣人的牌位。学生都面朝西坐着，一共有三十来人。西墙上有一块黑板——这是"改良"私塾。老师姓李，一位极死板而极有爱心的中年人。刘大叔和李老师"嚷"了一顿，然后教我拜圣人及老师。老师给了我一本《地球韵言》和一本《三字经》，我于是就变成了学生。

自从做了学生以后，我时常到刘大叔的家中去。他的宅子有两个大院子，院中几十间房屋都是出廊的。院后，还有一座相当大的花园。宅子的左右前后全是他的房屋，若是把那些房子齐齐地排起来，可以占半条大街。此外，他还有几处店铺。每逢我去，他必招呼我吃饭，或给我一些我没有见过的点心。他不因我是一个苦孩子而冷淡我，他是阔大爷，但是他不以富傲人。

在我由私塾转入公立学校的时候，刘大叔又来帮忙。这时候，他的财产已大半出了手。他是阔大爷，他只懂得花钱，而不知道计算。人们吃他，他甘心教他们吃；人们骗他，他付之一笑。他的财产有一部分是卖掉的，也有一部分是被人骗了去的。他不管，他的笑声照旧是洪亮的。

到我中学毕业的时候，他已一贫如洗，什么财产也没有了，只剩了那个后花园。不过，在这个时候，假若他肯用用心思，去调整他的产业，他还能有办法教自己丰衣足食，因为他的好多财产是被人家骗了去的。可是，他不肯去请律师，贫与富在他心中是完全一样的。假若在这时候他不再随便花钱，他至少可以保住那座花园和城外的地产。可是，他好善。尽管他自己的儿女受着饥寒，尽管他自己受尽折磨，他还是去办贫儿学校、粥厂等慈善事业。他忘了自己。就是在这个时候，我和他过往得最密。他办贫儿学校，我去做义务教师；他施舍粮米，我去帮忙调查及散放。在我的心里，我很明白：放粮放钱不过是延长贫民受苦难的日期，而不足以阻拦住死亡。但是，看刘大叔那么热心，那么真诚，我就顾不得和他辩论，而只好也出点力了。即使我和他辩论，我也不会得胜，人情往往是能战胜理智的。

　　在我出国以前，刘大叔的儿子死了。后来，他的花园也出了手。他入庙为僧，夫人与小姐入庵为尼。由他的性格来说，他似乎势必走入避世学禅的一途；但是由他的生活习惯来说，大家总以为他不过能念念经，布施布施僧道而已，而绝对不会受戒出家。他居然出了家。在以前，他吃的是山珍海味，穿的是绫罗绸缎，他也嫖也赌。现在，他每日一餐，入秋还穿着件夏布道袍。这样苦修，他的脸上还是红红的，笑声还是洪亮的。对佛学，他有多么深的认识，我不敢说。我却真知道他是个好和尚，他知道一点便去做一点，能做一点便做一点。他的学问也许不高，但是他所知道的都能见诸实行。

　　出家以后，他不久就做了一座大寺的方丈，可是没有多久就被驱逐出来。他是要做真和尚，所以他不惜变卖庙产去救济穷人。庙里不要这种方丈。一般地说，方丈的责任是要扩充庙产，而不是救苦救难。离开大寺，他到一座没有任何产业的庙里做方丈。他自己既没有钱，还要天天为僧众们找斋饭吃，同时，他还举办粥厂这样的慈善事业。他穷，他忙，他每日只进一顿简单的素餐，可是他的笑声还是那么洪亮。他的庙里不应佛事，赶到有人来请，他便领着僧众给人家去唪真经，不要报酬。他整天不在庙里，但是他并没忘了修持。他持戒越来越严，对经义也深有所获。他白天在各处筹钱办事，晚间在小室里做功课。谁见到这位破和尚，也不会想到他曾是个在金子里长起来的阔大爷。

去年,有一天他正给一位圆寂了的和尚念经,忽然闭上眼就坐化了。火葬后,人们在他的身上发现许多舍利。

没有他,我也许一辈子也不会入学读书;没有他,我也许永远想不到帮助别人有什么乐趣与意义。他是不是真的成了佛,我不知道。但是,我的确相信他的居心与言行是与佛相近似的。我在精神上、物质上都受过他的好处,现在我的确愿意他真的成了佛,并且盼望他以佛心引领我向善,正像在三十五年前,他拉着我去入私塾那样!

他是宗月大师。

蹦蹦跳跳的游戏

余华

在街头的一家专卖食品和水果的小店里,有一张疲惫苍老的脸,长年累月和饼干、方便面、糖果、香烟、饮料们在一起,像是贴在墙上的陈旧的年历画。这张脸的下面有身体和四肢,这张脸的主人叫林德顺。

现在,林德顺坐在轮椅里,透过前面打开的小小窗口,看着外面的街道。一对年轻的夫妇站在街对面的人行道上,他们都是侧身而立,他们中间有一个六七岁的小男孩。男孩穿着很厚的羽绒服,戴着红色的帽子,脖子上扎着同样红色的围巾。

现在正是春暖花开的季节,男孩却是一身寒冬的打扮。

他们三个人站在街道的对面,也就是一家医院的大门口,他们安静地站在嘈杂进出的人群中间,作为父亲的那个男人双

余华(1960—),男,浙江杭州人。中国当代著名作家。主要作品有《活着》《许三观卖血记》《世事如烟》等。

手插在口袋里，侧着脸始终望着大门里面的医院。他的妻子右手拉着孩子的手，和他一样专注地望着医院，只有那个男孩望着大街，他的手被母亲拉着，所以他的身体斜在那里。男孩的眼睛欢欣地注视着街道，他的头颅不停地摇摆着，他的手臂也时常举起来指点着什么，显然他还在向他的父母讲述，可是他的父母站在那里一动不动。

过了一会儿，男孩的父母迎向了医院的大门，林德顺看到一个发胖的护士和他们走到了一起，站住脚以后，他们开始说话了。男孩的身体仍然斜着，他仍然在欢欣地注视着街道。

那个护士说完话以后，转身回到了医院里面。男孩的父母这时候转过身来了，他们拉着儿子的手小心翼翼地走过街道，来到了林德顺小店的近旁。父亲松开儿子的手，走到林德顺的窗口，向里面张望。林德顺看到一张满是胡子茬儿的脸，一双缺少睡眠的眼睛已经浮肿了，白衬衣的领子变黑了。林德顺问他："买什么？"

他看着眼皮底下的橘子说："给我一个橘子。"

"一个橘子？"林德顺以为自己听错了。

他伸手拿了一个橘子："多少钱？"

林德顺想了想后说："给两毛钱吧。"

他的一只手递进来了两毛钱，林德顺看到他的袖管里掉出了几个毛衣的线头来。

当这位父亲买了一个橘子转回身去时，看到那边母子两人正手拉着手，在人行道上玩着游戏。儿子要去踩母亲的脚，母亲则一次次地躲开儿子的脚，母亲说："你踩不着，你踩不着……"

儿子说："我能踩着，我能踩着……"

这位父亲就拿着橘子站在一旁，看到他们蹦蹦跳跳地玩着游戏，直到儿子终于踩到了母亲的脚，儿子发出胜利的喊叫："我踩着啦！"

父亲才说："快吃橘子。"

林德顺看清了男孩的脸，当男孩仰起脸来从父亲手中接过橘子的时候，林德顺看到了一双乌黑发亮的眼睛,可是男孩的脸却是苍白得有些吓人,连嘴唇都几乎是苍白的。

然后,他们又像刚才在街道对面时一样安静了,男孩剥去了橘子皮,吃着橘子在父母中间走去了。

林德顺知道他们是送孩子来住院的,今天医院没有空出来的床位,所以他们就回家了。

第二天上午,林德顺又看到了他们,还像昨天一样站在医院的大门口,不同的是这次只有父亲一个人在向医院里面张望,母亲和儿子手拉着手,正高高兴兴地玩着那个蹦蹦跳跳的游戏。隔着街道,林德顺听到母子两人喊叫:"你踩不着,你踩不着……"

"我能踩着,我能踩着……"

母亲和儿子的声音里充满了欢乐,仿佛不是在医院的门口,而是在公园的草坪上。男孩的声音清脆悦耳,在医院门口人群的杂声里,在街道上车辆的喧嚣里脱颖而出:"我能踩着,我能踩着……"

接着,昨天那个发胖的护士走了出来,于是这蹦蹦跳跳的游戏结束了,父母和孩子跟随着那个护士走进了医院。

大约过了一个星期,也是上午,林德顺看到这一对年轻的夫妇从医院里走了出来。两个人走得很慢,丈夫搂着妻子的肩膀,妻子将头靠在丈夫的肩上,他们很慢很安静地走过了街道,来到林德顺的小店前,然后站住脚,丈夫松开搂住妻子的手,走到小店的窗口,将满是胡子茬儿的脸框在窗口,向里面看着。林德顺问他:"买一个橘子?"

他说:"给我一个面包。"

林德顺给了他一个面包,接过他手中的钱以后,林德顺问了他一句:"孩子好吗?"

这时候他已经转过身去了,听到林德顺的话后,他一下子转回脸来,看着林德顺,说:"孩子?"

他把林德顺看了一会儿后,轻声说:"孩子死了。"

然后他走到妻子面前，将面包给她，说："你吃一口。"

他的妻子低着头，像是看着自己的脚，披散下来的头发遮住了她的脸，她摇摇头说："我不想吃。"

"你还是吃一口吧。"她的丈夫继续这样说。

"我不吃。"她还是摇头，她说，"你吃吧。"

他犹豫了一会儿后，笨拙地咬了一口面包，然后他向妻子伸出了手，他的妻子顺从地将头靠到了他的肩上，他搂住了她的肩膀，两个人很慢很安静地向西走去。

林德顺看不到他们了，小店里的食品挡住了他的视线，他就继续看着对面医院的大门，他感到天空有些暗下来了。他抬了抬头，知道快要下雨了。他不喜欢下雨，他就是在一个下雨的日子里倒霉的。很多年以前的一个晚上，在滴滴答答的雨声里，他抱着一件大衣，上楼去关窗户，走到楼梯中间时突然腿一软，接着就是永久地瘫痪了。现在，他坐在轮椅上。

阿菊算命

简媜

　　阿菊偷偷去算命,她想知道,她公公什么时候会死。

　　八十一岁的公公两年前中风,原本赁居在外的他回家找子女。那时,阿菊刚送走瞿癌两年的婆婆不到一年,一口气还没喘够。阿菊的儿子考上大学搬了出去,女儿上高中,先生被公司派到大陆当干部,阿菊自己也刚度过最难受的更年期,家中只剩她与女儿。阿菊原本盘算重回自己的生活轨道,到社会大学上课,学太极拳,把自己的寡母接来住一阵子,好弥补分离多年的母女亲情——阿菊非常爱她的妈妈。

　　就在这时候,公公中风住院了,他的两儿两女在病房外商量往后怎么办。两个女儿端出事不关己的样子,一个说要去上厕所,一个说要去看爸一下,不久联手背起包包说要先回去了,免得塞车。只剩两个儿子,你看我,我看你。阿菊事先声明:

简媜(1961—),女,生于台湾宜兰。中国当代著名作家。曾获吴鲁芹散文奖、时报文学奖等。主要作品有《女儿红》《梦游书》《水问》等。

"不可以丢给我,妈妈从头到尾都是我照顾的,不可以再把你爸丢给我!我也想孝顺我妈妈!"

"阿菊说的也是,"阿菊先生对他哥哥说,"她的身体好像也不太好,你知道我现在被派到大陆,是不是……"

再婚又晚育的哥哥面有难色,说:"你嫂嫂上班,婷婷才四岁,我家空间也不够……"

兄弟俩,你看看我,我看看你。最后,哥哥说:"弟弟,我这个哥哥没你出息,我要是有钱换个大房子,爸爸由我照顾也是应该的,你就同情一下你哥哥吧!"

就这么定案。阿菊发了一大顿脾气:"怎么能这样,妈生病,他说婷婷还没断奶,爸生病,他说婷婷上幼儿园!空间不够没关系,我跟他换屋住!"做先生的只好打电话给哥哥,哥哥说要问一下太太,回电说:"不方便,我们这里的学校较好,你们的孩子都大了,不用考虑这些,我们要为婷婷着想。"阿菊听了又发了一顿脾气。她先生临上飞机前,半跪着求她,女儿拉起爸爸,对阿菊说:"妈,爸都跟你跪了你还要怎样?你不是教我们要孝顺吗?言传不如身教哇!"

阿菊只好答应,但那句"言传不如身教"让她很受伤。她在梦中呐喊:"我要孝顺我妈妈,为什么我不能孝顺我妈妈?"阿菊很郁闷,不明白为什么她做媳妇做得这么辛苦,别人做媳妇可以一概不理?

公公有高血压、心脏病、前列腺肥大,喜欢喝酒、吃肉,不爱运动,偏爱看政论节目,晚上看一遍,次日再看重播,一日两遍。因重听,声音开得很大,又喜欢一面看一面跟着评论。阿菊不爱看政论节目,看这类节目,对她来说是精神虐待。有一次她实在受不了,说:"不要再看啦,看那些没用啦,电视关掉,省电啦!"

阿菊想到一个办法,把自己变成钟点女佣,早上把午餐备好,让公公蒸来吃,她自己去图书馆、咖啡厅打发时间。她没想到晚上六点回到家里,公公叫饿。原来他蒸好饭要拿出来时,失手将饭打落在地,手脚不听使唤,不会收拾,饭菜都还在地上。阿菊问他:"你怎么不打电话给我?"公公说:"吃了饼干。"阿菊蹲在地上收拾,有点儿自责。

这情况很明白了,留他一个人在家,会出事的。阿菊的"暂时性离家出走"计划宣告失败。当然,她也觉得在外混一整天蛮累的,搁下一堆家务没做,又花钱喝咖啡,太不划算。阿菊另想一计,跟女儿借了MP3,塞住耳朵听女神卡卡。一整天听下来精神确实"卡卡",随后女儿帮她下载了费玉清跟邓丽君的歌,她觉得总算有人了解她的心了。

秋冬之交,公公晕倒了。他被救护车送到医院,疑似再度中风。阿菊一颗心很矛盾,希望就这么有个了局,又怕老人家有个万一,他的女儿、儿子会怪她:"你专心照顾,怎么把爸爸照顾成这样?"须知,苦差事没人要做,一旦老人家有个三长两短,孝子孝女的哭喊声就会十分刺耳。

医生做了详细检查后,告诉阿菊:"只是一时眩晕跌倒,伤到筋骨,你公公的身体还不错!"阿菊听了,一时语塞,掩面哭了起来,岂料越哭越顺口,竟致双肩抽搐。医生拍拍她的肩,安慰道:"不用担心,他明天就可以出院了!以后多注意,避免再跌倒。"护士小姐低声称赞:"真有孝心哪!"阿菊心中五味杂陈。

由于伤到筋骨,大小便、洗浴都得靠她了。

虽说阿菊已过了半百,不是没见过老人的身体,但帮公公清洗那老化的私密身体、搓洗沾粪的内裤,心理上有一层很难调适的障碍。阿菊受不了,跟先生商量请外佣或是送安养院。隔海电话中,先生颇苦恼地说:"唉,这也是一笔花费,每个月总要多三万开销。你也知道,我哥哥拿不出来,两个姐姐更不可能,这笔钱如果能省下来,我们儿子将来要出国留学也有个本。我在这里省吃俭用,唉,你也知道。"

阿菊身体累坏了,但头脑没坏。确实,一年省三十六万,三年一百零八万,这笔钱与其给别人,不如给儿子出国留学。阿菊没搭腔,最后叹一口气,丢了一句:"再说啦!"

第二天,阿菊偷偷去算命。

她把公公的生辰八字给了算命仙，人称老师的他，用小楷在粉红纸上批流年，小指甲又长又弯，成了钩，翘着小指写毛笔字，阿菊的心脏扑通扑通跳。桌上檀香袅袅，老师清了清喉咙，说："这人前世积德造福，今生遇大劫必有贵人，逢凶化吉呀！一生衣食无虞，无正俸，有偏财，晚年子女尽孝，得养天年，九十岁有一劫，若过了这关，百岁可期！"

"百……百岁！"阿菊听得面如土色，说不出话，脑中好像有什么轰隆隆作响，问老师："刚刚有飞机飞过吗？"

老师愣了一秒，觉得驴唇不对马嘴，喝口茶，问："你还有什么要问的？"

阿菊说："那就看看我的吧！"她把八字给了老师。

翘指老师叫助理打来一张新命盘，巡视一番，抬头看阿菊："今年化忌当头冲，流年凶险，有血光。"

阿菊扑哧一笑，心想："你不死，我死！"

但这个念头在回家的地铁上打消了。她中途转车去了弟弟家，一进门看到老母，忍不住诉了满坑满谷的苦楚。阿菊对老母说："你要活久一点儿，等我好好孝顺你！"

老母说："你不必为我烦恼，你公公正需要人照顾，你好好顾他就好了。你做人家的媳妇，铺路铺一里，不差最后一畚箕。我们对得起自己的良心，佛祖知道。"

阿菊抱着老母，哭了起来。

打错了

刘以鬯

1

电话铃响的时候，陈熙躺在床上看天花板。电话是吴丽嫦打来的。吴丽嫦约他到"利舞台"去看五点半那一场的电影。他顿时振奋起来，以敏捷的动作剃须、梳头、更换衣服。更换衣服时，嘘嘘地用口哨吹奏《勇敢的中国人》。他换好衣服，站在衣柜前端详镜子里的自己，觉得有必要买一件名牌的运动衫了。他爱丽嫦，丽嫦也爱他，只要找到工作，就可以到婚姻注册处去登记。他刚从美国回来，虽已拿到学位，但找工作，仍需依靠运气。运气好，很快就可以找到；运气不好，可能还要等一段时间。他已寄出七八封应征信，这几天应有回音，正因为这样，这几天他老是待在家里等那些机构的职员打电话来，非必要，不出街。不过，丽嫦打电话来约他去看电影，他是一

刘以鬯（1918—），男，原名刘同绎，浙江镇海人。中国香港著名作家。其作品《对倒》及《酒徒》分别引发香港导演王家卫拍成电影《花样年华》及《2046》。

定要去的。现在已是四点五十分,必须尽快赶去"利舞台"。迟到,丽嫦会生气。于是,大踏步走去拉开大门,拉开铁闸,走到外边,转过身来,关上大门,关上铁闸,搭电梯,下楼,走出大厦,怀着轻松的心情朝巴士站走去。刚走到巴士站,一辆巴士疾驶而来。巴士在不受控制的情况下冲向巴士站,撞倒陈熙、一个老妇人和一个女童,将他们压成肉酱。

2

电话铃响的时候,陈熙躺在床上看天花板。电话是吴丽嫦打来的。吴丽嫦约他到"利舞台"去看五点半那一场的电影。他顿时振奋起来,以敏捷的动作剃须、梳头、更换衣服。更换衣服时,嘘嘘地用口哨吹奏《勇敢的中国人》。他换好衣服,站在衣柜前端详镜子里的自己,觉得有必要买一件名牌的运动衫了。他爱丽嫦,丽嫦也爱他,只要找到工作,就可以到婚姻注册处去登记。他刚从美国回来,虽已拿到学位,但找工作,仍需依靠运气。运气好,很快就可以找到;运气不好,可能还要等一段时间。他已寄出七八封应征信,这几天应有回音,正因为这样,这几天他老是待在家里等那些机构的职员打电话来,非必要,不出街。不过,丽嫦打电话来约他去看电影,他是一定要去的。现在已是四点五十分,必须尽快赶去"利舞台"。迟到,丽嫦会生气。于是,大踏步走去拉开大门……

电话铃又响了。他以为是什么机构的职员打来的,于是掉转身,疾步走去接听。

听筒中传来一个女人的声音:"请大伯听电话。"

"谁?"

"大伯。"

"没有这个人。"

"大伯母在不在?"

"你要打的电话号码是……"

"三——九七五……"

"你想打到九龙?"

"是的。"

"打错了!这里是港岛!"

他愤然将听筒掷在电话机上,大踏步走去拉开铁闸,走到外边,转过身来,关上大门,关上铁闸,搭电梯,下楼,走出大厦,怀着轻松的心情朝巴士站走去。走到距离巴士站不足五十码的地方,他意外地见到一辆疾驶而来的巴士在不受控制的情况下冲向巴士站,撞倒一个老妇人和一个女童,将她们压成肉酱。

石榴

[日本]川端康成

一夜寒风,石榴树的叶子全落光了。

石榴树下残留着一圈泥土,叶子散落在它的周围。

纪美子打开挡雨板,看见石榴树变得光秃秃的,不由得大吃一惊。落叶形成一个漂亮的圆圈,这也是不可思议的。因为风把叶子吹落以后,叶子往往都凌乱地散到各处。

树梢上结了好看的石榴。

"妈妈,石榴。"纪美子呼喊母亲。

"真的……忘了。"母亲只瞧了瞧,又回到厨房里去了。

从"忘了"这句话里,纪美子想起自己家中的寂寞。生活在这里,连檐廊上的石榴也忘了。

那是仅仅半个月以前的事,表亲家的孩子来玩时,很快就注意到了石榴。7岁的男孩莽撞地爬上了石榴树。纪美子觉得

川端康成(1899—1972),日本文学界"泰斗级"人物,"新感觉派"作家,著名小说家。1968年凭借《雪国》《古都》《千只鹤》三部代表作获得诺贝尔文学奖。

他很生龙活虎，便站在廊道上说："再往上爬，有大个儿的。"

"有是有，我摘了它，就下不来啦。"

的确，两手拿着石榴是无法从树上下来的。纪美子笑起来了。孩子非常可爱。

孩子到来之前，这家人早已把石榴忘了。而且，直到今早也不曾想起石榴。

孩子来时，石榴还藏在树叶丛里，今早却裸露在半空中。

这些石榴和被落叶围在圈中的泥土，都是冷冰冰的。

纪美子走出庭院，用竹竿摘取石榴。

石榴已经烂熟，被丰满的子儿胀裂了。放在走廊上，一粒粒的子儿在阳光下闪烁着。

纪美子似乎觉得对不起石榴。

她上了二楼，麻利地做起针线活来。约莫10点，外面传来了启吉的声音。大概木门是敞着的，他突然绕到庭院，精神抖擞地快嘴说了起来。

"纪美子，纪美子，阿启来了。"母亲大声喊道。

纪美子慌忙把脱了线的针插在针线包上。

"纪美子也说过好多遍，她想在你离开之前见你一面。不过，她又有点儿不好意思去找你，而你又总也不来。呀，今天……"母亲说着要留启吉吃午饭，可是启吉似乎很忙。

"真不好办哪……这是我们家的石榴，尝尝吧。"

于是，母亲又呼喊纪美子。

纪美子下楼来了。启吉望眼欲穿似的用目光相迎，纪美子吓得把脚缩了回去。

启吉忽然流露出温情脉脉的眼神，这时他"啊"地喊了一声，石榴掉落下来了。

两人面面相觑，微微一笑。

纪美子意识到彼此正相视而笑时，自己脸颊发热了。启吉急忙从走廊上站了起来。

"纪美子,注意身体呀。"

"启吉,你更要……"

纪美子话未说完,只见启吉已转过身去,背向纪美子,同母亲寒暄起来了。

启吉走出庭院以后,纪美子还望着庭院木门那边,目送了一会儿。

"阿启也是急性子。多可惜呀,把这么好吃的石榴……"母亲说罢,把胸贴在走廊上,伸手把石榴捡了起来。

也许是刚才阿启的目光变得温柔的时候,他自己不由自主地想把石榴掰成两半,一不小心掉落在地上的吧。石榴没掰开,露子儿的那面朝下掉在地上了。

母亲在厨房里把这个石榴洗净,走出来叫了声"纪美子",便递给了她。

"我不要,太脏了。"

纪美子皱起眉头,后退了一步,脸颊火辣辣的。她有点儿张皇失措,便老老实实地接了过来。

启吉好像咬过上半边的石榴子儿。

母亲在场,纪美子如果不吃,更显得不自然了,于是她若无其事地吃了一口。石榴的酸味渗到牙齿里,仿佛还沁入肺腑。纪美子感到一种近似悲哀的喜悦。

母亲对纪美子向来是不关心的,她已经站起来了。

母亲经过梳妆台前,说:"哎哟哟,瞧这头发乱得不像样子。以这副模样目送阿启这个孩子,太不好意思了。"

她说罢就在那里坐下来了。

纪美子一声不响地听着梳子拢头的声音。

"你父亲死后,有一段时间……"母亲慢条斯理地说,"我害怕梳头……一梳起来,就不由得发愣。有时忽然觉得你父亲依然等着我梳完头似的。待我意识到时,不觉吓了一跳。"

纪美子想起，母亲经常吃父亲剩下的东西。

纪美子的心头涌上一股说不出的难受，那是一种催人落泪的幸福。

母亲只是觉得可惜而已。刚才也许仅仅是因为可惜，才把石榴给了纪美子的吧。或许是母亲过惯了这样的生活，习以为常，不知不觉间就流露出来了吧。

纪美子觉得自己发现了一个秘密，感到一阵喜悦，可面对母亲，又感到难为情了。

但是，启吉并不知道这些。纪美子对这种分别方式似乎也感到满意了，她还觉得自己是永远等待着启吉的。

她偷偷地望了望母亲，阳光射在隔着梳妆台的纸拉门上。

对纪美子来说，再去吃放在膝上的石榴，似乎太可怕了。

一个孩子的星星梦

[英国] 狄更斯

从前有一个小男孩，漫步山间田野，四处游荡闲逛，脑子里想着各种各样的事情。他有个姐姐，也是个小孩子，是他形影相随的亲密伙伴。他们常常终日神思遐想，对一切充满好奇。他们惊叹花的美丽，惊叹天空的高远和蔚蓝，惊叹明媚河水的幽深，惊叹上帝——这个可爱世界的缔造者——的仁慈和力量。

他们常常互相问询："如果有那么一天，假使世界上的孩子都死了，花和水，还有天空，它们会感到难过吗？"他们坚信，它们会感到难过的。因为他们认为：蓓蕾是花的孩子；山谷里奔腾的欢快的小溪是河水的孩子；通宵在天空中玩捉迷藏的那些最小的光点，想必是星星的孩子。当它们再也找不到自己的伙伴——人类的孩子时，它们肯定都会伤心的。

每天晚上，在教堂尖顶附近，墓地的上空，就会有一颗闪

狄更斯（1812—1870），男，19世纪英国现实主义文学代表作家。主要作品有《大卫·科波菲尔》《雾都孤儿》《双城记》《远大前程》等。

亮的星星先于其他星星出现在夜空。在他们的眼里，它比其他所有的星星都更大、更美。每天夜里，他们都手拉手站在窗前守候着它。无论谁先看到那颗星星，都会大喊道："我看见星星啦！"而通常的情形是，他们会齐声喊起来，因为他们太熟悉它升起的时间和地方了。渐渐地，他们和那颗星星成了极其要好的朋友。每天就寝之前，他们都要向窗外再张望一眼，向星星道晚安；当他们转身准备入睡时，就会念上一句："上帝保佑星星！"

可是，在那样幼小的年纪，哦，非常非常小的年纪，他的姐姐就枯萎憔悴了。她变得太虚弱了，已经不可能在夜晚站在窗前，于是那个男孩忧伤地独自望着窗外。每当他看到了那颗星星，他会转过身来对着床上那张苍白的面孔说道："我看见星星啦！"这时，一丝微笑会浮现在她的脸上，一个微弱的声音答道："上帝保佑我的弟弟和星星！"

不久，不幸的时刻来临了，一切都来得那么突然！从此男孩独自望着窗外；从此床上不再有他姐姐的面庞；从此墓地中多了一个从前没有的小小的坟墓。每当他泪眼婆娑地望着那颗星星，星星无垠的光芒就照耀在他的身上。

如今，这些光芒是那样的明亮，似乎铺就了一条从人间通往天堂的金光大道，当男孩孤独地睡在自己的床上，他梦见了那颗星星，他梦见自己躺在床上，看见一队人在天使的引领下走上了那条金光大道。那颗星星的大门敞开着，一个光明神圣的世界展现在他的面前，许多天使在那里等候他们。

所有在那里等候的天使，用他们愉快的目光注视着那些被带到星星上来的人们。有些天使从他们站着的长长队列中出来，温柔地亲吻着人们，然后和他们一起沿着星光大道离开，他们在一起无比开心，小男孩躺在床上，高兴得哭了。

但有许多天使并没有和他们一起离开，其中有一张小男孩非常熟悉的面孔，那张曾经病恹恹地躺在床上的面孔，如今已变得容光焕发、光彩照人，那便是姐姐的面孔。

他的天使姐姐在星星的入口处徘徊不前，逗留不去，她问那位把人们带到彼岸来的天使长："我的弟弟来了吗？"

天使长答道："没有。"

她失望地转身，准备离去，小男孩连忙伸出手臂喊道："噢，姐姐，我在这儿呢！带我走吧！"于是她转头朝小男孩看去，含笑的目光落在他的身上，然后，一切便陷入黑暗。星光在房间里闪耀，他泪眼婆娑地望着那颗星星，星星无垠的光芒照耀在他身上。

从那次后，小男孩每次看到那颗星星，犹如看到自己大限来临时要回的家。他认为自己不但属于尘世，也属于那颗星星，因为他的天使姐姐已经去了那里。

一个婴儿诞生了，小男孩有了一个弟弟。他是那么小，还从未说过一句话就死了。

小男孩又一次梦到了敞开大门的星星、成群的天使和一长列的人，天使用充满喜悦的目光注视着人们的面庞。

他的天使姐姐向天使长问道："我的弟弟来了吗？"

天使长答道："来了，但不是那个弟弟，而是另一个。"

当小男孩看到天使弟弟在天使姐姐的怀抱里，便喊道："噢，姐姐，我在这儿呢！带我走吧！"

于是她回过身来微笑着注视他。那颗星星在闪耀。

他渐渐长大，成了一个年轻人。一天，他正忙着伏案读书，一位老仆人走了进来，对他说道："您的母亲去世了。我带来了她对自己心爱的儿子的祝福！"

夜里他再一次梦到了星星，以及从前梦里的天使和人群。他的天使姐姐向天使长问道："我的弟弟来了吗？"

天使长答道："没有，你的妈妈来了！"

一声喜悦的惊呼响彻了星星的各个角落，因为妈妈又和自己的两个孩子重新团聚了。小男孩伸出双臂喊道："妈妈，姐姐，弟弟，我在这儿呢！

带我走吧！"

他们答道："现在还不行。"那颗星星在闪耀。

渐渐地，他步入中年，点点灰白慢慢爬上他的发际。一天，他心情沉重地坐在炉边的安乐椅上，涟涟泪水濡湿了他哀伤的面庞，这时，那颗星星再一次打开了它的大门。

他的天使姐姐向天使长问道："我的弟弟来了吗？"

天使长答道："没有，但是他那没有出嫁的女儿来了。"

于是，这个曾经是小男孩的中年人看到了自己刚刚失去的女儿，一个天国中的生灵，在三位亲人中间。他说道："我女儿的头依偎在我姐姐的胸前，她的胳膊环在我妈妈的脖子上，她的脚旁是那位婴儿前辈。我能够忍受和她的别离，赞美上帝！"

那颗星星在闪耀。

就这样，曾经的小男孩成了一位年迈的老人，那曾经光滑的面庞如今布满了皱纹，他步履迟缓而无力，背也驼了。一天晚上，他躺在床上，周围站着他的孩子，他大喊了一声，就像他很久很久以前那样大声喊道："我看见星星了！"

孩子们互相低语道："父亲快不行了。"

他说道："是的。我的寿数就要到了，就像一件滑落的外衣马上就要离我而去了，我就要作为一个孩子走向那颗星星。哦，我的主，现在我要感谢您，感谢那颗星星常常开放，收留了那些等待我的亲人！"

那颗星星在闪耀。直到今天，它仍然闪耀在他的坟墓上方。

香伯

[新加坡] 尤今

　　香伯住在一幢很旧的老屋里,屋子坐落在一条瘦瘦的老街上。这间祖传的屋子砖瓦破落,屋内屋外的墙壁全都被岁月的火把熏得灰黑灰黑的。尽管其貌不扬,可是每天都有不计其数的人慕名而来。老屋虽老,可一点儿也不寂寞。

　　到老屋来的人只有一个目的:买饼。

　　香伯做的香饼,单是饼皮便足以令人拍案叫绝,一层叠一层,脆而不碎,烤成很淡很淡的褐色,最上面的那一层还俏皮地粘着几颗好似在跳舞的芝麻。充作饼馅的麦芽糖呢,软软甜甜且不说,最不可思议的:它不腻、不滞、不粘牙。

　　香伯的一生,好像是为了做香饼而活的。

　　他做饼的手艺究竟是从哪里学来的,没人知道。我只记得,当我还在怡保育才小学读书时,便常常看到皮肤好像古铜一样

尤今(1950—),女,原名谭幼今。新加坡著名作家。主要作品有《沙漠中的小白屋》《迷失的雨季》《那一份遥远的情》等。

闪闪发亮的香伯把他做好的香饼放在纸箱里,用电单车载到菜市去卖。他的生意很好,才一盏茶的工夫,香饼便卖光了。

他姓什么,没人探问;他名唤什么,没人关心;只是人人都喜欢他卖的香饼,所以人们顺理成章地唤他"香伯"。

八岁那年,我随同父亲举家南迁到新加坡。婆家在怡保,自此以后,我便时时返回怡保省亲了。

有一回,一位姻亲送了一包香饼到婆家来给我,说:"你尝尝,特地订的。那老头的生意真好,脾气可大呢,一面做饼,一面骂人!"

我拿起一块香饼,无意识地看。半圆形的香饼,呈淡淡的褐色,薄薄脆脆的饼皮层层相叠。咬一大口,那薄若蝉翼的饼皮依然一层一层若即若离地叠在一块儿。饼内的麦芽糖不腻、不滞、不粘牙。

我那份原已冬眠了的记忆,立刻霍地苏醒了。

我问她:"做饼的人,可是香伯?"对方一点头,我便立刻央求她带我去找香伯。

香伯早已不在菜市摆卖香饼了,他成日成夜地窝在老屋里烤饼。烤好的饼放在铁皮桶内,每桶十斤。凡是上门买饼的,必须拨打电话预订。香伯屋里放了一块大大的黑板,黑板上清清楚楚地写着订购者的姓名和订购的数量,凡是不曾预先订购而贸然地摸上门去的,香伯一概不应酬。除此以外,香伯也将香饼批发给附近的杂货店,不过他有个众人皆知的怪脾气:向他领货的人必须将领回来的香饼在同一天内卖完,以此确保香饼的新鲜度。

有时,他心血来潮,还会"微服出游",查看别人有没有把他的饼卖完,倘若卖不完,下回去领货时,他便会让你领教领教他那好像石头一般又冷又硬的臭脾气。有人劝他把这种家庭式的香饼制作业机械化、企业化,他一口回绝。他的理由是:"机械死板板、硬邦邦的,做出来的饼一个个好像穿上制服的木乃伊,连味道都带着机器那一股冰冷生硬的味儿!"

有人见他孑然一身,怕他孤独终老,劝他寻个伴儿。他倒是听了,一寻便是两个,不过呢,寻来的不是老婆,而是徒弟。他收了两个年幼失学的少年为徒弟。可叹的是,小徒弟学得三分功夫便以为自己是无可匹敌的"香饼大王"了,居然另起炉灶,自设分号。那些识货的人不肯随意"屈就",依然返回老屋找香伯。然而,许多没有尝过"原装货"的人,却傻傻地把"鱼目"当"珍珠"。两个小徒弟违背道义的做法大大地伤了香伯的心,原本孤僻沉默的他变得更加古怪寡言了。他发誓此生不再收徒,所以,在暮年的岁月里,一个人留在老屋里苦苦拼搏。

　　姻亲带我到香伯的老屋去,我老远便闻到了烤饼的香味。屋里打着赤膊的香伯,正把搅好的麦芽糖放入擀好的饼皮里。他的神情是那样专注,是那样虔诚,好似他做的是惊世骇俗的艺术品,是举世无双的雕刻品。

　　夕阳透过色漆剥落的木窗,斜斜地照进屋内,浸在金色余晖里的香伯,像是一枚熟透了的柿子。尽管这枚表皮起皱、黑斑丛生的柿子已不再新鲜,可是那种源于内心的敬业乐业、寻求完美的精神,却使这枚行将萎缩的柿子在这所光线暗淡的老屋里,焕发着一种炫人的亮光……

街头三女人

木心

1

据说第二次世界大战后,像纽约这样的都市,根本不见沿路设摊或推车叫卖的人。近几年却到处有撑起篷伞卖三明治、热狗的,有摆摊子卖T恤、裙、裤、腰带的,更有卖陶瓶、瓷盘、耳朵脖子上的装饰品、现榨的橘子汁、当场刻的木雕、手绘的衬衫的。花生米、榛子、腰果、核桃仁都上了人行道。密切应时的是晴天卖草帽,雨天卖伞——社会经济不景气?

是这样。都市街景情趣盎然?是这样。我常注意这些人的脸,与我所思相符,都是良善的——只是觉得这些都是耶稣同情而上帝却不理睬的人。耶稣说富人要进天国,比骆驼穿针孔还难。上帝说穷人要进天国,比两匹骆驼并排穿针孔还难。上帝是在富人这一边的,否则富人怎么能富起来——凡是书上没

木心(1927—2011),男,本名孙璞,美籍华人作家、诗人、画家。代表作有《西班牙三棵树》《云雀叫了一整天》《琼美卡随想录》等。

有的话，我们可以补上去。

此外，还有比小商贩更淡泊的谋生者：

一个青春已逝的女人，常在较宽阔的人行道上伏地作粉笔画，地面本有着等边六角形的凹纹，她利用这些蜂房格，画出人脸、花朵，伴以多种图案。一个小时画了一大片。因为色彩和形象十分夺目，使人只见地画不见作地画的人。几次后我才看清楚是一个瘦小、弓背蓬头的女人——我常会不知不觉想起什么现成话来，福楼拜说："显示艺术，隐藏艺术家"。心中不禁暗笑，又责备自己太淘气太刻薄，便掏出几个硬币，俯身轻放在地上，不期然看见了她的脸，满脸的汗，苍黄、疲苶（nié），她真脏，没有心情洗脸（洗脸也要有好心情），既然目光相接，我该说句话："你画得很美丽。"

"我可以画得更好。"她说。

"我相信。"我想走了。

"为什么别人不和我说话？"她撩起额上的乱发。

"因为画就是画家的话，大家看见了，就是听见了。"

"不不，话多着呢！"

"以后，慢慢说。"

"你愿意听吗？"

"对不起，我要去办事。"

我看手表，我是个伪君子，想脱身，像当年的欧根·奥涅金。

再经过那里时，地画已被踩模糊了。她总会来重画，而且每次不完全相同。

2

早晨走在靠近哥伦比亚大学的百老汇大街上，一个女人的嗓音在背后响起："日本先生，日本先生。"

我不是日本人，不必回头。女人紧步上来轻触我的手肘，她是黑人，有点胖，二十来岁。

"请原谅,你是日本人吗?"

我还来不及否认,她快速地说了一大连串,满脸憨厚而愁苦的表情,我只听出什么布鲁克林、托根……旁边出现了一个白人青年,善意地恳切地代她说明:"她要回布鲁克林,没钱坐地铁,请求帮助。"我掏了三枚两角五分的硬币递给她,青年似乎很高兴他的代言成功,轻快地走了。黑女郎谢了又谢,转过身去,她还牵着一条大狗。往布鲁克林?下城方向的地铁站该朝前走,她不认路吗?该告诉她——她牵着大狗走向报摊,买了一包烟,点火抽起来。

我回身快步走,怕她发现我,我不是那种有意窥人隐私的人。

3

大都会博物馆的高高宽宽的台阶上,总是坐满五彩缤纷的男女,因为下面人行道上有小丑、魔术师或踢踏舞男的表演,鼓掌、喝彩、"谢幕",当然还有以硬币纸币代替鲜花奉献给表演艺术家的那么一回事。

从博物馆受洗礼出来,纯正的艺术使人头昏脑涨,得了精神营养过良症,弄不清自己是属于伟大的一类,还是属于渺小的一类——台阶上的明朗欢乐,倒一下子使我重回人间,冲散了心中被永恒的艺术催眠后的郁结。

行过喷泉,便是幽静的林荫道,绿叶如云,卖水晶项链的货车,新旧画册的书摊,更多的是出售小幅画的艺术家,雕像似的站在那里静候顾客——所有这些,都很少有人买。

春天的一个下午,有朋友约我去看梵蒂冈艺术藏品展览,像要去晋见教皇似的,我竟用心打扮了一番,对镜自评,那副"漂亮朋友"的模样实在讨厌,再更装又多麻烦,就此"以词害意"地出门上街了。

门票上规定三点整才能入场,我早来了半小时,就放慢脚步,浏览书摊,发现一些小小的水彩画,趣味近似保罗·克利,抬头看那倚树兀立的摊主,是个眉清目秀的女士,长发垂肩,肩上披块灰色的大方巾,待久了自然感到冷,她把大巾裹紧身躯,两臂在胸前打了个结。

我应该看，不说话，然而又是目光相接，不说一句话似乎欠礼貌："保罗·克利！"

"不，我，是我画的。"

"我知道，你的画使我想起克利。"我以为说得很委婉，又加一句，"你画得真好。"

"谢谢你！"她的脸解冻似的呈现活气和笑容。

接下来该我选购画了，可是我本来不存心要买，为了这两句对话就要买了吗……朋友喊着我的名字走过来了，她是我同学，平时都是衣着极随便的，今天也突发奇想，穿得华丽妖艳，活泼地拉了我就走，让我去帮她选一副水晶耳环，我忘了向那女画家说声再见。

博物馆中的三小时，我是个透明体，里面全是艺术。回家的路上，神魂还不定……树林荫翳，行人稀少。我记起一件事——刚才那路边设摊的女画家，也许以为我是正要买她的作品，被一个不比她美而比她华丽的女人打消了，把买画的钱买了耳环——其实不是那么一回事。

我和那同学的偶然的盛装，本也不足道，偏偏与那女画家的寒素形成了对比，倒像是我们是幸福者，她是不幸者，我感到歉疚，又感到冤屈——女画家、同学、我，是在同一个世界中，不是在两个世界中。

买不买画，不要紧，而我一定使她薄明的心先是比平时亮了一度，接着又比平时暗了一度——何以测知她的感受？因为我年龄比她大，这种一亮一暗已不知来过多少回了。当然都是无关紧要的，却又何必由我来使人亮使人暗呢。

4

第一个女人有点傻。

第二个女人有点坏。

第三个女人有点可怜。

我是个有点傻有点坏有点可怜的男人。

龙虾复仇记

[美国]伍迪·艾伦

两周前,亚伯·莫斯科维茨死于心脏病,然后转世成一只龙虾。他在缅因州的海岸落网,被送到纽约曼哈顿,进入了上东城一家高档海鲜餐馆的水缸。水缸里还有几只龙虾,其中一只认出了莫斯科维茨。"亚伯,是你吗?"那只龙虾扬着触须问。

"谁?谁在和我说话?"莫斯科维茨说,突然变成了甲壳纲动物令他莫名其妙。

"是我,莫·西尔弗曼。"那只龙虾回答。

"噢,我的天哪!"莫斯科维茨叫起来,那是一起玩金拉米纸牌游戏的老伙伴的声音,"发生了什么事?"

"我们重获新生了,"西尔弗曼说,"成了两个长着触须的家伙。"

"龙虾?这就是我正直人生的结局?在第三大街一家餐馆

伍迪·艾伦(1935—),男,美国著名电影导演、编剧、演员、作家。曾获奥斯卡最佳导演奖。主要电影作品有《午夜巴黎》《汉娜姐妹》等。

的水缸里？"

"上帝的旨意我们无法预料，"西尔弗曼回答，"比如菲尔·平查克，那家伙死于动脉瘤，现在成了仓鼠，整天蹬那个愚蠢的轮子。他可是当了那么多年耶鲁的教授。我觉得他是真的喜欢那个轮子，他不停地蹬啊蹬，脸上始终挂着微笑。"

莫斯科维茨一点儿也不满意自己的现状。为什么像他这样体面的公民，一位受人尊敬的牙医，本该变成苍穹中翱翔的雄鹰，或者是某位性感名媛大腿上的宠物，任由她抚摸皮毛，此刻却不光彩地沦为菜单上的一道主菜，等待他的残酷命运竟是与烤土豆和餐后甜点一起被端上餐桌。

两只龙虾开始讨论玄学、宗教以及宇宙的神秘莫测。例如索尔·德拉辛，一个从事餐饮业的倒霉蛋，中风过世后却变成了一匹种马，他让那些可爱的纯种小母马怀孕，还能收取高额的报酬。又气又恼的莫斯科维茨在水缸里来回游动，西尔弗曼像佛陀一样，对即将成为法式野菇焗龙虾的结局听天由命，这一点让莫斯科维茨无法接受。

恰在此时，伯尼·马道夫走进餐馆，在水缸附近的餐桌旁就座。刚才还痛苦焦虑的莫斯科维茨，现在开始大口喘气，尾巴像摩托艇发动机一样搅动着水面。

"我不相信，"他说，黑色的小眼睛贴在水缸玻璃壁上，"这个应该在监狱里服刑的家伙，怎么能从监禁的地方溜出来吃海鲜大餐？"

"瞧瞧他那俗不可耐的老婆吧。"西尔弗曼仔细打量着马道夫夫人的戒指和手镯。

莫斯科维茨强忍住往上涌的胃酸，那是他上辈子的老毛病。"我出现在这里，就是因为他。"他说，语调近乎尖锐。

"跟我讲讲吧，"西尔弗曼说，"我和那人在佛罗里达州打过高尔夫，他会趁你不注意时用脚挪动球。"

"每个月我都会收到他的收益结算单，"莫斯科维茨怒气冲冲地说，"我知道那些数字完美得令人怀疑。当我和他开玩笑说，这听起来像一个庞氏骗局时，他被犹太布丁噎住了，我只好使用海姆立克急救法帮助他。在大笔挥霍后，他的骗子本性终于暴露，我的净资产全没了。还有，我心肌梗死发作时，连东京的海洋学实验室都监测到了。"

"他对我装模作样，"西尔弗曼说，下意识地在自己的甲壳上寻找赞安诺药片，"开始时他告诉我，容不下另一位投资人了。他越是拒绝，我越想加入。我请他吃饭，因为他喜欢罗莎丽餐厅的薄卷饼，所以答应下一个机会归我。得知他开始打理我账户的那天，我激动万分。得知自己破产后，我从棕榈海滩高尔夫俱乐部的楼顶跳下来自杀了。我不得不等了半个小时，前面还排着 11 个人。"

此时此刻，餐馆领班护送马道夫来到水缸前，狡猾的骗子开始琢磨那些浸泡在盐水里的家伙哪个更鲜美多汁，随即选中了莫斯科维茨和西尔弗曼。领班招呼侍者把两只龙虾捞出来的时候，脸上挂着殷勤的微笑。

"这是最后一搏的时候了！"莫斯科维茨义愤填膺地喊道，"骗走我毕生的积蓄，还要把我蘸着黄油酱汁吃掉！天理何在！"

莫斯科维茨和西尔弗曼满腔的愤恨直冲云霄，他们反复摇动水缸，直到它从桌上滑落，摔得粉碎，玻璃碴儿和水散落到六角形的地砖上。周围的人纷纷扭头观看，惊恐的领班对眼前的一幕目瞪口呆。

在复仇火焰的驱使下，两只龙虾冲向马道夫。顷刻之间，他们跑到马道夫的桌子旁，西尔弗曼奔向他的脚踝，莫斯科维茨则近乎癫狂地使出浑身的力气，从地上一跃而起，一只巨大的螯牢牢钳住马道夫的鼻子，当西尔弗曼的两只螯都夹住马道夫的脚背时，灰白头发的骗子痛得大叫，从椅子上跳起来。餐馆的老主顾们认出了马道夫，他们简直无法相信自己的眼睛，开始为龙虾们喝彩。

"为了寡妇们和慈善事业！"莫斯科维茨欢呼道，"因为你，希望医院现在变成了溜冰场！"

马道夫无法摆脱这两只大西洋居民，冲出餐馆后叫喊着逃进熙熙攘攘的人群。莫斯科维茨的老虎钳一样的大螯把马道夫的鼻子夹得更紧，西尔弗曼则撕破了他的鞋，他们迫使这个滑头的谎言家认罪，并为他的罪恶勾当道歉。

那天结束时，马道夫住进了莱诺克斯山医院，浑身布满了抓痕和擦伤。两只叛逃的龙虾，在怒火熄灭后，还有足够的力气跳进羊头湾冰冷的深水中。

如果我没有弄错的话，莫斯科维茨到现在还活着，就在那儿和耶塔·贝尔金在一起。他们是过去在超市购物时认识的。贝尔金活着的时候很像比目鱼，在一次空难后她真的变成了一条比目鱼。

野蔷薇

[日本]小川未明

很久以前有一个大国和一个比较小的王国相邻着,很长一段时间里,两国都没有发生什么事情,和睦相处着。

在国界线上,两国都只派了一位士兵来驻守确定国界的石碑。大国派来的是个老人,小国派来的是个青年。两人一左一右地站在石碑两边。周围是安静极了的群山,偶尔才能看到一些路过的人影。

起初,两人在还不熟悉的时候,由于彼此存在着不知敌友的戒心,一直都没怎么说过话。可是不知道从什么时候起,两人竟成了好朋友。大概因为这里除了他们两人再没有可以说话的对象了,还有就是春天的阳光总是和煦地照在他们两人的头顶上。

在这条国界线上,生长着一株没有人培植却很茂盛的野蔷

小川未明(1882—1961),男,日本童话作家、小说家,是日本现代童话创作的先驱者,被称为"日本的安徒生"。主要作品有《野蔷薇》《牛女》等。

薇，在花开的日子里，蜜蜂们很早就聚集到了这里，那些振动翅膀发出的嗡嗡声，一直传到还没起床的两人的耳朵里。好像在说："喂，快起床了，你看蜜蜂都来了。"于是两人不约而同地起了床，走到外面一看，果真太阳已经升得老高，此时正神采奕奕地在树梢顶上闪着光。于是两人又都走到岩石边，用岩石缝里流出来的山泉漱口，这样两人在洗脸的时候就见面了。

"啊，您早，今天的天气真好！"

"是呀，真是个好天气，天气一好，心情也跟着舒畅起来了。"

于是，两人就这么一起站着说话，一起抬头看周围的景色。虽然是每天都能看见的风景，但是只要一抬头总能在里面看到昨天所没有的新鲜感。

那个年轻人最初不会下象棋，自从跟着老人学了以后，这一阵子，只要是和暖的天气，两人便会坐下来，对战起来。

开始的时候老人的棋术比青年强很多，所以总是让着青年，到了后来，即使按着规矩下，有时老人也会被击败。

青年和老人都是很好的人。两人都非常正直、亲切，虽然在下棋的时候，大家都是拼着命地想打败对方，但是在心里，两人却是从未有过的融洽。

有时候老人下着下着就会大笑起来："看来我是要被打败了吧。老是这么躲来躲去的还真是叫人受不了，要是真的在战场上可怎么办才好哇？"

青年因为正战在兴头上，眼看就要赢了，所以脸上露出得意的微笑，眼睛放光，直追对方的将。那些小鸟也蛮有意思地在树梢上唱着歌。野蔷薇也一阵一阵地散发着醉人的清香。

在那个地方也有冬天，当天气变得寒冷起来的时候，老人就开始怀念自己的故乡了，开始想住在那里的儿子和自己的小孙子了。

"真想早点请假回去看看哪！"老人时常感慨着。

"可是，"青年说，"如果您回去了，就一定由一个我不认识的人来代替，要是个亲切温柔的人倒也罢了，万一是个满脑子敌我戒备思想的人就难办了。就请您务必多留些日子吧，您看，马上春天就要来了。"

不久，冬天就过去了，春天到了。可是，此时，这两个国家正为着利益的关系开始了战争。眼看着，两个每天生活在一起的好朋友就要变成敌人了，真是件难以想象的事呀！

老人说："你和我从今天起就要变成敌人了。我虽然很老了，但至少还是个少佐，如果你把我的头拿回去，你一定可以立功得赏的，就请杀了我吧。"

听到这样的话，青年一愣。

"您在说什么呀！我跟您怎么会是敌人呢？我的敌人应该是别人。现在战争正在北方进行着，我要到那里去参战了。"说完这些，青年就走了。

在国界线上，孤零零地只剩下老人了。自从青年离开的那一日起，老人就开始茫然地打发日子。野蔷薇开了，蜜蜂从日出到日落，成群地飞舞。此刻，战争正在很远的地方进行着，即使老人竖起了耳朵去听，睁大了眼睛去看，也没办法听到一丝铁炮的声音，或者看到一点黑色的硝烟。

老人从那天起，就一直担心着青年的安危。日子就这么一天天地过去了。

一天，这里来了一个过路的人。

老人就向他询问起战争的情况。那个人告诉老人，小国战败了，那个国家的士兵都被杀了，战争结束了。老人想，那样的话，青年不是也死了吗？他心里放不下，垂头往石碑座上一坐，就迷迷糊糊地打起盹来了。他感到从远方来了很多人，一瞧，是一支军队，而且骑马指挥的就是那个青年。这支军队非常肃静，一点声音都没有。当他们从老人身边经过的时候，青年默默地向老人敬了一下礼，并且闻了闻野蔷薇花。

老人刚想说什么，一下子就醒了。打那以后过了一个多月，野蔷薇就枯死了。

后来，就在这年的秋天，老人也请假回南方去了。

狐狸的母爱

[加拿大] 欧·汤·西顿

这一窝狐狸应该要完蛋了，叔叔雇来的那个柏迪带着十字镐和铲子来挖洞。我们和两只猎狗站在旁边看着。不一会儿，狐狸妈妈在附近的林子里出现了，它把那两只猎狗引到远处的河边，到了它觉得适当的时机，就使了简便的法子，跳到一只羊的背上，摆脱了猎狗。等那只吓坏了的羊跑了几百米以后，狐狸妈妈才跳下来，再跑回狐狸洞。因为它知道，它的足迹已经中断了一大段路程，猎狗没办法嗅出来了。那两只猎狗发觉足迹已经中断，无法继续追寻下去，便马上跑了回来。但是狐狸妈妈已经先到一步，这会儿正绝望地在洞口不远处的林子里徘徊着，想着如何把我们从它的小宝宝身边吸引开。

那四只毛茸茸的小狐狸，正躲在狐狸洞尽头的角落里，拼命地往后退缩着。

欧·汤·西顿（1860—1946），男，加拿大野生动物画家、作家，被誉为"世界动物小说之父"。主要作品有《我所知道的野生动物》《西顿野生动物故事集》等。

我根本来不及阻止，柏迪就狠狠地一铲子铲了下去，再加上猎狗突然往前一冲，小狐狸一下子就死了三只。第四只，那只最小的，被我拽着尾巴高高地拎了起来，才没被横冲直撞的猎狗弄死。

小家伙短促地叫了一声，它那可怜的妈妈被它的叫声引了过来。狐狸妈妈左右徘徊，离我们很近，要不是有两只猎狗挡在中间凑巧给它打了掩护，它早就挨上枪子儿了。

活着的那只小狐狸被扔进一只口袋，安稳地躺在里面。它不幸的哥哥们又被扔回它们的育儿室里，被柏迪用几铲黄土埋了。

我们回到家不久，就用链条把小狐狸拴在了谷场上。谁也说不出，为什么单单让它活着。可是我们心照不宣地这么做了，谁都没有弄死它的念头。

它是个漂亮的小家伙，样子有些像狐狸和羊的混合体，我叫它梯普。只要有人过来，梯普就总是愁眉苦脸、战战兢兢地蜷缩在它的箱子里。要是让它独自待在那里，也得足足一个钟头以后，它才敢向外张望。

到了夜晚，小家伙会变得非常不安，它悄悄地从箱子里爬出来，可是只要有一点儿风吹草动，就马上溜回去。它使劲拉扯着链条，不时用前爪抓住它，愤怒地啃咬。

但是有一次，它咬着咬着突然停了下来，似乎在倾听什么声音，接着又抬起它那黑黑的小鼻子，用颤抖的声音，急促地叫了一声。

这种情形重复了一两次。每次叫过之后，它不是啃咬链条，就是焦急地跑来跑去。后来，回答的声音传来了，狐狸妈妈在远处叫了一声。几分钟后，木头堆上出现了一个黑影。小家伙偷偷溜进箱子，但是马上又回过头来，带着一种狐狸所能表露的最高兴的样子，跑去迎接它的妈妈。狐狸妈妈飞快地咬住了小家伙，掉头就往它来的路上拖。可是，拖到链条拉得笔直的时候，小家伙就猛得从狐狸妈妈的嘴里摔出来。这时候，有一扇窗户打开了，狐狸妈妈吓得又逃回木头堆那边去了。

一个钟头以后，小狐狸停止了跑动和叫唤。我借着月光，偷偷往外一瞧，看见了狐狸妈妈的身影。它伸直身子躺在小家伙的旁边，嘴里在啃着什么东西。我听到一种铁器的喀嚓声,原来它在啃那条无情的铁链。而小家伙梯普,这时正忙着大吃大喝。

看见我出来,狐狸妈妈迅速逃进黑洞洞的林子里去了。在那只箱子旁边,放着两只小老鼠,血淋淋的,还有点儿热气,这是慈爱的狐狸妈妈给梯普带来的晚餐。

第二天早晨,我发现链条上离小家伙脖子一两米的地方,已经被磨得雪亮了。

后来我走进树林,跑到被破坏的狐狸洞口的时候,又发现了狐狸妈妈的痕迹。这只可怜的、伤心欲绝的狐狸妈妈来过这儿,而且把孩子们浑身污泥的尸体挖了出来。

地上横躺着三只小狐狸的尸体,身上都被舔得光溜溜的。在它们旁边,还放着两只刚被弄死的我们家的母鸡。新堆好的泥土上到处都是可以说明问题的痕迹。这些痕迹告诉我,它曾经在这些尸体旁边,悲痛地守了很久很久。

我们的俘虏梯普,现在成了狐狸妈妈唯一的亲人。为了保护鸡,我们把猎狗全放了出来。叔叔吩咐过那些雇工,一看见狐狸妈妈就马上用枪打,他也这样叮嘱过我。我们把狐狸最喜爱而猎狗却碰也不会碰的鸡头上涂了毒药,然后把鸡头散放在树林里。

狐狸妈妈只有在躲过种种危险、爬过木头堆以后,才能到达拴着梯普的谷场。但是它照样每夜都来照料它的孩子,把新弄死的母鸡和别的动物带给梯普吃。虽然它现在不等小狐狸发出抱怨的叫声就跑过来,但我还是一次又一次地看到了它。

小狐狸被抓的第二天晚上,我听见链条在嚓嚓作响,接着我就发现狐狸妈妈正在小家伙的窝边使劲挖洞。等挖到有它身高一半深的时候,它把铁链条松着的部分,收起来通通放进洞里埋上,再用土把洞填满。这时候,它以为已经成功地解除了链条的束缚,于是咬住梯普的肚子,全力朝着木头堆那边冲去。可是,天哪!它这么一冲,结果只是叫小家伙又被那链条猛勒了一下。

可怜的小梯普,当它爬回箱子里的时候,竟伤心地哭了。半个钟头以后,猎狗那儿传来一阵狂吠声。接着,这种叫声径直朝远处的树林里移去,我一听就知道它们又在追狐狸妈妈了。它们一直往北,朝铁路的方向奔去,后来就渐渐听不到它们的动静了。第二天早晨,那些猎狗还没回来。

我们不久就查明了原因。原来,狐狸妈妈对铁路的情况,早就心里有数了,并且很快就想出了几种利用它的方法。一种方法是在被猎狗追赶的时候,趁火车将要开过时,沿着铁轨跑上一大段路。因为在铁轨上留下的气味,总是非常淡的,再加上火车轰隆隆地在上面开过,气味就完全消除了,而且猎狗也常有被火车头碾死的可能。另一种方法更有把握,不过做起来也更困难,那就是在跑得飞快的火车头前面,把猎狗一直带到一座高高的桥上,这样它们就一定会被追上来的火车头碾得稀烂。

昨天晚上,狐狸妈妈就是巧妙地施展了这种手段。我们在铁路上发现了猎狗兰格血肉模糊的尸体,知道狐狸妈妈已经报仇雪恨了。

当天夜里,在疲惫不堪的猎狗斯波特回家之前,狐狸妈妈又来到谷场上,它又弄死了一只鸡给梯普,并且喘着气,伸直了身子躺在梯普身旁,让孩子吃奶解渴。

通过这天晚上被弄死的那只母鸡,狐狸妈妈夜里来我们这儿的事情,又被我叔叔发觉了。我的同情心完全在狐狸妈妈这一边,我不愿意再参与什么杀戮计划了。

第三天晚上,我叔叔拿着枪,亲自看守了一个钟头。后来天气冷起来了,他又想起别处还有要紧的事情要办,就让柏迪代替了他。但是,这种寂静无声、令人焦虑的看守工作,使柏迪变得不安起来。一个钟头以后,两声枪响告诉我们,那两颗子弹一定是白费了。

早晨我们发现,狐狸妈妈还是来过小家伙这儿。到第四天晚上,我发现叔叔又在亲自站岗,因为另一只鸡又被偷走了。

天黑不久,我们听见一声枪响,狐狸妈妈把带着的东西往地上一扔,撒腿就溜掉了。当天晚上,它又试着来了一次,引起了另一声枪响。可是到第二天，亮闪闪的铁链告诉我们，昨晚狐狸妈妈还是来过了，它又花了几个钟头的时间，想啃断那条可恨的铁链。

这种勇敢的精神和坚定不移的决心，如果没有赢得人们的尊敬，也一定得到了人们的宽恕。那天晚上夜深人静的时候，这儿已经没有人看守了。看守又有什么用呢？狐狸妈妈已经被人用枪赶跑了三次，难道还会跑来喂它的孩子，救它的孩子吗？

到了第五天晚上，在小家伙颤声地哀叫了一声之后，木头堆上便出现了一个黑影，这回在旁边观察它们的只有我一个人。

它像个影子似的跑来，待了一会儿，又无声无息地走了。梯普呢，一口咬住了它扔下的一样食物，津津有味地吃起来。可是，就在它吞咽的时候，一阵剧痛刺透了它的全身，痛得它禁不住失声大叫起来。接着，小家伙又挣扎了一会儿，就躺在地上永远不动了。

狐狸妈妈的母爱是强烈的。它非常清楚毒药的功力，也懂得毒饵的性能。可是，这次它扔给小家伙吃的是毒饵，是我们放在林中的有毒的鸡头，结果小梯普死了。这究竟是怎么一回事，那就很难解释了。

当大地重新铺上皑皑白雪的时候，我们又在林子里做了一次搜捕。雪地告诉我们，狐狸妈妈已经不再在这片松林里游荡了。我们只知道它离开了此地，到底上哪儿去了，谁也没有发现过。

小猎人

[波兰]布鲁诺·舒尔茨

那年的整个八月我都是在与一只漂亮小狗的玩耍中度过的。那只小狗某一天出其不意地出现在我们家厨房的地板上。它的样子笨拙难看，老是尖叫不停，身上还散发着婴儿般的奶腥味，一颗尚未发育成熟的圆脑袋不停地摇抖着，脚掌很像鼹鼠的脚掌，并向两侧分开着，这是它身上最娇嫩的部分，柔软得简直像丝绸外套。

从我看见它的刹那，那个有生命的小不点儿便俘获了我所能拥有的一切激情和赞赏之心。

这件上帝最心爱的礼物降临人间，在我的心中比一切美妙的玩具都更惹人爱怜，它究竟是从哪个天堂下凡的呢？不妨可以设想，在某个清晨，一个索然无味的老女佣突发奇想地从乡下老家把这只可爱的小狗带到我们家的厨房。

布鲁诺·舒尔茨(1892—1942)，男，波兰犹太作家、画家。主要作品有《肉桂色铺子》《沙漏做招牌的疗养院》。

噢！当时竟然没有一个人在场。天哪！大家都还没有从睡眠漆黑的胸怀中苏醒过来，而那个幸福宝贝已经降临。它安静地躺在厨房冰凉的地板上等候着我们，可是，阿德拉和家里别的人都不喜欢它。我为什么没有早点儿醒来呀？地板上的那只牛奶盘见证了阿德拉的恻隐之心，同时，不幸的是，也见证了那些被我永远错过的履行亲人义务的欢乐瞬间。

不过，未来的一切都会向我敞开。展望新奇的经历、实验和发现，那前景是多么美妙！那个生命最核心的秘密，浓缩成这个简单、敏捷、玩具般的生命形式，展示给我那永不满足的好奇心。拥有那个像我们一样的生命断片、那颗永恒的神秘核粒是多么有意思呀，它用新颖有趣的形式，以其极端的奇异性，以其生命火花出其不意的变化，呈现给我们人类，在我心中激起无限的好奇心。

动物，让人兴致盎然的家伙，简直就是生命不解之谜的典范。它们被创造出来仿佛就是要向人类揭示自身的秘密，用无数万花筒般的可能性展示生命有多么丰富和复杂，而每一种可能又引出某种奇妙的结果，引出某种别具一格的繁华。怪异的趣味可能会破坏人际关系，由于还没有这种趣味的连累，我心里仍然对所谓生命永恒性的显现怀着向往之情，充满了一种类似顿悟的温柔可爱的好奇心。

小狗浑身温暖，柔软得像天鹅绒，你能感觉到它那颗纤小的心脏在快速地跳动着。它的两只耳朵如花瓣一样柔软，蓝色的眼睛蒙蒙眬眬的，你可以把一根手指放进那粉红的小嘴里，不会被伤着，那柔嫩、无邪的掌爪，前脚趾外侧长着几粒迷人的粉红色的小肉粒。小狗就是用这几只小爪径直爬进牛奶盘里，贪婪又鲁莽地用淡红色的舌头舔着牛奶，舔够后又伤心地提起小小的鼻孔，上面还挂着滴滴牛奶，最后笨拙地从牛奶浴中撤退出来。

小狗走路时笨拙得像在歪歪扭扭翻滚，它对方向犹犹豫豫，仿佛在沿着一条摇摇晃晃和不确定的线路前进。无尽的忧伤是它最常流露出的情绪。它还有一种孤儿般沮丧的无奈感，无力填补奢侈的饮食之间那段生活的空虚感。这种空虚感反映在毫无目标的流浪中，毫无条理的举动中，以及伤心的呜咽声中，好像身处何地都难以安居。即使在沉睡中，它也蜷缩成一只瑟瑟发抖的小球来满足享受保护和爱抚的需要。它无法独自摆脱孤寂和无家可归的感觉。这是一个多么幼小和脆弱的生命，从熟悉的黑暗中，从母亲家园般温暖的子宫里被领到一个广阔、陌生、明亮的世界，但它又退让、却步、蜷缩着不想经历这一切，而且怀着强烈的反感和失望！

但是，小猎人（我们因此给它取了这个骄傲而威武的名字）慢慢地开始更加喜欢生活了。它不顾一切地、着迷地渴望回到母亲子宫的冲动，面对大多数人都享受的诱惑，它终于屈服了。

这个世界开始给它埋设种种陷阱：包括那些叫不上名字、味道一流的佳肴，以及早晨的阳光投射在地板上映照出的光块，栖息在那里是那么舒服哇；还有自己的四肢、脚爪的运动，淘气地邀请它去玩耍的尾巴；还有诱惑着它去嬉戏的人手的亲切爱抚；还有想去参与新鲜、剧烈和冒险运动的渴望。所有这一切都在逗弄着、刺激着它接受生活的新奇体验，向生活俯首称臣。

另外，小猎人开始明白：它正在经历的一切早已毫不新鲜，而且经历过不止一次，这些东西虽然貌似新奇，但某些根深蒂固的东西依然如故。它的身体开始能识别各种不同的情景、印象和对象。事实上，所有这些没有一件让它感到格外惊讶。每当面临各种新的环境时，它就潜入记忆的深泉，在自己体内潜藏的那个记忆之泉，盲目而狂热地搜寻一番，最后总能从自己身上找到现成的应对办法，做出得体的反应：那是祖祖辈辈积累的智慧，储存在细胞质和神经中。它会采取各种压根儿想不到的措施和决定，其实这些决定早就恭候在那里，随时准备呈现出来。

小猎人稚嫩生活的那个背景——那间备有小桶、布衣的厨房，充满了各种复杂、诱人的气味，以及阿德拉的拖鞋声。喧闹、匆促的行走声不再让它感到心惊肉跳。它已经习以为常地把厨房当作自己的地盘，在这里开始有了家的感觉，而且还隐隐约约萌生出一种近乎爱国主义的归属感。

除非，出现这样的状况：一次偶然的火山喷发，冲毁这块劣质地板，连绵的浊流将小猎人淹没、冲走——自然的法则通通被废除，温热的碱液四处弥漫开来，在所有的家具下面蔓延而过，包括阿德拉的那把充满了挑衅和威胁味道的笤帚。

但是，这个威胁已经过去，此刻，那把笤帚早已安静下来，一动不动，放回属于自己的那个角落，地板散发出潮湿的、甜丝丝的木质味儿。小猎人又恢复了正常权利，恢复了在自己领地上的自由，它有时冲动地用牙齿咬住一块旧地毯，使出浑身力气左拉右扯地去撕咬。这些不同的要素和谐地融为一体，让它内心充满无法言传的欢乐。

忽然，它向后退了一大步，两条前腿伸起在空中，仅依靠两条后腿做支撑，并且定在了那个点上：正前方，一个黑色的怪物正在缓慢地向它逼近，身体上面长满了纠缠在一起的火柴棒似的细足。巨大的惊恐退去之后，小猎人的眼睛紧紧地跟随着这只发光的昆虫爬行时所留下来的那道锯齿状的发光线条，专注地观察着这个平坦但显然没有长脑袋的身躯，那些蜘蛛般的腿以离奇的速度搬运着这件家伙。

小猎人看到这一幕后心里有些激动，这种感觉它还理解不了，这是一种愤怒与恐惧的混合物，既充满了兴奋的快感，同时又夹杂着一种力量、自信、进攻激发出的战栗。

小猎人忽然前爪跪地，发出连自己都感到陌生的声音，这是一种奇怪的噪音，与它平时的低吟声完全不同。它一次性吼出这种声音，接着一遍又一遍地用颤动的高音不停地重复着。

但是，小猎人用这种全新的、忽然激发出来的语言向这只昆虫发出的呼唤纯属徒劳，因为一只蟑螂的理解力是根本对付不了如此的长篇大论的：那只昆虫以经过蟑螂世界无数世代神圣化的礼仪磨炼出来的举止继续向房间的某个角落悠然而去。

在这只狗的灵魂中，憎恶感还不会存驻得那么持久有力。刚刚被唤醒的对生活的愉悦感把一切感觉都化作一场巨大的玩笑和欢乐。小猎人还在继续吠叫，但吠叫的调门已经不知不觉变了，变成了对刚才叫声的戏仿，试图表达那种对这个伟大事业，即充满了各种意外奇遇、陶醉和刺激的生活的不可思议的神奇感。

沙滩

废名

　　站在史家庄的田坂当中望史家庄,史家庄是一个"青"庄。三面都是坝,坝脚下竹林这里一簇,那里一簇。树则沿坝生长,屋背后是一片茂林。站在史家庄的坝上,史家庄被水包住了,而这一面水并不是一样的宽阔,也并不处处是靠着坝流。每家有一个后门上坝,在这里河流最深,河与坝间一带的草地是最好玩的地方,河岸尽是垂杨。迤西,河渐宽,草地连着沙滩,一架木桥,到王家湾,到老儿铺,史家庄的女人洗衣都在此。

　　天气好极了,吃了早饭,琴子到河边洗衣服。

　　琴子真是一个可爱的姑娘,大家都喜欢她。小林常说她"老者安之,少者怀之",虽是笑话,却是真心的评语。沙滩上有不少孩子在那里捡河壳,见了他们的琴姐,都围过来,要替琴姐提衣篮。琴子笑道:"你们去捡你们的河壳,回头来都数给我,

---

　　废名(1901—1967),男,湖北黄梅人。中国当代著名作家,京派小说代表作家之一。主要作品有《竹林的故事》《桥》等。

一个河壳一个钱。"

"姐姐替我们扎一个风筝!"

他们望见远远的天上有风筝。

"扎风筝,你们要什么样的风筝呢?"

"扎一个蜈蚣到天上飞。"一个孩子说。

"蜈蚣扎起来太大,你们放不了,就是你们许多人一起拉着线也拉不住它。"

"姐姐说扎什么就扎什么。"

"我替你们扎一个蝴蝶。"

"就扎蝴蝶!蝴蝶放得高高的,同真蝴蝶一样。"

一个孩子说:"姐姐,你——你前回替我扎的球,昨天——昨天——昨天天黑的时候,我——我们在稻场上拍,我拍得那么高,拍到天上飞的蝙蝠中间去了!"

"哈哈,一口气说这么长。"

这孩子有点口吃,他以为是了不得的事,所以一句一句对琴子说,其余的孩子居然也一时都不作声让他说完。

琴子来得比较晚,等她洗完了衣服,别的洗衣服的都回去了,剩下她一个人坐在沙上。她脱了鞋坐在沙上晒,刚才没有留心,鞋被水溅湿了,而且坐着望望,觉得也很是新鲜。那头沙上她看见了一个鹭鸶,并不能说是看见,她知道是一个鹭鸶。沙白得炫目,天与水也无一不是炫目的,要她那样心境平和,才辨得出沙上是有东西在那里动。她想,此时此地真是鹭鸶之场,什么人的诗把鹭鸶用"静"字来形容,的确也是对的,不过似乎还没有说尽她的心意——这也就是说没有说尽鹭鸶。静物很多,鹞鹰也最静不过,鹭鸶与鹞鹰是怎样的不能说在一起!鹞鹰栖岩石,鹭鸶则踏步于这样的平沙。她听得沙响,有人来,掉头,是紫云阁的老尼姑。她本是双手抱住膝头,连忙穿鞋。老尼姑对她打招呼:"姑娘,你在这里洗衣呀。"

"是的。师父过河吗?"

"是的,我才在姑娘家来,现在到王家湾去,这是你家奶奶打发我的米。"

老尼姑说着把装米的布袋与手拄的棍子放下来,坐下去。

"哎哟,我也歇一歇。"

"师父该在我家多坐一坐,喝茶,有工夫就吃了午饭再去。"

"是的,我坐了好大一会儿,奶奶泡了炒米让我吃,此刻就要去。我喜欢同姑娘坐坐谈谈。"

琴子看见老尼姑的棍子横在沙上,心中升起一种虔敬之情。

"姑娘,像我们这样的人是打到了十八层地狱,比如这个棍子,就好比是一个讨米棍。"

这越发叫琴子有一点肃然。

"师父不要这样说。"

这个老尼姑无论见了什么人,尤其是年轻的姑娘,总是述说她的一套故事,紫云阁附近的村庄差不多没有人不晓得这套故事,然而她还是说。她请琴子有工夫到她庙里去玩玩,接着道:"我们修行人当中也有好人。"

一听这句,琴子知道了,但也虔敬地去听。

"从前有两个老人在一个庵里修行。原来只有老道姑一个人,一天一个七十多岁的老汉来进香,进了香,他讨茶喝,他接了茶,坐在菩萨面前喝,坐在拜席上喝。姑娘,修行人总要热心热肠才好,我们庙里,进香的问我讨茶,没有茶我也要重新去烧一点茶。"

歇了一会儿,问一问琴子的意见似的。

"是的。"琴子点一点头。

"他坐在拜席上喝。他叹气,好心肠的道姑问他还要不要茶,他不要。他说:'真星不恼白日,真心是松柏常青,世上唯有真字好。'道姑问他:'香客,你心里有什么事呢?你的样子像是心里有什么事。'姑娘,他就告诉好心肠的道姑,说他心里有事,说他走了一百五十里路,走了三天,走到这深山里来,他朝山拜庙,到了许多许多地方。"

说到"许多许多"四个字,老尼姑伸手到沙上握住棍子,仿佛这样可以表示许多。倘若是庄上别的姑娘,一定一口气替老尼姑把下文都说了,琴子还是听着。

"他说他年轻的时候生得体面,娶了一个丑媳妇,他不要他的媳妇,媳妇真心爱他,一日媳妇逃走了,让丈夫另外娶一个体面的。现在他七十多岁,哪里还讲体面二字,他只念他从前的'真心',他有数不尽的忏悔。"

说到这里也知道加重语势了,说那老道姑就是那老汉的"真心",他们两人接着是如何哭,两个老人从此一处修行。琴子倒忽略了老尼姑的用力,只不自觉地把那习听了的结果幻成为一幕:有山,有庵堂,庵堂之内有老人、老道姑……

尼姑说完也就算了,并没有丝毫意思问这套故事好不好。琴子慢慢地开言:"师父还是回我家去喝茶,吃了饭再到王家湾去。"

"不,你家奶奶刚才也留了又留,我回头再来。"

但老尼姑也不立刻起来,两人暂时地望着河,河水如可喝,琴子一定上前去捧一掌敬奉老尼姑。

老尼姑拄着棍,背着袋,一步一探地走过了桥,琴子提衣篮回家。

两分硬币

[日本]黑岛传治

1

那是流行玩陀螺的季节。弟弟藤二不知从哪里找到健吉玩旧的陀螺,用两只手掌夹住三寸扁头铁钉做的轴心,使劲地搓。然而,因为他手上还没有多大力气,不管怎么使劲,那陀螺也只站着转那么几转,很快就倒下来。

健吉从小就有股子钻劲,买了个陀螺,擦得溜光,还用一枚三寸铁钉把原来那根细铁丝般的轴心换了下来。这样,陀螺就转得快,跟人家赛起来很少有敌手。因而,它虽是十二三年以前用过的旧东西,却仍然连一条裂缝都没有,黑黝黝、沉甸甸,看上去木质很坚硬。它原来是上了油,打了蜡的,同如今在铺子里卖的比起来,那木质就好得多了。

可是,陀螺越重,对年幼的藤二来说就越难转动。他在廊

黑岛传治(1898—1943),男,日本小说家。1930年担任日本无产阶级作家同盟中央委员。主要作品有《武装的市街》《猪群》《两分钱》等。

沿上搓了半日，也总是转不灵。

"妈妈，给我买根陀螺绳儿，行吗？"藤二缠起妈妈来了。

"问问爸爸，看叫买不？"

"他说行哩。"

妈妈对所有的事情都很小气，原因是家里的日子难过。尽管妈妈答应给买了，还要把堆房翻腾一遍，看清楚是不是还有健吉玩旧的绳儿。

这沿河的小小村庄的孩子们，都聚集到庙门前去，把新绳儿缠在新陀螺上使它转动起来，两个人一组撞陀螺，比输赢。孩子们把这种玩法叫作"撞嘎嘎"。他们缠好绳儿使劲一抽，把陀螺摔出去，陀螺就飞快地转动起来。两个人一起摔，轮流让自己的陀螺去撞对方的，直到一方的陀螺停止转动，先倒下来的就算输了。

"瞧，光俺一个人用这样又黑又旧的陀螺。陀螺也给俺买个新的吧。"藤二缠着妈妈说。

"陀螺不是有一个吗？不买也行了。"

"这个，瞧，都这么黑了……人家都是新的！"

"净说傻话，这个陀螺还不好？"健吉深信自己从前用过的陀螺不坏，他总有点儿舍不得拿钱给弟弟买新的。

"嗯。"藤二一向是哥哥说啥都相信的。

"这个陀螺好哇，不信跟他们比比看，谁也不会比它强啦！"

说到这里，陀螺用旧的，算是说通了。可一到跟妈妈两个人去买绳儿时，藤二却又贪婪地摸弄起铺子里装在木盒中的涂了红和绿的颜色的新陀螺来了。

"阿藤啊，不要那么摸人家铺子的东西呀，瞧给弄脏了。"母亲边请杂货铺的老板娘拿出绳儿来看，边嘱咐藤二说。

"不不，摸摸也不妨事的。"老板娘和气地说。

绳儿一共有几十条，都剪得一样长，其中只有一条比起别的来短那么一尺左右。那是按尺码量着剪下来，最后剩了那么一条不足尺码的。

"多少钱?"

"一条一角钱,那条短的就算您八分钱吧。"

"算八分钱……"

"是呀。"

"那么,就要这条短的好啦。"

说着,母亲拿出一角钱,找回来一个两分硬币,就仿佛是赚了两分钱那么高兴。

当母亲催藤二回家的时候,藤二还在玩弄那盒子里的新陀螺,看起来他是十分舍不得的样子。但他也没有硬逼着母亲给他买,就跟着母亲回来了。

2

邻村庙前的广场上,来了串乡的摔跤班子。孩子们都成群结伴地去看热闹。藤二也想去,只是正在割稻大忙的节骨眼儿上,而且牛棚里上了套的牛也正在拉磨磨粉,团团地围着中间的柱子打转,得让藤二看着。

"看牛,真讨厌死了!"藤二异乎寻常地表现出厌烦的样子。他把陀螺的绳儿拴在牛棚房檐下的柱子上,两手攥住绳头儿用力拉着。

"那么,你就去赶麻雀吧?"

"不。"

"你这么任着性子怎么行啊,粉得磨,麻雀又来吃稻子!"妈妈带着生气的口吻说。

藤二似乎在跟柱子拔河一样,转过身子去抻绳儿,过了一会儿,他悄悄地说:"大伙儿可都去看摔跤了!"

"像咱这么穷的人家,哪儿能够去干那样的事儿!"

"嘿!"藤二失望地喊着,还是一个劲地抻着绳儿。

"那么抻,绳儿可要断了。"

"哼,这绳儿比人家的都短!"

"抻也长不了——那么抻要摔倒的!"

"嘿，一抻就长了。"

这时候，爸爸回来了，盯着藤二说："阿藤，你嘟囔什么呀？"

"瞧，这不是挨说了吗？喏，去看着牛吧。"妈妈乘机安顿好就下田去了。

爸爸把小麦倒在漏斗里，看了看温驯的牛正在望着人脸，慢腾腾地拉着磨，他就出去了。

藤二自从买了陀螺绳儿，到孩子们中间去转陀螺，就慢慢发现自个儿的绳儿比别人的短很多，心里感到很委屈。把绳儿的一头并齐，一比，他的绳儿比谁的都短。他才六岁，跟上了学的大孩子玩"撞嘎嘎"，就总是输。他觉得绳儿短，再比还是要输的。于是，他以为揪住绳儿的两头一抻就会变得跟别人的一样长了，所以他总是不断地抻绳。他一面看着牛，一面把绳儿套在中间的柱子上，揪住两头用力抻，嘴里仿佛在念叨着："绳儿，长长点儿吧。"这时，牛就在他身后团团地转着圈。

3

健吉正在割稻，去看摔跤的许多孩子成群结伴地回来了。他们在归路上，到处停下来玩着陀螺。

后来，健吉他们又割了一会儿稻子，太阳眼看要落山了，他们就担着稻捆回家了。

"牛棚里怎么一点儿动静都没有？"

"是呀。"

"藤二上哪儿去玩了吧？"

妈妈放下稻捆，走上前去往牛棚里一瞧，吓了一大跳，颤抖着叫了起来："阿健哪，快来！"

健吉扔下稻捆，赶忙跑过去，发现看牛的藤二一手握着陀螺绳儿，躺在阴暗的牛棚里，脖颈断了，满头是血。

黄牛呆呆地驾着套站在那里，仿佛是在守护着孩子。夕阳穿过竹窗棂，照着黄牛的眼珠。两只苍蝇在黄牛身旁嗡嗡地飞着……

"畜生！"爸爸拿了担稻捆用的六尺扁担，一股劲整整把牛打了三个钟头，仿佛是黄牛担负着一切罪过。

"畜生！你干不出好事来！"

黄牛吓得口吐白沫，在牛棚里东逃西跑。

牛套给打烂了，六尺扁担也打断了。

从那以后，三年过去了。

妈妈一想到藤二便说："那时候，叫他去看摔跤就好了！"

"不给他买那么短的陀螺绳儿就好了……他是因为把陀螺绳儿套在柱子上用力抻的时候，抻脱了一只手，倒栽在地上，给牛踩死的。不给他买那根短绳儿就好了。省下两分钱又顶什么用啊！"

妈妈一想起藤二，就这么叨咕起来。直到如今，她还要流泪哩。

看画

[美国]马克·吐温

从前,有位画家画了幅十分精美的画,他把画挂在一个他能从镜子里看到的地方,他说:"这下,画看上去距离倍增,色调明朗,比先前更加可爱了。"

森林中的动物们从那家的猫的嘴里听说了此事。猫深受动物们的尊敬,因它博学多才,温文尔雅,彬彬有礼,极有教养。它能告诉动物们那么多它们先前不知道,说了以后也搞不大清楚的事。动物们因为这条新闻大大地激动,于是连连发问,以便充分了解情况。它们问画是什么样的。猫就讲解了起来。

"那是一种平平的东西,"它说,"出奇地平,绝妙地平,迷人地平,十分雅致,而且,噢,是那么漂亮!"

这下动物们激动得几乎发狂,说无论如何要看看这张画。

于是熊问:"是什么东西使它那么漂亮呢?"

马克·吐温(1835—1910),男,美国著名作家,是美国批判现实主义文学的奠基人。主要作品有《汤姆·索耶历险记》《哈克贝利·费恩历险记》等。

"是它的美貌。"猫说。

这个答复令动物们赞叹不已,更觉得那只猫高深莫测。它们越发激动了。

接着牛问:"镜子是啥玩意儿?"

"那是墙上的一个洞,"猫说,"朝洞里看进去,你就能见到那张画在那难以想象的美貌中,它是那样的精致,那样的迷人,那样的惟妙惟肖,那样的令人鼓舞,你会看得摇头晃脑,欣喜若狂。"

驴子到目前为止还一言未发。这时它开始发出疑问。它说以前从没有见过那样漂亮的东西。又说,一旦用这么多长音节的形容词来描绘一样东西的美丽时,就不可全信。

显然,这种怀疑论对动物们产生了影响,所以猫就怏怏不乐地离去了。这个话题被搁置了几天。但与此同时,动物们的好奇心在重新滋长。那种显而易见的兴趣又复活了。于是动物们纷纷责备驴子把那也许能给它们带来乐趣的事弄糟了,而那种仅仅对那张画的漂亮产生的怀疑,却没有任何根据。驴子不加理睬,安之若素。驴子说,只有一个办法能弄清它与猫之间究竟谁对。它要去看那个洞,然后回来报告它的实地所见。动物们感到既宽慰又感激,就让它马上去。驴子便立即起程了。

可驴子不知道该站哪儿好,因此,它错误地站到画和镜子之间,结果是那画没法在镜中出现。

它回去后,说:"猫撒谎。那洞里除了有头驴,啥也没有,连什么平玩意儿的影子都没见到。只有一头漂亮的、友善的驴子,仅仅是一头驴子,没别的什么呀!"

象问:"你看仔细,看清楚了吗?你挨得近吗?""我看得仔仔细细,清清楚楚。噢,哈撒,万兽之王,我挨得那么近,我的鼻子和它的鼻子都碰上了。""这真怪了,"象说,"就我们所知,猫以前一直是可信的。再让熊去试试看吧。去,巴罗,去看看那洞,然后回来报告。"

于是熊就去了。回来后它说:"猫和驴子都说谎。洞里除了有头熊外,啥也没有。"

动物们大为惊奇，迷惑不解。现在谁都渴望亲自去尝试一下，搞个水落石出。象便一一派它们前往。

第一个是牛。它发现洞里除了一头牛，啥也没有。

老虎发现洞里除了一只老虎，啥也没有。

狮子发现洞里除了一头狮子，啥也没有。

豹子发现洞里除了一头豹子，啥也没有。

骆驼光发现有只骆驼，其他什么也没有。

于是哈撒大怒，说如果亲自前往的话，它一定会弄清楚是怎么回事。

它回来后将它的全体臣民训斥了一顿，因为它们撒谎。它怒不可遏地指责猫是个道德和精神上的瞎子。它说："除非是个近视的傻瓜。否则，不论谁都能看出洞里没有别的，只有一头象。"

小王子

周芬伶

他们说,弟弟被关起来了。

我已经将近一年没见到弟弟了。最后一次见到他,他穿着崭新的名牌衬衫,手上戴着金表,吊儿郎当地说:"小心,我到你那里敲你一笔!"他总是爱开玩笑。

可是,弟弟一直没有来。然后,我就听说,他唆使三个人去抢地下钱庄,还用刀子割了会计小姐一刀。然后又说,弟弟被通缉,躲在高雄的小公寓里。还说,他被捕了,关进燕巢看守所。这些事情我都不相信。

弟弟在我心目中全然不是这样的。小时候,他常从我背后扑上来,勒住我的脖子说:"拿命来!"我总是一面笑着一面打他,说他好有力气,好调皮。他不是当真的,你看他那张天真无邪的面孔,清亮有神的眼睛,略厚而敏感的嘴唇,挺直的

周芬伶(1955—),女,台湾屏东人。中国当代作家。曾获吴鲁芹散文奖。主要作品有《绝美》《花房之歌》《阁楼上的女子》等。

鼻梁，长得活像詹姆斯·迪恩，他怎么会伤害任何人？

母亲连生五个女孩后才生弟弟，他在一大群女孩中长大，练就一张最甜的嘴，一颗最软的心，我没见过这么会撒娇的男孩，只要他说："姐，这个我要。"这个东西就变成他的，没有人拒绝得了他。他又挺会挑东西，所有吃的、穿的、用的，全都要最好的。小时候他让人算命，相士说："你生来是来讨债的，别人花钱仅止于皮肉，你要花到骨头里。"弟弟还很得意地问："姐姐，怎么样才算花到骨头里？"

虽然如此，没有人能阻止姐姐去疼弟弟，我们都用女人特有的柔软心肠去宠他——弟弟犯错了，那么就流泪吧，用泪水感化他；弟弟吃不了苦头，那么就什么苦头也不让他吃。

我们喜欢把他打扮得整整齐齐，带他到街上亮相，许多人走过来，摸他的头，拧他的脸颊，他一点儿也不怕生，眨着大眼睛直笑。很多人说："他长大后会迷倒许多女孩子。"

果然，才念国中，就有许多女孩子写信给他，在这些女孩子中，他只喜欢凤子。凤子是个极标致的女孩，高挑的身材，皮肤又白又细，一双凤眼笑起来弯弯的，只是嘴角有些歪撇，看起来楚楚可怜的样子。有人说凤子一脸薄命相，不是端正的女孩。我才不相信，美丽的女孩总是遭嫉的。

弟弟喜欢凤子，凤子也喜欢弟弟。为了凤子，弟弟从好班降到普通班；为了凤子，弟弟花钱越来越凶。那一阵子，他桌上贴满凤子的照片，常逃课溜去约会。他说他们是龙凤配，天生一对。

可是，高中还没毕业，凤子居然嫁人了。听说，她的母亲为了还债，逼她嫁给一个老头子，婚都结了，凤子还一直来找弟弟，弟弟不见她，也不准我们提起她，后来凤子割腕自杀，弟弟也没去看她。

从那时起，弟弟常常不回家，学校说他旷课超过时数，外面传说他参加不良帮派，还说他在赌场里当保镖。有一次，母亲在他的房里，搜出一支扁钻，还有一把好长好长的刀。母亲一边发抖，一边流泪，把刀用布包好，丢到郊外去。接着，弟弟被退学。

我找到弟弟，劝他，不，是哀求他。我说："姐姐相信你的本性是善良的，只要及时回头，一切还来得及。你知道吗？姐在大学里教书，那里的学生跟你的年龄差不多，我常常在想，里面如果有一个是你该有多好！你应该像那些年轻人，看本书，哼支歌，一大票人争论着去看哪里的电影，开多大的舞会，还有夜游、烤肉、赏花，家事、国事与天下事，理想与抱负……二十岁，应该是没有血腥、没有罪恶、没有忧愁的年龄，弟弟，我等着这一天。"

弟弟说："姐姐，你又在做梦了。你没有看到我胸前，还有大腿上刺的这些花，我是洗不干净了。你们都不要再管我，你叫妈妈不要再哭，好不好？我最怕眼泪，凤子嫁人的时候，我没掉过一滴眼泪；别人用拳头打歪我的鼻梁，我也没哼一声。不要叫我去上学，我讨厌老师、讨厌学校，他们都要我学姐姐们，做个好学生。我不要做好学生，我要成功，有一天我会漂漂亮亮地站在大家面前。那时，没有人会再瞧不起我。你等着，有一天！姐姐，你看到没有，我的头发开始白了，我的心里也不好受，我要成功。每个人的眼中只有钱，我要很多很多的钱……"

我制止他继续说下去。我说："那么你去学画，你不知道你画得有多好，以前你画的画贴在家里，还有人愿意花钱买它呢！"弟弟不说话，只是睁着无神的大眼睛，空洞地看着我，他的眼神看了教人发抖。我看到他的头发居然夹着许多白白的——

然后，更多的谣言来了，挡都挡不住——弟弟骗钱，弟弟被暗杀，弟弟断了两个手指，弟弟开赌场……我从没看过他打人，从没听过他说一句脏话，他在家是个乖孩子。在我们面前他是最会撒娇的弟弟，他怎么可能去抢钱、伤人？我不相信。

谣言越来越可怕。后来我就听说弟弟主使三个人抢地下钱庄，钱到手后，警方抓人，一个被捕，弟弟和其余两人跑了。被捕的那个人把所有的罪过全部推到弟弟头上。我们都在找弟弟，警方也在找弟弟。

有一天下午，我接到凤子的电话，她说弟弟想要跟我说话，我想骂他，但我的声音和手一直发抖，我只是说："你害怕吗？"他说："害怕。"我说：

"不要怕，姐会替你想办法。你有没有做那些事？"弟弟没搭腔。我再问："我知道你没有做那些事，对不对？那就出来自首……"说到这里，电话就挂断了。

那一阵子，我常做噩梦，有一次梦见弟弟的头发全白了，他变成一个很老很老的人。又有一次，我梦见我是法官，弟弟被押进法庭，结果，我判了他死刑。

祖父过世出殡那一天，凤子来了。好几年没见，她还是那样标致，穿着一身黑，一进门就在祖父的灵前下跪。母亲去扶她，她附在母亲的耳边说，弟弟也来了，躲在外面。我就知道，弟弟是多情的人，不会忘记祖父最疼他。凤子说，弟弟整个人都变了，脸又黑又干，夜里常看他惊醒，人坐得直直地发怔，好吓人。我往门外看，找寻弟弟的身影，在远远的骑楼边依稀有人影闪动，我知道，那一定是弟弟。

接下来，弟弟自杀，弟弟被捕，开庭又开庭，侦讯又侦讯，初审被判十二年，弟弟戴上手铐，弟弟坐牢。但是，我一次也没去看他，我不相信弟弟会犯罪。母亲去看他回来说，弟弟胖了一点儿，理了个大光头，看到人只会傻笑，母亲却哭得说不出话来。

然后，他就来信了，说："我在里面读日文，姐姐不要为我伤心，就当我出国留学去了。姐姐给我寄书的时候，记得不要寄新的，要旧的，一次限三本，不要忘记。在这里嘴好馋，叫妈给我带肉干来好不好？可惜我那一大堆名牌衣服没人穿了。姐姐，祝你新婚快乐，可惜我不能参加你的婚礼……"

我否认这一切——我的弟弟是小王子，他有着清澈可爱的眼睛，以及天真单纯的心灵，招人喜欢，没有人会拒绝他。他有一朵骄傲的玫瑰，只有四个刺，可是，他太年轻，不知道怎么去爱它。

我的弟弟是小王子，他暂时不会回来了。

獾鼻

[苏联]康·帕乌斯托夫斯基

湖边水面上黄叶漂积,一大片一大片的,多得无法垂钓。钓线落在叶子上,沉不下去。

我们只好上了老朽的独木舟,划到湖中心去。那儿的睡莲已经凋谢,蔚蓝色的湖水看上去像焦油一样,黑亮黑亮的。

我们从那儿钓来一些河鲈。它们被放在草地上,不时地抽动,闪闪发光,有如童话中的日本公鸡。我们钓到的还有银白色的拟鲤、眼睛像两个小月亮的梅花鲈以及狗鱼。狗鱼向我们露出两排细如钢针的利牙,碰得咯咯作响。

时值秋天,阳光明媚,也常起雾。穿过光秃秃的林木,可以望见远处的浮云和浓浓的蓝天。到了夜间,我们四周的树丛中,星星低垂,摇曳不定。

我们在歇脚的地方生了一堆篝火。这篝火是成天烧着的,

康·帕乌斯托夫斯基(1892—1968),男,苏联著名作家。主要作品有《面向秋野》《金蔷薇》《雪》等。

而且通宵不灭,为的是赶狼。远处湖岸上,有狼在轻轻哀嚎。篝火的烟味和人的欢叫,使它们不得安宁。

我们相信,火光能吓走野兽,但是有一天晚上,篝火旁边的草地里,竟有一只野兽怒冲冲地发出哧鼻声。它不露身子,焦躁地在我们周围跑来跑去,碰得蒿草簌簌地响,鼻子里还哧哧作声,气狠狠的,只是连耳朵也不肯露出草丛。

平锅上正煎着土豆,一股浓香弥漫开来,那野兽显然是冲着这香味来的。

有一个小孩子同我们做伴。他只有九岁,但是对于夜宿林中,秋天劲烈的晓寒倒满不在乎。他的眼睛比我们大人的尖得多,一发现什么就告诉我们。

他是个善于虚构的孩子,但我们大人都极喜爱他的种种虚构。我们绝不能,而且也不愿意捅穿他,说他是一派胡言。他每天都能想出些新花样:一会儿说他听见了鱼儿喁喁私语,一会儿又说看见了蚂蚁拿松树皮和蜘蛛网做成摆渡船,用来过小溪。

我们都假装相信他的话。

我们四周的一切都显得很不平常:无论是那一轮姗姗来迟、悬挂在黑油油的湖面上的清辉朗朗的月亮,还是那一团团高浮空中、宛若粉红色雪山的云彩,甚至那已经习以为常、像海涛声似的参天松树的喧嚣。

孩子最先听见了野兽的哧鼻声,警告我们不要出声。我们都静了下来,连大气也不敢出,一只手已不由自主地伸出去拿双筒猎枪——谁能知道那是一只什么野兽哇!

半个钟头以后,野兽从草丛中伸出湿漉漉、黑黢黢的鼻子,模样像猪嘴。那鼻子把空气闻了老半天,馋得不住地颤动。接着尖形的嘴脸从草丛中露了出来,那脸上一双黑溜溜的眼睛好不锐利。最后斑纹的毛皮也现了出来。

那是一只小獾。它蜷起一只爪子,凝神望了望我们。然后厌恶地哧一下鼻子,朝土豆跨前一步。

土豆正在煎,咝咝发响,滚油四溅。我正要大喝一声,不让獾子烫伤,然而我晚了,那獾子已纵身一跳,到了平锅跟前,把鼻子伸了进去……

一股毛皮烧焦的气味传了过来。獾子尖叫一声,号天动地逃回草丛去。它边跑边叫,声音响彻整片树林,一路上碰折好多灌木,因为又气又痛,嘴里还不时吐着唾沫。

湖里和树林里一片慌乱。青蛙吓得不合时宜地叫起来,鸟儿也骚动起来,还有一条足有一普特(重量单位)重的狗鱼也在紧靠湖岸的水里大吼一声,有如开炮。

次日早晨,孩子叫醒我,说他刚刚看见獾子在医治烫伤了的鼻子。我不相信。

我坐在篝火边,似醒未醒地听着百鸟清晨的鸣声。远处白尾柔鹬一阵阵啁啾,野鸭嘎嘎呼叫,仙鹤在长满苔藓的沼泽上长唳,鱼儿泼剌泼剌地击水,斑鸠咕咕个没完。我不想走动。

孩子拉起我的一只手。他感到委屈,他要向我证实他没有撒谎。他叫我去看看獾子如何治伤。

我勉强同意了。我们小心翼翼地在密林中穿行,只见寻石楠丛之间,有一个腐朽的松树桩。树桩散发出蘑菇和碘的气味。

在树桩跟前,那獾子背朝我们站着。它在树桩中心抠出个窟窿,把烫伤的鼻子埋进那潮湿冰凉的烂木屑中。

它一动不动地站着,好让倒霉的鼻子凉快一些。另有一只更小的獾子在周围跑来跑去,嗤鼻作声。它焦急起来,拿鼻子拱拱烫伤的獾子的肚皮。正在治伤的獾子向它吼了两声,还拿毛茸茸的后爪踢它。

后来,这只獾子坐下,哭了起来。它抬起圆圆的泪眼看我们,一阵阵呻吟,一边用粗糙的舌头舔受伤的鼻子。它仿佛恳求我们救它,然而我们一筹莫展,爱莫能助。

一年以后,我又在这个湖的岸上,遇到这只鼻子留伤疤的獾子。它坐在湖边,举起一只爪子,尽力想捉住振翅飞翔、发出薄铁皮一样声音的蜻蜓。我朝它挥挥手,但它气狠狠地对我嗤了一下鼻子,藏到越橘丛中去了。

从此我再没有见到它了。

风雪夜缘

方英文

那是1979年,年关将近,大雪严严实实地封住了秦岭。当时我在西安念大学,盼着回山里过年,但是没有车。众人天天到车站闹,一直闹到腊月二十八,车站才咬咬牙,发了趟油漆剥落的解放牌老卡车——一下雪就发卡车。尽管如此,七十几号人也只差高呼"万岁"了,我们一拥而上,钉楔子般插进车厢,冒着凛冽的寒风,出发了。汽车勉强爬上秦岭,车轮胎放炮了。司机大骂一串粗话,要大家下来,说要修车至少得十个小时。恰好乘客中有个会修车的,所以只用了五个小时,汽车再次启动了。

一路上乘客逐渐减少,到了终点站镇安县城,只剩十来个乘客,一下车,眨眼就不见了。他们是县城人,回家享福去了。时间已是凌晨一点,小城安静得出奇,几个昏黄的路灯如同墓

方英文(1958—),男,陕西镇安人。中国当代作家。主要作品有《方英文小说精选》《种瓜得豆》《落红》等。

地的鬼火。我的目的是先投宿,明天再回乡下——还有一百多里路呢。可是,仅有的两家国营旅社死也喊不开门。那门被链条锁着,我把门连掀带推弄得稀里哗啦乱响,仍不见有人回应。那时没有私人旅馆,怎么办?总不能在野外冻死吧。为了活命,我决定走动一夜,保持体温。县城仅有两条街,所谓前街和后街,不到十分钟就走穿了,转回身再走。每每经过亲友的家门,我便驻足,几次欲举手敲门——只需通报我的姓名,门便会开,便会有人迎我入内,生火、做饭、暖床,一句话,让我吃饱喝足,然后睡觉。但是我忍住没有敲门。我生性不愿叨扰别人,除非万不得已。也可能有一种自卑心理吧,因为我是乡下人,每次进县城,我都尽量避见亲戚朋友,若双方都没躲过,只好打扰他们一回。虽然吃了他们的,喝了他们的,但在他们那种客客气气的外表下,我能感觉出一种不耐烦的情绪,一种被揩了油的心疼。我能理解如此世态,因为那年头家家日子都紧巴呀,再说他们也难得到乡下吃回人情。然而当我以全县第一名的成绩考上大学后,一切都变了。那些我平常并不怎么熟悉的人,老远见了我就笑眯眯地迎上来。

所以,1979年腊月二十八的夜晚,不,是腊月二十九的凌晨,我决定走动一夜,转悠到天明。我从前街走到后街,又由后街转到前街,弄不清走了多少回。我能记清的是,我经过的两家门口,均贴了对联,一为红,一为白。从内容上看,一家结了婚,一家死了人。两家的对联都颇具文采,书法也不错。结婚的事是经常发生的,死人的事也是经常发生的,但是在冬天的夜晚,在冷如冰窖的小县城的街道上走来走去,这种事却不是经常发生的。凡是不经常发生的事,便具有特殊的意味。我不禁浪漫起来:我这并不是以走动来保持体温,我这是雪夜漫步!这么一想,我心头大喜,朗诵起《春江花月夜》来:"春江潮水连海平,海上明月共潮生……"

然而起风了,下雪了,风裹着乱雪穿街走巷。我借路灯看了一下手表,半夜三点啦。这段时间通常被称作黎明前的黑暗,顶不住喽。加之饿神袭来,我一摸衣兜,两个包子已被冻成了两个健身球。此时,刚散步到后街,听得"吱呀"一声,风掀开一家的木板门,隐约看见里面有灯光。

我本能地走了进去,猜想这街面房,无非是又窄又深的房子。刚跨进门槛,就见到一口白木棺材,满地刨花,棺材盖儿尚未拼拢呢。当下感到晦气,我正要退出时,里面传来说话声:"谁呀?进来吧!"随之是一连串的咳嗽声、吐痰声,是个老汉的声音,听上去含着善意。于是我进到里间,只见一个老人躺在床上。在头顶那盏十来瓦的灯泡的光照下,老汉的脸上皱纹密布,如一颗大核桃。在他咳嗽吐痰的时候,我一直盯着盖在他身上的那床油腻黑亮却很厚实的被子,我想象着在这样的被子里一定很温暖、很舒服。当老人不再急喘时,他问我是怎么回事,我如实回答了。他说:"你……要是……不嫌弃的话,就……就跟我睡。"

我要的正是这句话!我迅速脱掉鞋袜,一骨碌钻进被窝。老人两手搂住我的双脚,说:"冰的!"老人双手瘦如火钳,但是很热。几分钟后,一股暖流由我的脚掌沿着我的双腿上爬。老人要我脱了衣服,说那样会更暖和。我就脱掉衣服,果然一下子感受到了大面积的温暖。很快,一股浓浓的睡意袭来,但我使劲地捏捏鼻尖,忍住睡意。我应该跟老人拉拉家常,不能就此睡过去。

"大爷,你晚上怎么不闩门?"我想起方才的情景。"关啥子门,又没值钱的东西。"老人说,"一年四季,也没人到我这儿来。"聊下去才算明白,老人三十年前丧偶,独自将两个儿子拉扯大。如今,一个儿子在县委谋事,一个在乡下工作。但是,老人说:"我把他们得罪了。"分家时,老人把街面房给了小儿子,后面房给了大儿子。结果大儿子嫌后面房没出路,小儿子嫌街面房面积小。"他俩你见不得我,我见不得你,见面就吵,尿不到一个壶里,索性不回家了!"停了会儿,老人又说,"倒是给我做棺材,俩娃意见相同,各出两百元,都盼我死呢。"

我觉得肚子饿了,就把手伸出被窝,从兜里掏出那两个包子,折回被窝,意在暖热暖软了吃。老人叫我自个儿下床,倒些暖瓶里的热水,用热水就包子,不然会冰出病的。正要睡着,我觉得胸口痒痒的。一摸,是个胖虱,捉住它,挪到两个指甲间,挤死它拉倒。忽一想,放生了。在这样一个夜晚,开杀戒是不妥的,因为这个小生灵蕴含着人间的温暖。再说留着它,也好给老人做个伴儿。

不知何时,我被一阵砍、锛(bēn)、钉、锯的声音闹醒。起身一看,天早已大亮,两个木匠开始做棺材了。告辞的时候,我想给老人掏几块钱,表达谢意,又觉得生分,便将多半盒香烟留下。并抽出一支,亲自给老人点燃、递上。可是老人硬是只接了这一支烟,而且并不吸,其余的烟坚决让我拿走。"小伙子,你知道吗?整整十五年了,没一个人跟我睡过——咱俩有缘哩。"

在老人的咳嗽吐痰声中,我走了。到车站一问,没车,只好冒着大雪步行。一百二十里山路,我走得很快,不久即浑身发热,脱去棉衣,顿有夏天之爽快。到家时,傍晚的炊烟刚刚升上房顶,袅袅款款,如梦如花……

战马

［英国］麦克·莫波格

开始出价了。

显然,我很抢手,因为很快就竞价了。不过随着价位的升高,就只剩下两个买主。一个是大嗓门中士,他用手杖碰碰帽檐儿来出价,几乎像是在敬礼;另一个是精瘦的小个儿男人,一双黄鼠狼般的眼睛,脸上堆满笑容,透着十足的贪婪和邪恶,我看都不愿看他一眼。价格仍在上升。"25英镑,26英镑,27英镑。听好了,27英镑卖了!还有人要出价吗?是和这位中士竞争出的价,27英镑卖了!还有人要加价吗?"

"噢,上帝,不!"我听见艾伯特在我旁边低声道,"亲爱的上帝,不能是他。乔伊,他和那些人是一伙的,整个上午他都在买马。大嗓门中士说他是康布雷镇的屠夫。上帝,求您了,不能这样。"

麦克·莫波格(1943—),男,英国著名作家、学者。曾获英国"童书桂冠作家"的荣誉。主要作品有《岛王》《战马》《蝴蝶狮》等。

"好，要是没人再出价的话，我就 27 英镑卖给这位康布雷镇的希拉克先生了。还有吗？那就 27 英镑卖了。一次，两次……"

"28 英镑。"从人群中传来一个声音。这时，我看见一个白发苍苍的老人，他拄着拐杖，步履蹒跚地穿过人群向前走来。"我出 28 英镑买这匹马。"老人一字一顿地用英语说道，"先生，我要提醒您，不管拍卖多长时间，卖价多高，我都会一直竞拍下去。"他转身对康布雷镇的屠夫说："我建议您别想着把我逐出拍卖，必要的话，我宁愿付 100 英镑，除了我，谁也不会得到这匹马。这是我的埃米莉的马，它本来就属于她。"他说出埃米莉的名字前，我还不敢肯定我是不是看错或听错了，因为自从我最后一次见到他以来，这位老人老了很多。不过，现在我敢肯定了，站在我眼前的就是埃米莉的爷爷，他的神态显得很坚毅。拍卖师也被这场景惊呆了，他迟疑了一会儿，然后才用锤子敲了桌子。

拍卖结束后，大嗓门中士和马丁少校一起与埃米莉的爷爷谈话，大嗓门中士显得既无奈又沮丧。院子里现在没有别的马了，买主们正驾车准备离开。艾伯特和他的朋友们围着我，所有人都试图安慰艾伯特。"艾伯特，别担心了。至少我们知道，乔伊跟着那个老农夫挺安全的。他还对大嗓门中士说，只要他活着，他就不会让乔伊干农活儿。他还一直提到一个叫埃米莉的女孩。"

"不知道他是怎么回事，"艾伯特说道，"他说话的那个样子，好像疯了一样。'这是我的埃米莉的马，它本来就属于她。'那老人就是这样说的，对吧？见鬼，要是乔伊本来就属于什么人的话，那它应该属于部队，要是不属于部队，它就属于我。"

"艾伯特，你最好亲自问问他，"另一个人说，"机会来了。他过来了，和少校还有大嗓门中士正朝这儿走呢。"

艾伯特站在那里，一只胳膊放在我下巴底下，抬起手给我挠耳朵后面，他知道我最喜欢让他挠这个地方。不过，当少校走得更近一些时，他马上把手拿开，很规矩地立正行军礼。"长官，对不起，打扰了。"他说，"长官，我想感谢您做的一切,我感激不尽。"

"长官,再打搅您一下,"艾伯特继续说,他见少校和中士一副轻松愉快的样子,感到很困惑,"长官,我想和那个法国人谈一下,因为他买走了我的乔伊。我想问问他刚才说的那些话,他说的那个埃米莉是谁,这些到底是怎么回事?"

马丁少校转身面对那位老人,说:"先生,也许您可以亲自讲给他听。这个年轻人就是我们刚才提到的,他和这匹马一起长大,他为了找到这匹马不远万里来到法国。"

埃米莉的爷爷站在那里,浓密的白眉毛下的双眼严厉地盯着艾伯特。接着,他一下子笑开了,伸出手,艾伯特也伸出手握住了埃米莉爷爷的手。"年轻人,你看,你我之间有很多相同点。我们都喜欢这匹马,是不是?这儿的军官告诉我,你在英国老家是个农夫,和我一样。"老人继续说道,"孩子,你做得很好,很好。你还没问我,我就知道你要问什么了。这样吧,我就告诉你。那个时候,战争刚刚开始。它被德国兵抓住了,他们让它拉救护马车,从医院拉到前线,再拉回医院。和它在一起的还有另外一匹。它们就住在我们的农庄里,农庄在德国战地医院附近。我的小孙女埃米莉照顾它们,慢慢地就把它们当作家人去爱了。而我是她唯一的亲人——战争夺去了其他人的生命,这两匹马和我们大约生活了一年,不到一年,或者一年多——这倒无所谓。德国兵走的时候把马留给了我们,于是这匹马就成了我们的了,埃米莉的马,也是我的马。后来有一天,德国人回来了,他们需要马运输枪支弹药,于是他们走的时候就带走了我们的马。我实在没有办法,打那以后,我的埃米莉就没有活下去的劲头了。这孩子本来就生着病,况且她的其他家人都死了,新的家庭成员又被带走了,她再也没有了活下去的动力,去年死了,只有15岁。不过,她临死前让我向她保证一件事:无论如何都要找到这两匹马,并照顾它们。我去过很多个卖马的地方,可就是没找到另一匹马。现在我找到了其中的一匹,我可以带它回家,照顾它,就像我向埃米莉保证的那样。"

他双手紧紧扶着拐杖，措辞非常谨慎："你是个农夫，你会明白，不管是英国农夫，还是法国农夫，哪怕是比利时农夫，都不会轻易把东西送人。农夫永远都送不起东西。我们得过日子，对吧？你的少校和中士已经告诉我你有多喜欢这匹马。他们对我说，你们大伙儿想尽一切办法要买下这匹马。我有个提议——我把我的埃米莉的马卖给你，你看怎么样？"

"卖给我？"艾伯特问道，"可我没那么多钱，您一定知道的，我们总共才凑齐26英镑，您是28英镑买的。我怎么能凑够钱从您手里买走它？"

"我的朋友，你不明白我的意思，"老人忍住笑说，"你根本没明白。我要用1便士卖给你这匹马，而且要得到一个庄严的承诺——你要永远像埃米莉那样爱这匹马，还要一直照顾它，直到它生命的最后一刻。还有一件事，你明白吗？我的朋友，我想让我的埃米莉活在人们的心中。"

艾伯特感动得无言以对，他伸出手表示接受这协议，不过老人没有去握他的手，而是把双手放在艾伯特的肩膀上，亲吻了他的双颊。"谢谢你！"他说。接着，他转身和部队里的每个士兵握手，最后蹒跚地走到我面前，"再会了，我的朋友。"然后他就走开了。不过刚走了没几步，他就停下来，假装用质问的语气说道："看来我们法国人说得没错，英国人只有一点比法国人强，那就是他们比法国人更吝啬。你还没有付给我英国便士呢，我的朋友。"大嗓门中士从锡质的盒子里拿出1便士，递给艾伯特，艾伯特赶忙向埃米莉的爷爷跑去。

"我会珍藏这枚硬币，"老人说，"我会永远珍藏它的。"

那年圣诞节，我从战场回到故乡。我的艾伯特骑着我进了村子，迎接我们的是来自海瑟雷的银色铜管乐队的乐声和欢快的教堂钟声。我俩被当作凯旋的英雄。不过我俩都知道，真正的英雄还没有回家，他们已长眠在法国的土地上，和尼科尔斯上尉、托普桑、弗里德里克、戴维，还有小埃米莉在一起。

半张纸

[瑞典] 斯特林堡

最后一辆搬运车离去了,那位帽子上戴着黑纱的年轻房客还在空房子里徘徊,看看是否有什么东西落了。没有,没有什么东西落了,没有什么了。他走到走廊上,决定再也不去回想他在这寓所中所遭遇的一切。但是在墙上,在电话机旁,有一张涂满字迹的小纸。上面所记的字是好多种笔迹写的,有些很容易辨认,是用黑黑的墨水写的,有些是用黑、红和蓝的铅笔草草写成的。这里记录了短短两年间全部美丽的罗曼史。他决心要忘却的一切都记录在这张纸上——半张小纸上的一段人生事迹。

他取下这张小纸。这是一张淡黄色有光泽的便条纸。他将它平铺在起居室的壁炉架上,俯下身去,开始读起来。

首先是她的名字:艾丽丝——他所知道的名字中最美丽的

斯特林堡(1849—1912),男,瑞典著名作家,瑞典现代文学的奠基人。主要作品有《朱丽小姐》《红房子》《新王国》《死的舞蹈》等。

一个,因为这是他爱人的名字。旁边是一个电话号码,15,11——看起来像是教堂唱诗牌上圣诗的号码。

下面潦草地写着:银行,这里是他工作的所在地,对他来说这神圣的工作意味着面包、住所和家庭——也就是生活的基础。有条粗粗的黑线划去了那个电话号码,因为银行倒闭了,他在短时期的焦虑之后又找到了另一份工作。

接着是出租马车行和鲜花店,那时他们已经订婚了,而且他手头很宽裕。

家具行,室内装饰商——这些人布置了他们这个寓所。搬运车行——他们搬进来了。歌剧院售票处,50,50——他们新婚,星期日晚上常去看歌剧,在那里度过的时光是最愉快的。他们静静地坐着,心灵沉醉在舞台上神话境域的美及和谐里。

接着是一个男子的名字(已经被划掉了),一个曾经飞黄腾达的朋友,但是由于事业兴隆冲昏了头脑,又潦倒到无可救药的地步,不得不远走他乡。荣华富贵不过是过眼烟云罢了。

现在这对新婚夫妇的生活中出现了一个新东西。一个女子的铅笔笔迹写的"修女"。什么修女?哦,那个穿着灰色长袍、有着亲切和蔼的面貌的人,她总是那么温柔地到来,不经过起居室,而是直接从走廊进入卧室。她的名字下面是L医生。

名单上第一次出现了一位亲戚——母亲。这是他的岳母。她一直小心地躲开,不来打扰这新婚的一对。但现在她受到他们的邀请,很快乐地来了,因为他们需要她。

以后是红蓝铅笔写的项目。佣工介绍所,女仆走了,必须再找一个。药房——哼,情况开始不妙了。牛奶厂——订牛奶了,消毒牛奶。杂货铺,肉铺,等等,家务事都得用电话办理了。是这家女主人不在了吗?不,她生产了。

下面的项目他已无法辨认,因为他眼前一切都模糊了,就像溺死的人透过海水看到的那样。这里用清楚的黑体字记载着:承办人。在后面的括号里写着"埋葬事"。这已足以说明一切!——一个大的和一个小的棺材。

埋葬了,再也没有什么了。一切都归于泥土,这是一切肉体的归宿。

他拿起这淡黄色的小纸,吻了吻,仔细地将它折好,放进胸前的衣袋里。

在这两分钟里他又重新度过了他一生中的两年。

但是他走出去时并不是垂头丧气的。相反地,他高高地抬起了头,像是个骄傲的快乐的人。因为他知道他已经尝到一些生活所能赐予人的最大的幸福。可惜,有很多人连这一点也没有得到过。

罗生门

[日本] 芥川龙之介

某日傍晚,有一家将在罗生门下避雨。

宽广的门下,除他以外,没有别人,只在朱漆斑驳的大圆柱上蹲着一只蟋蟀。罗生门正当朱雀大路,本该有不少戴女笠和乌软帽的男女行人到这儿来避雨,可是现在却只有他一个。

这是为什么呢?因为这数年来,京城接连遭了地震、台风、大火、饥荒等几次灾难,已格外荒凉了。照那时留下来的记载,还有把佛像、供具打碎,将带有朱漆和飞金的木头堆在路边当柴卖的。京城里的情况尚且如此,像修理罗生门那样的事,当然也无人来管了。在这种荒凉景象中,便有狐狸和强盗来乘机做窝。甚至最后变成了一种习惯,有人把无主的尸体,也扔到门里来了。所以一到夕阳西下,气象阴森,谁也不上这里来了。

芥川龙之介(1892—1927),男,日本著名小说家、"新思潮派"代表人物。主要作品有《罗生门》《手绢》《海市蜃楼》等。

倒是不知从哪里飞来了许多乌鸦。白天，这些乌鸦成群地在高高的门楼顶空飞翔啼叫，特别到夕阳通红时，黑魆魆的，好似在天空撒了黑芝麻，看得分外清楚。当然，它们是到门楼上来啄死人肉的。今天因为时间已晚，一只也见不到，但在倒塌了的砖石缝里长着长草的台阶上，还可以看到点点白色的鸟粪。这家将穿着洗旧了的宝蓝袄，一屁股坐在共有七级的最高一层的台阶上，手护着右颊上一个大肿包，茫然地等雨停下来。

这家将说是在避雨，可是雨停之后，他也想不出要上哪里去。照说应当回主人家去，可是主人在四五天前已把他辞退了。上边提到，当时京城市面正是一片萧条，现在这家将被多年老主人辞退出来，也不外是这萧条的一个小小的余波。所以家将的避雨，说正确一点，便是"被雨淋湿的家将，正无路可走"。而且今天的天气更加影响了这位平安朝家将的忧郁的心情。从申时下起的雨，到酉时还没停下来。家将一边不断地在想明天的日子怎样过——也就是从无办法中求办法，一边似听非听地听着朱雀大路上的雨声。

雨水包围着罗生门从远处飒飒地打过来，黄昏渐渐压到头顶，家将抬头望望，门楼顶上斜出的飞檐正挑起一朵沉重的暗云。

要从无办法中找办法，便只好不择手段。要择手段便只有饿死在街头的垃圾堆里，然后像狗一样，被人拖到这门里扔掉。倘若不择手段哩？家将反复想了多次，最后便跑到这儿来了。可是这"倘若"，想来想去结果还是一个"倘若"。原来家将既决定不择手段，又加上了一个"倘若"，对于以后要去干的"走当强盗的路"，当然是提不起积极肯定的勇气了。

家将打了一个大喷嚏，又大模大样地站起来，夜间的京城已冷得需要烤火了，风同暮色毫不客气地吹进门柱间。蹲在朱漆圆柱上的蟋蟀已经不见了。

家将缩着脖子，耸起里面衬黄小衫的宝蓝袄子的肩头，向门内四处张望，如有一个地方既可以避风雨，又可以不给人看到能安安静静地睡觉，就想在这儿过夜了。这时候，他发现了通门楼的宽大的、漆朱漆的楼梯。楼上即使有人，也不过是些死人。他便留意着腰间的刀，别脱出鞘来，举起穿草鞋的脚，跨上楼梯最下面的一级。

过了一会儿，在罗生门门楼宽广的楼梯中段，便有一个人像猫一样缩着身体，憋着呼吸在窥探上面的光景。楼上漏下火光，隐约照见这人的右脸，短胡子中长着一个红肿化脓的肿包。当初，他估量这楼上只有死人，可是上了几级楼梯，看见还有人点着火。这火光又在移动，模糊的黄色的火光，在屋顶挂满蛛网的天花板下摇晃。他心里明白，在这儿点着火的，绝不是一个寻常的人。

家将壁虎似的忍着脚步声，好不容易才爬到这险陡的楼梯上最高的一级，尽量伏倒身体，伸长脖子，小心翼翼地向楼房望去。

果然，正如传闻所说，楼里胡乱扔着几具尸体。火光照到的地方挺小，看不出到底有多少具。能见到的，有光腚的，也有穿着衣服的，当然有男也有女。这些尸体全不像曾经活过的人，而像泥塑的一样，张着嘴，摊开胳臂，横七竖八躺在楼板上。这些尸体只有肩膀胸口略高的部分，照在朦胧的火光里；低的部分，黑漆漆地看不分明，只是哑巴似的沉默着。

一股腐烂的尸臭味，家将连忙掩住鼻子，可是一瞬间，他忘记掩鼻子了，有一种强烈的感情夺去了他的嗅觉。

这时家将发现尸首堆里蹲着一个人，是穿棕色衣服、又矮又瘦像只猴子似的老婆子。这老婆子右手擎着一片点燃的松明，正在窥探一具尸体的脸，那尸体头发秀长，想必是一个女人。

家将带着六分恐怖四分好奇的心理，一阵激动，连呼吸也忘了。照旧记的作者的说法，就是"毛骨悚然"了。老婆子把松明插在楼板上，两手在那尸体的脑袋上，像母猴替小猴捉虱子一样，一根一根地拔着头发，头发似乎也随手拔下来了。

看着头发一根根被拔下来，家将的恐怖也一点点消失了，同时对这老婆子的怒气却一点点升上来了——不，说对老太婆或许不够准确，应该说是对一切罪恶引起的反感，愈来愈强烈了。此时如有人向这家将重提刚才他在门下想的是饿死还是当强盗的那个问题，大概他将毫不犹豫地选择饿死。他对恶的憎恨之心，正如老婆子插在楼板上的松明，烘烘地冒出火来。

他当然还不明白老婆子为什么要拔死人头发,不能公平判断这是好事还是坏事,不过他觉得在雨夜罗生门上拔死人头发,单单这一点,已是不可饶恕的罪恶。当然他已忘记刚才自己还打算当强盗呢。

于是,家将两腿一蹬,一个箭步跳上了楼板,一手抓住刀柄,大步走到老婆子跟前。不消说,老婆子大吃一惊,并像弹弓似的跳了起来。

"呔!哪里走!"

家将挡住了在尸体中跌跌撞撞地跑着、慌忙逃走的老婆子,大声吆喝。老婆子还想把他推开,赶快逃跑,家将不让她逃,一把把她拉了回来,两人便在尸堆里扭打起来。胜败当然早已注定,家将终于揪住老婆子的胳膊,把她按倒在地。那胳膊瘦得皮包骨头,同鸡脚骨一样。

"你在干什么?老实说,不说就宰了你!"

家将摔开老婆子,拔刀出鞘,举起来晃了一晃。可是老婆子不作声,两手发着抖,气喘吁吁地耸动着双肩,睁圆大眼,眼珠子几乎从眼眶里蹦出来,像哑巴似的顽固地沉默着。家将意识到老婆子的死活已全操在自己手上,刚才火似的怒气,便渐渐冷却了,只想搞明白究竟是怎么一回事,便低头看着老婆子放缓了口气说:"我不是巡捕厅的差人,是经过这门下的行路人,不会拿绳子捆你的。只消告诉我,你为什么在这个时候在门楼上,到底干什么?"

于是,老婆子眼睛睁得更大,用眼眶红烂的肉食鸟一般矍铄的眼光盯住家将的脸,然后把发皱的同鼻子挤在一起的嘴,像吃食似的动着,从喉头发出乌鸦似的嗓音,一边喘气,一边传到家将的耳朵里。

"拔了这头发……拔了这头发,是做假发的。"

一听老婆子的回答,竟是如此平凡,一阵失望,刚才那怒气又同冷酷的轻蔑一起兜上了家将心头。老婆子看出他的神气,一手还捏着一把刚拔下的死人头发,又像蛤蟆似的动着嘴巴,作了这样的说明。

"拔死人头发是不对,不过这儿这些死人,活着时也都是干这类营生的。这位我拔了她头发的女人,活着时就是把蛇肉切成一段段,晒干了当干鱼到兵营去卖的。她要不是害瘟病死了，这会儿还在卖呢。她卖的干鱼味道很鲜，兵营的人买去做菜还缺少不得呢。她干那营生也不坏，要不干就得饿死，反正是没有办法。你当我愿意干这坏事，我不干就得饿死，也是没有法子呀！我跟她一样都没法子，大概她也会原谅我的。"

老婆子大致讲了这些话。

家将把刀插进鞘里，左手按着刀柄，冷淡地听着，右手又去摸摸脸上的肿包，听着听着，他的勇气就鼓起来了。这是他刚在门下所缺乏的勇气，而且同刚上楼来逮老婆子的是另外的一种勇气。他不但不再为着饿死还是当强盗的问题烦恼，现在他已把饿死的念头完全逐到意识之外去了。

"确实是这样吗？"

老婆子的话刚说完，他讥笑地说了一声，便下定了决心，立刻跨前一步，右手离开肿包，抓住老婆子的衣襟，狠狠地说："那么，我剥你的衣服，你也不要怪我，我不这样，我也得饿死。"

家将一下子把老婆子的衣服剥光，把缠住他大腿的老婆子一脚踢到尸体上，只跨了五大步便到了楼梯口，腋下夹着剥下的棕色衣服，一溜烟走下楼梯，消失在暗夜中了。

没过一会儿，死去似的老婆子从尸堆里爬起光赤的身子，嘴里哼哼哈哈地、借着还在燃烧的松明的光，爬到楼梯口，然后披散着短短的白发，向门下张望。外边是一片沉沉的黑夜。谁也不知这家将到哪里去了。

两个得到安慰的人

[法国] 伏尔泰

大哲学家西多斐尔,有一天对一个确有理由伤心的女子说:"太太,伟大的亨利四世的女儿,英国的王后,曾经有过和你一样的遭遇:她被逐出国,遇到大风暴,几乎死在海洋里,又眼看她的丈夫英王被送上断头台。""我替她很难过。"那太太说完,又叹起自己的苦经来。

"可是,"西多斐尔说,"你别忘了玛丽·斯图阿德。她十分诚心地爱着一个音乐家,嗓子很好的男中音。她的丈夫当着她的面把音乐家杀了。接着,玛丽的至亲兼好友,自称为童贞的伊丽莎白女王,把她关了十八年,又在断头台上挂着黑布,砍了她的头。"那太太回答:"那真是残酷极了。"说完她又一味想着自己的悲痛。

安慰她的人又道:"拿波里的王后,美丽的耶纳被人捉住

伏尔泰(1694—1778),男,法国启蒙思想家、作家、哲学家。主要作品有《哲学通信》《形而上学论》《哲学辞典》等。

而掐死的事,也许你听人说过吧?"那太太回答:"我大概有点记得。"

哲学家说:"我再告诉你另外一个女王的故事:就在我年轻的时候,她吃过晚饭被人篡位,后来死在一个荒岛上。"太太回答:"这件事我全知道。"

"还有一个大名鼎鼎的公主,我要把她的遭遇告诉你,我还劝慰过她呢。她和一切大名鼎鼎而美丽的公主一样,有一个情人。公主的父亲走进她的卧室,撞见了情人,看见他脸上升火,眼睛亮得像红宝石,公主的脸色也非常兴奋。父亲看了那青年的脸,大为厌恶,打了他一个本省从来没有人打过的大巴掌。情人拿起一把钳子砸破了岳父的头,好容易才治好,至今留着伤疤。公主吓昏了,从窗户跳下去,跌坏了脚,到现在走路还看得出是瘸的,虽然腰身很好看。男的因为把一个伟大诸侯的头砸破了,判了死刑。你不难想象,看着情人被押去吊死,公主是怎么样的心情。有段时间,我常到牢里去看她,她自始至终只和我提到她的苦难。"

那太太道:"那么你为什么不许我想到我的苦难呢?"哲学家道:"因为那是不应该想的,因为有那么多的名门贵妇受过那么大的罪,你再灰心绝望就不大得体了。你得想想埃居勃,想想尼奥勃。"那太太回答:"如果我受到这两人的遭遇,或是受到那许多美丽的王后的遭遇,如果你为了安慰她们而对她们讲我的苦难,你想她们会听吗?"

第二天,哲学家的独养儿子死了,他痛不欲生。那位太太叫人把所有死了儿子的帝王,列成一张表,交给哲学家。哲学家看了,认为很正确,可他的悲痛并不因此而减少。过了三个月,他们俩重新见面,很奇怪地发觉彼此心情都很愉快。他们叫人替时间立了一座美丽的像,上面题写着:"只有你能使人得到安慰。"

黑幽默

笑过之后的
安静
凝固时间
真理就在身边
而我 却渐行渐远

狗事

陈忠实

我幼时爱狗成癖,书包中常装着狗崽,课堂上老师提问:"孔融为什么让梨?"狗崽就抢先回答:"汪汪汪!呜!"

那时候庄稼人吃饭艰难,不养狗。那时的狗性情极温顺,瘦骨嶙峋,走起路也是顺墙溜,轻手轻脚,不曾有过朗叫;那时的狗撒尿也懒得抬腿;那时的狗谦恭友好,谁叫跟谁走,不分贵贱,不看身份,走了就把你当主人。狗会怯怯地移近你,躬身依依伏卧,尾巴也夹得紧,眼睛偷偷给你送媚色!狗也很会拍马屁,伸出温吞吞的舌舔你手,像小媳妇儿一样温存。

后来长大成人知道了狗事原是与人事相通的。中国文化中关于狗的故事极多:狗尾续貂、狗彘不如、鸡鸣狗盗、丧家之犬、落水狗、狗腿子、狗男女……谁沾上狗名就没了人品!如此,谁敢与狗套近乎,称兄道弟,拉哥们儿关系?看来做

陈忠实(1942—2016),男,陕西西安人。中国当代著名作家。1997年获茅盾文学奖。代表作《白鹿原》。

狗确实很委屈。

沧海桑田，近年养狗却成时尚。狗事亦有了辉煌巨变。狗的数量增长大有赶超人口增长的势头。狗族竟也繁衍得名目繁多，叫价令人咋舌。狗医院、狗商店、狗协会、狗东西举不胜举，有的狗竟过得如同大款、巨星般阔了。走近村堡巷里，一头游狗迎头扑来，满脸的骄横，脾气很火暴，开口就咆哮撒泼，没理可讲的。现在的狗专拣热闹的十字街头撒尿，一条腿高扬着，大有指点江山的雄姿。现在的狗屎也不吃了，村里也少了唱歌般的响声。家家门户紧闭，敲门询问，人未语，狗却叫得热烈！主人开门，那物儿暴跳如雷，很是凶恶，一条铁链绷得钢棍一般，这已是普遍礼遇。邻居往来，门外高声呼叫："有狗吗？"这对往昔的"有人吗？"简直是讽刺。邻里之间很少往来，墙越垒越高，狗越来越多，晚上睡觉还做噩梦。夜也成为犬吠的世界，风声鹤唳，草木皆兵，一狗声起，万狗呼应！一时狗吠如潮，夜就失去了韵致，月亮也消了清朗，人却缩得更紧了。

狗事张扬起来了，是人的自我价值的贬值吗？是人心隔得太远了吗？既是无法沟通，就连心扉也实实地关了！再牵条狗看守着，他人不得入内。各自守着一方青天，春夏秋冬自是冷暖不同，本来浩荡的天地却让狗族割据成一块块囚牢！连狗自己也被囚于牢中了，一条铁链，一盆狗食，一窝起居，也就无法跨出牢门一步了。

前日驱车到八里坪村，却极少见到狗，走近山民家门，山外人高呼："有狗吗？"主人却在另一山头答道："没有哟！自己进去喝水！"推门而入，果然无狗。偶尔也碰到一条狗，却很礼貌，嗅嗅你便是了，然后调转头跑向灌木丛逮蝴蝶去了。山外人心妥帖，我于山野之气，茂林之色，潺潺水声中感悟了人与自然的和谐存在，于是朗语："情愿死在这里！"又说回去将狗全打死，煮了，吃了，自己解放自己。这自是废话！世事如此，无狗怎成？这是需要，却亦是人自身的悲哀了。

青龙偃月刀

韩少功

何爹剃头几十年,是个远近有名的剃匠师傅。无奈村里的脑袋越来越少,好多脑袋打工去了,好多脑袋移居山外了,好多脑袋入土了,算一下,生计越来越难以维持——他说起码要九百个脑袋,才够保证他基本的收入。

这还没有算那些一头红发或一头绿发的脑袋。何爹不愿趋时,说年轻人要染头发,五颜六色地染下来,狗不像狗,猫不像猫,还算是个人?他不是不会染,而是不愿意染。

师傅没教给他的,他绝对不做。结果,好些年轻人来店里看一眼,发现这里不能焗油和染发,更不能做负离子和爆炸式,就打道去了镇上。

何爹的生意一天天更见冷清。我去找他剪头的时候,在几间房里寻了个遍,才发现他在竹床上睡觉。

韩少功(1953—),男,湖南长沙人。中国当代著名小说家,"寻根文学"代表作家之一。主要作品有《爸爸爸》《女女女》《马桥词典》等。

"今天是初八，估算着你是该来了。"他高兴地打开炉门，乐滋滋地倒一盆热水，大张旗鼓进入第一道程序：洗脸清头。

"我这个头是要带到国外去的，你留心一点剃。"我提醒他。

"放心，放心！建伢子要到阿联酋去煮饭，不也是要出国？他的头也是我剃的。"

洗完脸，发现停了电。不过不要紧，他的老式推剪和剃刀都不用电——这又勾起了他对新式美发的不满和不屑："你说，他们到底是人剃头，还是电剃头呢？只晓得操一把电剪，一个吹筒，两个月就出了师，就开得店，那也算剃头？更好笑的是，眼下婆娘们也当剃匠，把男人的脑壳盘来拨去，要球不是要球，和面不是和面，成何体统？男人的头，女子的腰，只能看，不能挠。这句老话都不记得了吗？"

我笑他太老腔老板，劝他不必过于固守男女之防。

"好吧好吧，就算男人的脑壳不金贵了，可以由婆娘们随便来挠，但理发不用剃刀，像什么话呢？"他振振有词地说："剃匠剃匠，关键是剃，是一把刀。剃匠们以前为什么都敬奉关帝爷？就因为关大将军的功夫也是在一把刀上，过五关，斩六将，于万军之阵取上将头颅如探囊取物。要是剃匠手里没有这把刀，起码一条，光头就是刨不出来的，三十六种刀法也派不上用场。"

我领教过他的微型青龙偃月刀。其一是"关公拖刀"：刀背在顾客后颈处长长地一刮，刮出顾客麻酥酥的一阵惊悚，让人十分享受。其二是"张飞打鼓"：刀口在顾客后颈上弹出一串花，同样让顾客特别舒服。"双龙出水"也是刀法之一，意味着刀片在顾客鼻梁两边轻捷地铲削。"月中偷桃"当然是另一刀法，意味着刀片在顾客眼皮上轻巧地刨刮。至于"哪吒探海"更是不可错过的一绝：刀尖在顾客耳朵窝子里细剔，似有似无，若即若离，不仅净毛除垢，而且让人痒中透爽，整个耳朵顿时清新和开阔，整个面部和身体为之牵动，招来嗖嗖八面来风。气脉贯通之际，待剃匠从容收刀，受用者一个喷嚏天昏地暗，尽吐五脏六腑之浊气。

何爹操一把青龙偃月刀,阅人间头颅无数,开刀、合刀、清刀、弹刀,均由手腕与两三指头相配合,玩出了一朵令人眼花缭乱的花。一把刀可以旋出任何一个角度,可以对付任何复杂的部位,上下左右无敌不克,横竖内外无坚不摧,有时甚至可以闭着眼睛上阵,无须眼角余光的照看。

一套古典绝活玩下来,他只收三块钱。

尽管廉价,尽管古典,他的顾客还是越来越少。有时候,他成天只能睡觉,一天下来也等不到一个脑袋,只好招手把笑花子那流浪崽叫进门,同他说说话,或者在他头上活活手,提供免费服务。但他还是坚决不焗油和染发,宁可败走麦城也不背汉降魏。

大概是白天睡多了,他晚上反而睡不着,常常带着笑花子去邻居家看看电视,或者去老朋友那里串门。从李白的"床前明月光",到白居易的"此恨绵绵无绝期",他诗兴大发时,能背出很多古人诗作。

三明爹一辈子只有一个发型,就是刨光头,每次都被何爹刨得灰里透白,白里透青,滑溜溜地毫光四射,因此多年来是何爹刀下最熟悉、最亲切、最忠实的脑袋。即使不识几个字,三明爹也是他背诗的最好听众。有一段时间,三明爹好久没送脑袋来了,让何爹算着算着日子,不免起了疑心。他翻过两座山岭去看望老朋友,发现对方久病在床,已经脱了形,奄奄一息。

他含着泪回家,取来了行头,再给对方的脑袋上刨一次,使完了他全部的绝活。三明爹半躺着,舒服得长长吁出一口气:"贼娘养的好过呀。兄弟,我这一辈子抓泥捧土,脚吃了亏,手吃了亏,肚子也吃了亏呀。搭伴你,就是脑壳没有吃亏。我这个脑壳,来世……还是你的。"

何爹含着泪说:"你放心,放心。"

光头脸上带着笑,慢慢合上了眼皮,像睡过去了。

何爹再一次"张飞打鼓":刀口在光亮亮的头皮上一弹,弹出了一串花,由强渐弱,余音袅袅,算是最后一道工序完成。他看见三明爹眼皮轻轻跳了一下。

那一定是人生最后的极乐。

审丑

严歌苓

拾垃圾的曾老头拿烂得水汲汲的眼看了无定一会儿,说:"你出息了,跟你爸一样教大学了。我小臭儿也出息了,要娶媳妇了。现在的媳妇都得要钢琴。就跟我们年轻那时候,媳妇们都得要彩礼一样。没彩礼,娶不上什么体面媳妇……一个钢琴得五千哪!"

老头两片嘴唇启开着,看得出结了满嘴的话:"我在想,你还能不能给大爷找那份差事,就是你爸早先找给我的那份人体模特儿的差事。小臭儿的一房间家什都是靠那份差事挣来的。"

"大爷,可现在……"

"你不用说,我知道我现在老得就剩下渣子了,走了样了,没法看了。你跟学校说说,要是给别人十块,给我八块就成……"

严歌苓(1958—),女。当代著名旅美作家、好莱坞专业编剧。主要作品有《第九个寡妇》《小姨多鹤》《扶桑》《陆犯焉识》等。

无定为他争取到的价码是十五元一小时。老头一下子在学校变得抢手起来，因为无定父亲的"审丑说"莫名其妙地热起来。一个顶信仰顶忠实于这个"审丑"原则的学生在全国美展中得了一等奖。许多杂志都刊出了这个"审丑"创举。巨大的画幅上，那丑浓烈、逼真得让人恶心。

　　晚秋，老头出现在灰色的风里，颠簸地追逐着一块在风中轻捷打旋儿的透明塑料膜。他对无定说："小臭儿有了钢琴，也有了媳妇。"他们交谈时，不少人默默地注视着老头，每张脸都板硬，盛着或显著或含蓄的恶心。

　　又一年，赵无定被介绍到一个画商家。敲开门，里面男主人对他叫："哎呀，是你呀！不认识我啦？"男主人身后是一屋锃亮的家具，锃亮的各"大件儿"，锃亮的钢琴，锃亮的一个女人。

　　"你妈给过我一块冰糖呢，那时糖多金贵！忘啦？"

　　无定明白了，面前这个双下巴，头开始拔顶的男人是小臭儿。

　　"快请进，快请进！哎，咱家来稀客啦！"他对女人说。

　　无定在宽大的沙发上落下屁股，挺寒酸地把几张画靠在茶几腿上。

　　"这几张画……"

　　"先不谈生意，先吃饭！哥们儿多少年了！"小臭儿扬声笑起来，"包了饺子，三鲜馅儿，正下着。冰箱里我存了青岛的啤酒。瞅你赶得这个巧！"

　　这时有人轻轻叩门。媳妇从猫眼看出去，踮着脚尖退回来："你爷爷！""我哪儿来的爷爷？他老脸不要，我可要脸！"小臭儿说。他起身嘱咐媳妇："先不开饭，不然他下回专赶吃饭时间来！你就告诉他我不在家。"然后他的脸转向无定，脸上的笑又回来了："拿上你的画，咱们上卧室谈。"

　　无定跟着他进了卧室，小臭儿将门挂个死，客厅里传来一清亮一浑浊的两副嗓音。

　　"臭儿又不在吗？老也没见他，想得慌。"

　　"他一时半会儿还不会回来！"

　　"那我多等会儿。"

　　"哎哎……您老别往那儿坐，那沙发是新的！您坐这儿吧……"

无定早没了谈生意的心思，心坠得他累。一个小时后，老头走了。俩人出卧室时听媳妇叫唤："一锅饺子捂在锅里的时间太长了，全沤烂了，成浆了。"

无定客气而坚决地在他们摆开饭桌时离开了。不久，学校会计科的人告诉无定，老头的计时工资算错了，少付了他百十块钱。无定揣了钱，但从夏天到冬天，一直没遇到老头。他只好从学校找了老头的合同，那上面有他的地址：某街三百四十一号。街是条偏街，在城郊。无定没费多少时间便找着了三百四十号——这条街的最后一个号码，再往前就是菜田了。

无定走出了街的末端，发现身后跟了一群热心好事的闲人。在阔大无边的菜田里，有一个柴棚样的小房，门上方有一个手写的号码：三百四十一。门边一辆垃圾车……

"哦，您是找他呀！"闲人中有人终于醒悟似的，"曾大爷！他死啦。去年冬天死啦！"那人接着说，"老头有个很好的孙子，孝敬，挣钱给老头花，混得特体面，要接老头去他的新公寓，要天天给老头包饺子。但老头不愿去，天天喂他饺子的好日子他过不惯，他怕那种被人伺候、供着的日子……这是老头亲口告诉街坊的。"

"你是曾大爷的什么人？"那人问。

"朋友。"无定答。

"也认识他孙子小臭儿？"

"对。"

"他真对他爷爷那样好？"

无定停了好大一会儿，说："真的。"

物质还原

黄永玉

我说我那个妈真行。她活着的时候，我曾经问过她："妈，你今年多大了？"

"跟润之同年。"她说。

"你见过他？"我问。

"见过！"她答。

她的牙齿一颗没掉，胃口特别好，精神特别足。那时候大家都穷，如果能多寄点钱给她，肚子里的油水足一点，她起码能活到九十多或一百多岁。

她的思想十分开通："我喜欢火葬，干干净净，省地方、省心。"

遗憾的是，她逝世之后，在家的弟弟孝心太重，没按她的想法办，并且千辛万苦从清浪滩盘回父亲的遗骨，把老两口合

黄永玉（1924— ），男，土家族。中国当代著名画家、作家。主要作品有《黄永玉木刻集》《猫头鹰》《这些忧郁的碎屑》《沿着塞纳河到翡冷翠》等。

葬在屋背后的山上。

至今，世界对于火葬还不习惯。

我对于葬仪的知识，除日本的《楢山节考》之外，几乎跟大家一样，或者多一点，比如"崖葬""水葬""天葬"……

我从小至今，不太把死亡放在心上，只是有过一次伤心的记忆。

1941年或1942年前后，我在福建福清县一个剧团待过。一天，我跟同龄的团员好友颜渊生，到四十里外一个名叫"东张"的乡下去探望一位戏剧界的朋友陈津汉。回城的时候，我建议不绕回环的山路而直接从东西方向的山岭上走回去。据说，两年前在这道起起落落的山脉上，我军跟日军有一场惨烈的战斗。"去看一看！"颜渊生同意了。

我们一直在东西向的山脊小路上走着，忽然一颗雪白的骷髅头横在眼前，我们惊呆了。

绕了两圈，我跪下来捧起他。

救护队怎么把他漏了？让他一个人留在山顶上，让风吹，让雨淋，让太阳晒，每天晚上月亮和星星陪着，他姓甚名谁？哪里人氏……

右前方有块大石头，我们把他安放在可以挡风雨的缝隙里。

该讲点什么呢？面对着他，我一句话也讲不出。

回来之后，我写了一封长信给妈妈，妈妈回信说，她几天都睡不着。

这际遇，眼泪是不济事的。

"文革"后期，我随中央美术学院下放到石家庄部队劳动三年，曾经到火葬场搬过一次骨灰。

是一布袋一布袋的东西，运回场地，堆起来有两层楼高，像一座小金字塔。我们种了很多水稻，这东西很肥田，种出的稻谷颗粒又大又油。

这个世界是个很实际的世界。人死了之后愿意送火葬场的，家人取回来的骨灰只是一小包圣洁的纪念品，不是全部。你要那么多干什么？都运回来你往哪里放？

所以我自己有个打算，遗嘱上一定要写得明明白白，死了之后给我换上最不值钱的衣服,记得剥下左手腕上的手表,家人和亲戚朋友送我到火葬场,办完手续交了费上车回家,一起到家里喝杯咖啡或茶。一点骨灰纪念品都不要,更谈不上艺术骨灰瓷罐和黄花梨骨灰盒。

试问,你把我的骨灰带回家干什么?好好一间客厅、一间卧室放这么一个骨灰盒,煞不煞风景?阴风惨惨。儿女说不煞,孙子孙女说不煞,重孙子重孙女呢?他们知不知道这盒子里头装的是什么鬼玩意儿?

所以,全须全尾交给火葬场,什么都不带回来最妥当。

当然,我最大的后顾之忧是有人舍不得把我送火葬场,而偏要把我装进棺材深埋泥坑里,地面上再弄些神乎其神的东西,花岗岩、大理石,刻上狗屁不通的、言不由衷的表扬文章。正如菲尔丁先生在《汤姆·琼斯》第八章描写碧姬小姐所说的:"一个女性脸红若没人看见,就等于她根本不曾脸红。"

我向来脸皮厚,对我来说,不是脸红的问题。我困守泥坑,动弹不得,破口骂娘他们也听不到。直到百年、千年以后,渊博的考古学家把我挖出来,经过多种仪器测验得出的结论是:

"这个人虽然脸皮厚,由于地面多角度的强烈刺激,百千年至今脸上还透出蚩尤之色。"

一个人,死了就死了,本是很自然的事,物质还原嘛,后人却喜欢鼓捣灵魂有无的问题。要是真有灵魂,那可能比活在世上自在多了!邀游太空,见到好多老熟人,爱说什么就说什么,爱到什么地方就到什么地方,连坐汽车、飞机的钱都省了。顺这个道理说,全须全尾送火葬场的应该比埋进土里的自由得多吧?死了之后还要过集体生活的当然更不用说了!

讲一个以前的老笑话。

老华侨夫妇回国过海关,检查员检验行李。

"这是什么?"检查员问。

"玻璃丝袜。"华侨答。

"玻璃还能做丝袜?瞎扯!"

"这是什么?"检查员问。
"巧克力。"华侨答。
"干什么的?"检查员问。
"吃的,是一种糖。"华侨答。
"毒品吧?"检查员问。
"甜的,我吃给你看!"华侨答。
打开一个木盒子,很多粉末,检查员抓了一把放进嘴里:"这是什么?"
"我爹的骨灰。"华侨答。

忙碌经纪人的浪漫史

[美国] 欧·亨利

  证券经纪人哈维·麦克斯韦尔事务所的机要秘书皮彻,在上午九点半的时候,看到他的老板和那个年轻的女速记员一起匆匆进来,他那往常毫无表情的脸上不禁露出了一丝诧异和好奇。麦克斯韦尔飞快地说了声"早上好,皮彻",就朝他的办公桌冲去,仿佛要跳过它似的。接着,他就埋头在一大堆等着他处理的信件和电报里。

  那个年轻姑娘已经替麦克斯韦尔当了一年速记员。她的美丽是一般速记员所没有的。她并不采用那种华丽诱人的庞巴杜式的发型,也不戴什么项链、手镯、鸡心之类的东西。她根本没有准备接受人家邀请去吃饭的神气。她的灰色衣服虽然很朴素,但穿在她身上非但合适,而且文雅。她那俊俏的黑头巾帽上插了一支金绿色的鹦鹉羽毛。今天上午,她身上有一种温柔

欧·亨利(1862—1910),男,美国著名小说家,与莫泊桑、契诃夫并称为"世界三大短篇小说巨匠"。主要作品有《麦琪的礼物》《警察与赞美诗》等。

而羞怯的光辉。她的眼睛梦也似的晶莹，她的脸颊桃花般的娇艳，脸上还带着幸福的神色和追怀的情调。

皮彻仍旧有点好奇，注意到她今天早晨的举止有些异样。她不像往常那样，径直走进她办公桌所在的套间里，却有点踌躇不决地逗留在外面的办公室里。有一次，她挨近麦克斯韦尔的办公桌，近得仿佛要让他知道自己在场。

坐在办公桌前的人简直成了一部机器，它是一个忙碌的纽约市的机器经纪人，由那些嗡嗡作响的齿轮和正在展开的发条推动着。

"哦——怎么？有事吗？"麦克斯韦尔粗声粗气地问道。他那些拆开了的信件堆在那张杂乱的办公桌上，好像舞台上的假雪。他那锐利的灰色眼睛唐突而不近人情，有点不耐烦地扫了她一下。

"没事。"速记员回道，微笑着走开了。

"皮彻先生，"她对机要秘书说，"麦克斯韦尔先生昨天有没有对你说起另请一个速记员？"

"说过。"皮彻回道，"他吩咐我另找一位。昨天下午我就通知了介绍所，让他们今早送几个来看看。现在已经九点四十五分了，可是还没有哪一个戴花哨帽子或者嚼菠萝口香糖的来过。"

"那么，在有人顶替之前，"那年轻女人说，"我照常工作好啦。"她说罢走到自己的办公桌前，把那顶插着金绿色鹦鹉毛的黑头巾帽挂在老地方。

谁没见过一个生意大忙时的纽约经纪人，谁就没有资格当人类学家。诗人歌颂了"灿烂的生命中一个忙碌的时辰"。对经纪人来说，不但时辰是忙碌的，他的每一分每一秒也都忙碌不堪，仿佛挤满了乘客的车厢，前面后面都没有立足的余地。

今天正是哈维·麦克斯韦尔的忙日。股票行情自动收录器开始痉挛地吐出一卷卷的字条，电话机犯了不断发响的毛病。人们开始拥进事务所，在栏杆外探进身来向他呼唤，有的高兴，有的慌张，有的疾言厉色，有的刻薄狠毒。送信的小厮捧着信件和电报奔进奔出。事务所里的办事员跳来跳去，活像风暴发作时船上的水手。连皮彻那不露声色的脸上也泛起了近似有生气的神态。

交易所里有了飓风、山崩、暴风雪、冰川移动和火山爆发，自然界的剧变在经纪人的事务所里小规模地重演了。麦克斯韦尔把椅子往墙边一推，腾出身子来处理业务，忙得仿佛在跳脚尖舞。他从股票行情自动收录器跳到电话机旁，从办公桌边跳到门口，灵活得像是一个训练有素的小丑。

正在这个忙得不可开交、愈来愈紧张的当口，经纪人忽然瞥见一堆高耸的金黄色头发，上面是一顶颤动的丝绒帽子和驼毛帽饰，一件充海豹皮的短外衣，一串几乎垂到地板、胡桃大的珍珠项链和一个银鸡心。同这些附属品有关联的是一个从容不迫的年轻姑娘，皮彻正准备介绍。

"速记员介绍所派来的小姐，来应聘的。"皮彻说。

麦克斯韦尔打了半个转身，双手还捧着一堆纸张和股票行情的字条。

"应聘？"他皱皱眉头说。

"应聘当速记员。"皮彻说，"昨天你吩咐我打电话，叫他们今早派一个来。"

"你头脑搞糊涂了，皮彻。"麦克斯韦尔说，"我干吗要这样吩咐你？莱斯利小姐在这儿的一年里工作令人十分满意。只要她愿意继续干下去，这个职位永远是她的。对不起，小姐，这儿并没有空位置。皮彻，赶快向介绍所取消要人的话，别再引谁进来啦。"

那个银鸡心晃晃荡荡，不听指挥地在办公室的家具上磕磕碰碰，愤愤离去。皮彻在百忙中对簿记员说："老板近来好像越发心不在焉，越发容易忘事了。"

业务越来越忙，节奏越来越快。麦克斯韦尔的顾客投资很多的股票有五六种在市场上受到严重打击。买进卖出的单据像飞燕穿帘般递来递去。他自己持有的股票有几种也遭到了危险，他像一部高速运转、精巧坚固的机器——紧张万分，开足马力，正确精密，从不犹豫，言语、动作和决断都像钟表的机件那样恰当而迅速。证券和公债，借款和抵押，保证金和担保品——这是一个金融的世界，其中没有容纳人类世界或是自然界的丝毫空隙。

将近午餐时间，喧嚣暂时平静下来。

麦克斯韦尔站在办公桌边，手里满是电报和备忘便条，右耳上夹着一支自来水笔,一绺绺的头发凌乱地垂在前额上。他的窗子是打开的,因为可爱的女门房,春天姑娘,已经在大地的暖气管里添了一些热气。

窗口飘进了一股迷惘的气息——或许是失落了的气息——一股紫丁香优雅的甜香,刹那间使经纪人动弹不得。因为这种气息是属于莱斯利小姐的,是她的,只是她一个人的。

那股气息使她的容貌栩栩如生地,几乎是触摸得到地显现在他眼前。金融的世界突然缩成一个遥远的小黑点。她就在隔壁房间里——相去不出二十步远。

"天哪,我现在就去。"麦克斯韦尔脱口说了出来,"我现在就去要求她。我不明白为什么早不去做。"

他一股劲儿冲进里面的办公室,像一个做空头的人急于补进一样。他向速记员的办公桌冲过去。

"莱斯利小姐,"他匆匆开口说,"我只有一点空闲。我利用它来说几句话。你愿意做我的妻子吗?我实在没有时间用普通的方式跟你谈情说爱,但是我确实爱你。请你快回答吧——那帮人正在抢购太平洋铁路的股票呢。"

"你说什么?"年轻女人嚷道。她站了起来,眼睛睁得大大地盯着他。

"你不明白吗?"麦克斯韦尔着急地说,"我要求你跟我结婚。我爱你,莱斯利小姐。我早就想对你说了。所以事情稍微少一点时,我就抽空跑来。他们又打电话找我了。皮彻,让他们等一会儿。你肯不肯,莱斯利小姐?"

速记员的举动非常蹊跷。起先她似乎诧异得愣住了,接着,泪水从她惊讶的眼睛里流下来,之后,她泪花晶莹地愉快地笑了,一条胳臂温柔地勾住经纪人的脖子。

"我现在懂得啦,"她柔声说,"这种生意经使你把什么都忘了。起初我吓了一跳。难道你不记得了吗,哈维?我们昨晚八点钟在街角的小教堂里举行过婚礼啦。"

保护人

[法国] 莫泊桑

玛兰做梦也没想到自己会有这么好的官运!

有天早上,他从报上看到以前的一位同学新近当了议员。玛兰就重新成了他那位同学呼之即来、挥之即去的朋友。不久这位议员摇身一变,当了部长,半年后玛兰就被任命为行政法院参事。

起初,他简直有点飘飘然了。为了炫耀,他在大街上走来走去,仿佛别人只要一看见他,就能猜到他的身份。后来出于一种有权势而又有宽宏大量的人的责任感,他油然萌生一股压抑不住的要去保护别人的欲望。无论在哪里遇到熟人,他都高兴地迎上去,不等人家问,就连忙说:"您知道,我现在当参事了,很想为您出点力。如有用得着我的地方,请您甭客气,尽管吩咐好了。我在这个位置上是有点权力的。"

莫泊桑(1850—1893),男,法国批判现实主义作家,是法国文坛短篇创作数量最多、成就最高的作家。主要作品有《羊脂球》《漂亮朋友》等。

一有机会,他对任何人都主动给予无限慷慨的帮助。他每天都要给人写十封、二十封、五十封介绍信,他写给所有的官吏。他感到幸福,无比幸福。

　　一天早上,他准备去行政法院,从家里出来的时候,天已经开始下雨了。

　　雨越下越大,他只好在一个房门口躲雨。房门口那里已有个老神父了。在当参事前,他并不喜欢神父。自一位红衣主教在一件棘手的事情上客气地向他求教以后,他对他们也尊敬起来了。他看看神父,关切地问:"请问您到哪一区去?"

　　神父有点犹豫,过了一会儿才说:"我朝王宫那个方向去。"

　　"如果您愿意,神父,我可以和您合用我这把伞。我到行政法院去。我是那里的参事。"

　　神父抬起头,望望他:"多谢,我接受您这番好意。"

　　玛兰接着说:"您来巴黎多半是为了散心吧?"

　　神父回答:"不,我有事。"

　　"哦!是件重要的事吗?如果您用得着我,尽管吩咐好了。"

　　神父好像挺为难,吞吞吐吐地说:"啊!是一件无关紧要的私事……一点小误会。您不会感兴趣的。是……是一件内部的……教会方面的事。"

　　"哎呀,这正属行政法院管。您尽管吩咐我好了。"

　　"先生,我也正要到行政法院去。您心肠真是太好了。我要去见勒尔佩、萨翁两位先生,说不定还得见珀蒂帕先生。"

　　"哎呀,他们都是我最好的朋友和同事。我会恳切地去替您托托关系。包在我身上好了。"

　　神父嘟囔着说了许多感恩的话。

　　玛兰高兴极了。"哼!您可碰到了一个千载难逢的机会,神父。瞧吧,瞧吧,有了我,您的事情解决起来一定非常顺利。"

　　他们到了行政法院。玛兰把神父领进办公室,请他坐在火炉前面,然后伏案写道:"亲爱的同事:请允许我恳切地向您介绍德高望重的桑蒂尔神父,他有一件小事要当面向您陈述,务请鼎力协助。"

他写了三封信，那位神父接了信，千恩万谢地走了。

这一天平静地过去了。玛兰夜里睡得很好，第二天愉快地醒来，吩咐仆人送来报纸。他打开报纸念道："有个桑蒂尔神父，被控告做过许多卑鄙龌龊的事……谁知他找到一位叫玛兰的行政法院参事做他的热心辩护人，该参事居然大胆地替这个披着宗教外衣的罪犯，给自己的同事们写了最恳切的介绍信……我们提请部长注意该参事令人不能容忍的行为……"

玛兰一下就蹦起来去找珀蒂帕。

珀蒂帕对他说："哎！您简直疯了，居然把那老阴谋家介绍给我。"

玛兰张皇失措地说："别提了……您瞧……我上当了……他这人看上去那么老实……他要我……卑鄙可耻地耍了我。我求您，求您设法狠狠地惩办他一下，越狠越好。我要写信。请您告诉我要办他，得给谁写信？对，找总主教！"

他突然坐下来，伏在珀蒂帕的桌子上写道："总主教大人：我荣幸地向阁下报告，最近有一个叫桑蒂尔的神父欺我为人忠厚，用尽种种诡计和谎言陷害我。受他花言巧语的哄骗，我竟至于……"

他把信封好，转过头对同事说："您看见了吧，亲爱的朋友，这对您也是个教训，千万别再替人写介绍信了。"

一个豆荚里的五粒豆

[丹麦] 安徒生

有一个豆荚，里面有五粒豌豆。它们都是绿的，因此它们就以为整个世界都是绿的。事实也正是这样！豆荚在生长，豆粒也在生长。它们按照它们在家庭里的地位，坐成一排。太阳在外边照着，把豆荚晒得暖洋洋的，雨把它洗得透明。这儿既温暖，又舒适。白天明亮，晚间黑暗，这本是必然的规律。豌豆粒坐在那儿越长越大，同时也沉思起来，因为它们多少得做点儿事情啊。

"难道我们永远就在这儿坐下去吗？"它们问，"我只愿老这样坐下去，不要变得僵硬起来。我似乎觉得外面发生了一些事情——我有这种预感！"

许多个星期过去了。这几粒豌豆变黄了，豆荚也变黄了。

"整个世界都变黄啦！"它们说。它们也可以这样说。

安徒生（1805—1875），男。丹麦童话作家，世界童话文学代表作家。主要作品有《海的女儿》《卖火柴的小女孩》《丑小鸭》《皇帝的新装》等。

忽然它们觉得豆荚震动了一下。它被摘下来了，落到人的手上，跟许多别的丰满的豆荚在一起，溜到一件马甲的口袋里去。

"我们不久就要被打开了！"它们说。于是它们就等待这件事情的到来。

"我倒想要知道，我们之中谁会走得最远！"最小的一粒豆说，"是的，事情马上就要揭晓了。"

"该怎么办就怎么办！"最大的那一粒说。

"啪！"豆荚裂开了，那五粒豆子全都滚到太阳光里来了。它们躺在一个孩子的手中。这个孩子紧紧地捏着它们，说它们正好可以当作豆枪的子弹用。他马上安一粒进去，把它射出来。

"现在我要飞向广大的世界里去了！如果你能捉住我，那么就请你来吧！"于是它就飞走了。

"我，"第二粒说，"我将直接飞进太阳里去。这才像一个豆粒呢，而且与我的身份非常相称！"于是它就飞走了。

"我们到了什么地方，就在什么地方睡。"其余的两粒说。

"不过我们仍得向前滚。"因此它们在没有到达豆枪以前，就先在地上滚起来，但是它们终于被装进去了，"我们才会射得最远呢！"

"该怎么办就怎么办！"最后的那一粒说。它射到空中去了。它射到顶楼窗子下面的一块旧板子上，正好钻进一个长满了青苔和霉菌的裂缝里去。青苔把它裹起来。它不见了，可是我们的上帝并没忘记它。

"应该怎么办就怎么办！"它说。

在这个小小的顶楼里住着一个穷苦的女人。她白天到外面去擦炉子，锯木材，做许多类似的粗活，她很强壮，而且也很勤俭，不过她仍然很穷。她有一个发育不全的女儿，躺在这顶楼上的家里。她的身体非常虚弱。她在床上躺了一整年，看样子既活不下去，也死不了。

"她快要到她亲爱的姐姐那儿去了！"女人说，"我只有两个孩子，但是养活她们两个人是够困难的。善良的上帝分担我的愁苦，已经接走一个了。我现在把留下的这一个养着。不过我想上帝不会让她们分开的，她也会到她天上的姐姐那儿去的。"

可是这个病孩子并没有离开。她安静地、耐心地整天在家里躺着,她的母亲到外面去挣点儿生活的费用。这正是春天,一大早,当母亲正要出去工作的时候,太阳温和地、愉快地从那个小窗子射进来,一直射到地上。这个病孩子望着最低的那块窗户玻璃。

"从窗玻璃旁边探出头来的那个绿东西是什么呢?它在风里摆动!"

母亲走到窗子那儿去,把窗打开一半。"啊!"她说,"我的天,这原来是一粒小豌豆。它还长出小叶子来了。它怎样钻进这个隙缝里去的?现在可有一个小花园来供你欣赏了!"

病孩子的床搬得更挨近窗子,好让她看到这粒正在生长着的豌豆。于是母亲便出去做她的工作了。

"妈妈,我觉得我好了一些!"这个小姑娘在晚间说,"太阳今天在我身上照得怪温暖的。这粒豆子长得好极了,我也会好起来的,我将爬起床来,走到温暖的太阳光中去。"

"愿上帝准我们这样!"母亲说,但是她不相信事情就会这样。不过她仔细地用一根小棍子把这植物支起来,好让它不被风吹断,因为它使她的女儿对生命起了愉快的想象。她从窗台上牵了一根线到窗顶上去,使这粒豆可以盘绕着线向上长,它的确也在向上长——她们每天都可以看到它在生长。

"真的,它现在要开花了!"女人有一天早晨说。她现在开始希望和相信,她的病孩子会好起来。她记起最近这孩子讲话时要比以前愉快得多,而且最近几天孩子自己也能爬起来,直直地坐在床上,高兴地望着这一颗豌豆所形成的小花园。一星期以后,这个病孩子第一次能够坐一整个钟头。她快乐地坐在温暖的太阳光里。窗子打开了,它面前是一朵盛开的、粉红色的豌豆花。小姑娘低下头来,在它柔嫩的叶子上轻轻地吻了一下。这一天简直像一个节日。

"我幸福的孩子,上帝亲自种下这颗豌豆,叫它长得枝叶茂盛,成为你我的希望和快乐!"母亲高兴地说。她对这花儿微笑,好像它就是上帝送下来的一位善良的天使。

但是其余的几粒豌豆呢？曾经飞到广大的世界里去的，并且还说过"如果你能捉住我，那么就请你来吧"的那一粒，落到屋顶的水笕（jiǎn）里去了，在一个鸽子的嗉囊里躺下来，正如约拿躺在鲸鱼肚中一样。那两粒懒惰的豆子也不过只走了这么远，因为它们也被鸽子吃掉了。总之，它们总还算有些实际的用途。可是那第二粒，它本来想飞进太阳里去，但是却落到水沟里去了，在脏水里躺了好几个星期，而且涨大得相当可观。

"我胖得够美了！"这粒豌豆说，"我胖得要爆裂开来。我想，任何豆子从来不曾、也永远不会达到这种地步的。我是豆荚里五粒豆子中最了不起的一粒。"

水沟说它讲得很有道理。

可是顶楼窗子旁那个年轻的女孩子——她脸上射出健康的光彩，她的眼睛发着亮光——正在豌豆花上面交叉着一双小手，感谢上帝。

水沟说："我支持我的那粒豆子。"

华威先生

张天翼

　　他永远夹着他的公文皮包,永远带着他那根黑油油的手杖。左手无名指上戴着他的结婚戒指,拿着雪茄时这根无名指微微地弯着,小指翘得高高的,构成一朵兰花图样。他的时间很紧,他说:"我恨不得取消晚上睡觉,希望一天不止二十四小时,抗战工作实在太多了。"接着掏出表来看一看,那一脸丰满的肌肉立刻紧张起来,他立刻就走,他要到难民救济会去开会。

　　照例,会场里的人全到齐了坐在那里等他。同志们彼此看着,说:"华威先生到会了。"有几位透了一口气,有几位拉长了脸瞧着会场门口,有一位甚至于要准备决斗似的——攥着拳头瞪着眼。华威先生态度严肃,从容地走进去,他在门口稍停了一会儿,好让大家把他看个清楚,仿佛要唤起同志们的信任,仿佛要给同志们一种担保——什么困难的大事都可以放下心

张天翼(1906—1985),男,生于江苏南京。中国当代著名作家。曾任《人民文学》主编。主要作品有《宝葫芦的秘密》《大林和小林》《华威先生》等。

来。他还点点头,眼睛并不对着谁,只看着天花板,他是在对整个集体打招呼。

华威先生很客气地坐到一个冷角落里,离主席位子顶远的一角,他不大肯当主席。"我不能当主席,"他拿着一支雪茄烟打手势,"工人抗战工作协会的指导部今天开会,通俗文艺研究会的会议也是今天,伤兵工作团也要去的。你们知道我的时间不够支配,只容许我在这里讨论十分钟。我不能当主席,我推举刘同志当主席。"说完他的嘴角闪起一丝微笑,他还轻轻地拍了几下手。

主席报告时,华威先生不断地划洋火点他的烟,把表放在面前,时不时看看它。"我提议!"他大声说,"我们的时间是很宝贵的,我希望主席尽可能报告得简单一点,希望主席能够在两分钟之内报告完。"他划了两下洋火之后,猛地对主席摆摆手,说:"好了,好了。虽然主席没有报告完,我已经明白了,我还要赴别的会,让我先站起来,发表一点意见。"停了一停,抽两口雪茄,扫了大家一眼。"我的意见很简单,只有两点,"他舔舔嘴唇,"第一点就是每个工作人员不能够怠工,要加紧工作,你们都是很努力的青年,热心工作。我很感谢你们,但还有一点,你们时时刻刻不能忘记。"他又抽了两口烟,嘴里吐出来的只有热气,就又划了一根洋火。

"这第二点就是青年同志要认定一个领导中心。青年是努力的,是热心的,但是因为工作经验不够,常常容易犯错误。要是上面没有一个领导中心,往往弄得不可收拾。"他瞧瞧所有人的脸色,脸上的肌肉耸动了一下,表示微笑,往下说:"大家要做抗战工作,没有什么客气可讲。我想诸位青年同志一定会接受我的意见。我很感激你们,好了,抱歉得很,我要先走一步。"他把帽子一戴,把皮包一夹,瞧着天花板点点头,挺着肚子走了出去。

到门口他又想起了一件什么事,便把当主席的同志拽开,小声谈了几句。"你们工作——有什么困难没有?"他问。"我刚才的报告提到这一点,我们……"华威先生伸出个食指顶着主席的胸脯,说:"我知道我知道。我没有多余的时间来谈这件事。以后凡是你们想到的工作计划,可以到我家里去商量,要是我不在家,你们跟我太太谈也可以。她知道我的意见,可以告诉你们。"

五点三刻他到了文化界抗敌总会的会议室,这回他脸上堆上了笑容,对每一个人点头。"对不住得很,对不住得很,迟到了三刻钟。"主席对他微笑一下,他笑着伸了伸舌头,好像闯了祸怕挨骂似的。他四面瞧瞧,就在一个小胡子的旁边坐下来,带着很机密的脸色——小声问那个小胡子:"昨晚你喝醉了没有?""还好,不过头有点晕,你呢?""我呀——不该喝了那三杯猛酒,刘主任硬要我干掉,一回家就睡倒了。"谈了这些,他赶紧打开皮包,拿出一张纸,写了几个字递给主席。"请稍等一等,"主席打断了一个正在发言的人的话,"华威先生还有别的事,他有点意见,先让他发表。"

华威先生点点头站起来,"主席!"腰板微微一弯,"各位先生!"腰板微微一弯,"首先请各位原谅,我到会迟了点,又要提前退席。"随后他说出了他的意见:"文化界抗敌总会的常务理事会是一切救亡工作的领导机关,应该时时刻刻起领导中心作用。"

他反复地说明领导中心作用的重要,说完,他就戴起帽子去赴一个宴会。他每天都这么忙着,而且每天——不是别人请他吃饭,就是他请人吃饭。

强盗的苦恼

[日本]星新一

黑社会的强盗们聚集在一起，商议着下一步的行窃计划。

"真想痛痛快快地干一桩震惊社会又成功无疑的大买卖呀！"一个强盗异想天开地说。谁知这个集团的首领接着他的话爽然应允道："说得对！我也一直这么盘算着，现在想出了些眉目，大伙准备一下吧，要干活了。"

这番话让强盗们吃惊不已，大家争先恐后地问道："究竟怎么干呢？"

"干咱们这一行的，大家都把行动时间选在夜里，但是由于四周太安静，下手时难免引人注目。这次我打算反其道而行之，出乎人们意料地搞它一家伙……"

"有道理，您不愧是咱们的头儿，想出的主意总是高人一招儿。不过，如何下手呢？"

星新一（1926—1997），男，日本现代科幻小说作家，被誉为"日本微型小说鼻祖"。主要作品有《妄想银行》《人造美人》《恶魔天国》等。

"光天化日之下，我们持枪闯进银行抢劫。"

首领的话恍若呓语，喽啰们不禁大失所望。

"别开玩笑啦！那简直不着边际。照你所说的去干，恐怕咱们还没跨进银行的大门，就被抓去蹲牢房了。"

"蠢货，你们的脑子里怎么总少根筋。好了，听我来说个端详……现在我们编写一个电视剧脚本，送给银行附近的交通警察，然后大家装扮成电视剧摄制组的工作人员，到银行去拍摄一个强盗袭击银行的场面，这样银行方面毫无防备，必定给打个措手不及。到时候，大家只管动手抢钱。即使万不得已开了枪，警察也会无动于衷，只当作剧情所需而特意安排的音响效果呢。最后，大家听我的命令，一起撤退……"首领的话音未落，喽啰们早已七嘴八舌地议论起来，只见一个个佩服得五体投地。

"高见，太棒了！妙不可言！"

"这下可以过大瘾了，伙计们，快着手干起来吧！"

强盗们弄来一辆面包车，在车身上写下"电视剧摄制组"的字样。不一会儿，电视摄影机也找来了，自然无须准备胶卷。待脚本印刷完毕，喽啰们将自己精心地装扮起来。有的扮作穷凶极恶的打手，有的扮成维持秩序的工作人员。最后一切准备就绪，首领一声令下，这个精心策划的计谋便开始付诸实行。

强盗们把车开到银行门口，握着手枪刚刚走出车门，在附近执勤的交通警察果然围了上来询问。一个强盗赶忙给他们送上几份电视剧脚本，并说明缘由，他们就心领神会，不再追问了。

万事如意！没想到事情一开头便如此顺利，强盗们精神十足，相继冲进银行，大声喝道："银行的诸君，我们是真正的强盗，赶快把钱交出来！谁敢乱动，马上就要了他的小命！"谁知，计划到此乱了阵脚，发生了意外。一个门卫突然嬉皮笑脸地凑上前来，打破了这里的紧张气氛。

"先生们，我可以帮忙吗？你们来拍电视，我真的一点也不知道。上司真有意思，这种事也不通知一下，好让职员们准备一下。要知道宣传工作是何等重要，可他们……"

一位青年顾客也挤上前来热心地说道："我是作家。你们刚才说的那句台词不太适合，什么'银行的诸君'，简直就像在发表竞选演说。另外，'我们是真正的强盗'这种说法也欠含蓄，一下就把底亮给观众了。脚本是谁写的？下次让我来帮你们的忙。"他拿出名片，絮絮叨叨地纠缠不休。强盗们好不容易才摆脱他们来到窗口，在那里工作的一位姑娘慌忙站起身来说："什么时候播放？请签名留念，我也能上镜头吗？等等，让我再化一下妆……"

银行的女职员们纷纷离座，朝这边拥了过来。"把我们也拍进镜头吧，我们都是电视迷，挺在行的，不用排练啦！"

对这乱哄哄的场面，一个强盗不耐烦了，他忍不住扯起嗓子叫起来："够了！这不是演戏，弟兄们，来真格的！"接着他扣动了手枪的扳机，子弹呼啸着飞向天花板，击碎了照明灯。然而此举并未奏效，一个男孩儿挤过来说："呵，真够劲儿！简直跟真的一样。"另一个人接上话说道："大概天花板内的电灯里预先装进了火药，然后让它爆炸的吧，要是不知情的人，倒还真的给唬住了！"

这时，这家银行的行长露面了。

"喂，先生们，你们能否再加上一个枪击玻璃的镜头！那是防弹用的特殊钢化玻璃，如果从侧面为我们宣传，将会提高顾客对本银行的信赖……"说着，递上一个装有钱的信封。

"先生，让我们来扮演不屈服于强盗的威胁，饮弹而亡的光荣角色吧，拜托了！"男职员们也围拢过来请求着。

强盗们无奈，只好百般解释，可此时没有一个人把他们的话当真，甚至连那个最初帮助维持秩序的交通警察也苦苦哀求道："让我们来扮演捉拿强盗的警察吧，这样或许能使电视剧表现得更逼真，更扣人心弦。先生，您知道，如果我们远在家乡的父母能在电视上看到自己的孩子，该有多么高兴啊！"

事情闹到如此地步，早已难以收场，强盗首领站出来，愤愤地大声吼道：

"大家听着,今天暂停拍摄,我们回去修订脚本,改日再来重拍!"

强盗们狼狈地撤出现场,一个个牢骚满腹。

"再怎么也想不到会弄出这么个结局来,当今社会准出毛病了。从来没见过这么多无法无天的人!"

胖子和瘦子

[俄国]契诃夫

在尼古拉铁路的一个火车站上,有两个朋友相遇了:一个是胖子,一个是瘦子。胖子刚刚在车站上吃完饭,嘴唇油光发亮,跟熟透的樱桃一样。他身上冒出白葡萄酒和香橙花的气味。瘦子刚刚跳下火车,拿着皮箱、包裹、硬纸盒。他身上冒出火腿和咖啡渣的气味。他背后站着一个长下巴的瘦女人,那是他妻子;还有一个眯起一只眼睛的、高个子的男学生,那是他儿子。

"波尔菲里!"胖子看见瘦子,就叫起来,"是你吗?老朋友!多少个冬天,多少个夏天,没见着你啦!"

"哎呀!"瘦子惊奇地叫起来,"米沙!小时候的朋友!你打哪儿来的?"

两个朋友互相拥抱,吻了三回,彼此打量着,眼睛里满是

契诃夫(1860—1904),男,19世纪末期俄国批判现实主义文学大师,"世界三大短篇小说巨匠"之一。主要作品有《套中人》《小公务员之死》等。

眼泪。两个人都感到愉快的惊奇。

"我亲爱的！"瘦子吻过胖子以后说，"真是想不到！真是出其不意！好好瞧着我！你还是像从前那么漂亮！还是像从前那样仪表堂堂，大少爷！天哪！那么，你怎么样？发财啦？结婚啦？你看，我已经结婚了……这是我妻子露意丝，她娘家姓万增巴赫……路德派的教徒……这是我儿子纳发纳伊尔，三年级的学生。这是我小时候的朋友，纳发纳伊尔！我们小时候是同学！"

纳发纳伊尔想了一想，脱下帽子。

"我们小时候是同学！"瘦子接着说，"你还记得从前大家怎样拿你开玩笑吗？大家给你起了一个外号叫赫洛斯特拉托斯，因为你拿纸烟烧坏了一本教科书；我呢，外号叫厄菲阿尔忒斯，因为我爱搬弄是非。哈哈！……那时候咱们都是小孩呀！……别怕难为情，纳发纳伊尔。走到他跟前去……这是我妻子，她娘家姓万增巴赫……路德派的教徒……"

纳发纳伊尔想了一想，躲到他父亲背后去了。

"那么，你的景况怎么样，朋友？"胖子问，热情地瞧着他的朋友，"你在哪儿做官？你做到几等官啦？"

"是在做官，我亲爱的！我已经做了两年八等文官，得了斯丹尼司拉夫勋章。薪水很少……可是求上帝跟它同在！我妻子教音乐课，我私下里用木头做烟盒。挺好的烟盒！我卖一卢布一个。谁要是一回买十个或十个以上，你知道，我就打点折扣。我们总算混着过下来了。你看，我原来做科员，现在调到这儿来，仍旧在科里，可是做科长了……往后我就在这儿做事。那么，你怎么样？恐怕你已经做到五等文官了吧？"

"不，我亲爱的，你还得说得再高点才成，"胖子说，"我已经做到三等文官了……我有两个星章了。"

瘦子忽然脸色变白，呆住了，可是他脸上的肉很快地向四面八方扭动，做出顶畅快的笑容，仿佛他的脸上，眼睛里，射出火星来。他耸起肩膀，弯下腰，缩成一团……他的皮箱、包裹、硬纸盒，好像也耸起肩膀，皱起了脸……

他妻子的长下巴变得越发长了,纳发纳伊尔挺直身体立正,系好制服上所有的扣子……

"大人……我……荣幸得很!斗胆说一句,小时候的朋友忽然变成了大贵人!嘻嘻!"

"算了!"胖子皱眉,"干吗用这种口气讲话?你我是从小的朋友,用不着官场的那一套奉承!"

"求上帝怜恤……您老人家说的什么话……"瘦子赔着笑脸说,越发缩成一团了,"大人的恩情……有如使人再生的甘露……大人,这是我儿子纳发纳伊尔……我妻子露意丝,某种程度上的路德派教徒……"

胖子本想提出抗议,可是瘦子的脸上现出那样的尊崇、谄媚、恭恭敬敬的丑相,弄得那三等文官直恶心。他扭转头不去看那瘦子,伸出手去告别。

瘦子伸出三个手指头握一握手,全身弯下来鞠躬,赔笑道:"嘻——嘻——嘻!"他的妻子也赔着笑脸。纳发纳伊尔把两脚靠拢,制帽掉到地下去了。这三个人都感到了愉快的惊奇。

路灯和我们的街

[土耳其] 阿·涅辛

　　我们街上的居民对于四年选举一次参议员觉得很不可理解，而且怨声载道。您别以为我们有自己的参议员，他们就能替我们做主。哪有这样的好事！也别以为我们能从自己街坊里选出一个参议员来。那是白日做梦！参议员们根本不到我们这条街上来，要是真有一位信步走来了，那么他一定出不去。汽车也从来不从我们这条街经过，电车不通，大车也不来，就连骡子也过不去。

　　您可别一高兴就路过我们的街——保险连您的怀表也停住。一个文明人在这个大城市里见到这样的街道，他的大脑准会出故障。

　　可是我们却每天在这条骡子也过不去的街上来来往往。大姑娘们拖着木屐吧嗒吧嗒地走着，光脚丫的孩子满大街瞎闯。

　　阿·涅辛（1915—1995），男，土耳其著名幽默作家。主要作品有《我是怎样自杀的》《叔叔的怪病》等。

有什么办法呢,我们就住在这条街上,能不走这条路吗?

可是我们街上的居民不知天高地厚,居然要管起国家大事来了!他们居然不满意四年选举一次参议员!

"哼,你们是什么人?你们知道什么是选举吗?你们懂得参议员是怎样的人吗?"我这样劝解他们。

可是白费劲。他们哪能懂得这些?他们自作聪明,而且根本不想明白一点道理。这也难怪他们每天来往的这条街道是连骡子也过不去的呢。

"那好吧,既然不赞成四年选举一次,那么八年选举一次怎么样?"我对他们说。

"不,选举次数要多些!"他们回答说。

"两年选举一次吗?"

"不,老兄!要每天晚上天一黑就选举一次。"

"唉!敢情是咱们的街坊都疯了。"我叹了一口气。

我们这条街也真怪,每个居民都欠着一身债。这里房东在撵房客,那里债主把门捶得震天响。门板上横七竖八地刻满了道道儿,因此送牛奶的、卖水的和面包铺掌柜的都没法再用小刀或铅笔在上面做记号了。我们天还没亮就起身,然后一直到中午都在为生活而奋斗:又是还账啦,又是收账啦,闹得不亦乐乎。从中午一直到第三次祈祷,是母亲揍孩子的时间。过了这段时间,直到天黑,就是孩子们你打我,我打你的时间了。在一片搬嘴弄舌,说长道短的气氛中,夹杂着煎大葱的气味。在这个时候妇女们也并不忘记彼此相骂。而从晚上一直到天亮,她们就跟自己的男人吵架。

据说咱们这个地球上战争已经结束了,但是这跟我们有什么相干?我们街上的战争并没有停止。

总之一句话:我们街上的居民被所有这些使人忧愁、悲伤、烦恼的事弄得疯疯癫癫了。

"我说,各位街坊,像选举这样的大事能每夜都来一次吗?"我想说服他们。

不料问题根本不在这里。

这里面另有文章。我们街角上有一个路灯。不瞒您说，这个路灯是有名无实的：它既没有玻璃，又没有灯罩，也没有灯头。一句话——凡是路灯应该有的玩意儿它一概没有，有的只是一根铁柱，可是我们已习惯叫它路灯了。

我们街上的居民早就忘记了路灯应该照耀街道这样一条真理。这根铁柱子光秃秃地竖立在街角，就好像是一种装饰品。可是它能使孩子们解闷开心。他们走在铁柱周围转来转去，一看见乌鸦落在铁柱顶上，就拿弹弓弹它们。

这个路灯是谁装的呢？是一位什么大慈善家？慈善团体吗？国家吗？市政府吗？我们不知道。什么时候装的？为了什么？管这些干什么，我们只听年逾古稀、行将就木的老年人说过，这个路灯只在当年雷沙德苏丹登位的时候亮过一次。后来，公布宪法的时候，它还亮过一两夜。至于它在共和国宣布成立的时候有没有亮过，至今还是一个疑案。有的人说亮过，有的人却说没有。

现在言归正传，且听我们的街坊对路灯和选举的关系如何解释。一位老大爷心直口快地说："您记得不久以前的那次选举吗？在选举的那天，给咱们的路灯安上了灯罩、玻璃、灯头，当天晚上就亮了。咱们这条街顿时热闹起来了！可是一过了那夜，直到如今，路灯都没有亮过。"

感谢上帝，这下子我总算明白过来了。我懂得了我们这条街上的居民们为什么希望每天晚上天一黑就进行选举——因为一选举我们的路灯就亮。说实在的，我是同意他们的意见的。

我是小偷

[印度]拉斯金·邦德

遇到阿尼尔时,我还是一个小偷。虽然那时我才15岁,但干这一行却已经是老手了。

当我接近阿尼尔时,他正在观看摔跤比赛。他25岁左右,瘦高个子,看上去随和而善良,是我唾手可得的对象。虽然我可能取得这个年轻人的信任,但近来我的运气一直不好。

"你看上去像是个摔跤手。"我对他说。没有比奉承话更好接近陌生人的了。

"你也像啊。"他回答道。我一时卡了壳,因为我当时瘦骨嶙峋,没个人样。

"我也凑合摔两下子。"我谦虚地说。

"你叫什么名字?"

"哈利·辛格。"我撒谎说。我经常换新名字,这样做是为

拉斯金·邦德(1934—),男,印度著名英语作家。主要作品有《房顶上的房子》《我们的树仍在达拉顿生长》等。

了逃过警察和我以前雇主的耳目。

阿尼尔起身走开时,我漫不经心地跟着他,向他恳求似的笑着说:"我想为你效劳。"

"可我无法支付你的工钱哪。"

我考虑了片刻,问:"光管饭行吗?"

"你会做饭吗?"

"我会。"我再次撒谎说。

"如果你会做饭,或许我还能养活你。"

他把我带到他在朱木拿甜食店上面的房间,让我住在阳台上。那天晚上,我做的饭一定很糟糕,因为阿尼尔把饭倒给了一条走失的狗,于是他让我走。但我死皮赖脸地求他,并装出一副讨好他的笑脸。看到我那副样子,他禁不住笑了。

后来,他拍了拍我的头,说没关系,他会教我怎么做饭。他还教我写我的名字。他说他将教我写整个句子和数数。我很感激。我知道,一旦我能像一个受过教育的人那样能写会算,那就没有我想做而做不到的事情了。

为阿尼尔干活是非常愉快的。早上做好茶点,我就出去采购一天的食品。一般来说,我每天都要捞个把卢比。我想他是知道我从中捞了点儿小钱的,但看上去他好像并不在意。

阿尼尔的钱是靠他的小聪明得来的。他常常是这个星期借钱,下个星期再转手贷给别人。他总是在为下一张支票发愁,但是当支票一到,他就要出去庆祝一番。他好像是在为一些杂志撰稿——一种古怪的谋生方法。

一天晚上,他带回一小沓儿钞票,说是刚把一本书稿卖给一个出版商。夜里,我看到他把钱塞在了床垫下面。

我为阿尼尔干了大约个把月的活。除了买东西时作点儿小弊,我没有再去干我的老本行。其实我有很多得手的机会。阿尼尔给了我一把房门钥匙,我可以随意进出。他是我所遇到的最信任别人的人。

这倒使我很难对他下手。偷一个贪心的人容易,但偷一个粗心的人却很困难——有时，他甚至不知道自己已经被盗了，这对干这行的我来说倒没多少意思了。

"是动真格的时候了。"我对自己说。长时间不干，我的手都生了。如果我不把钱拿走，他将把钱全部花在他的朋友身上，反正他是不会支付我的工钱的。

阿尼尔睡着了。皎洁的月光透过阳台照在床上。我一骨碌从毯子里爬出来，悄悄地爬到他的床前。阿尼尔安详地睡着，他的面孔清晰，没有一丝皱纹。与他相比，我的脸上却布满了伤痕。

我把手伸进床垫下，摸到钞票，我轻轻地将其抽出。阿尼尔在梦中叹了一口气，并把身子翻向我。我大吃一惊，赶紧爬出房间。

一上路，我便开始跑起来。我用腰带把钞票束在腰间。跑了一阵后，我放慢了步子，边走边数着票子，一共600卢比。真是发了大财！这下我可以像一个阿拉伯石油富翁一样，过上一两个星期的好日子啦。

来到车站，我直奔站台，开往勒克瑙的快车刚要出站，尚未加速，我还来得及跳上一节车厢。但我犹豫了——我自己都说不清为什么——我失去了逃走的机会。

当火车离去，我发现自己站在空无一人的站台上。我不知道该去哪里度过这个漫长的夜晚。我没有真正的朋友，我认识的唯一的好人却是被我偷了钱的人。

在我短暂的偷盗生涯中，我研究过那些丢了东西的人的各种表情。贪心的人惊慌不安，富有的人怒容满面，贫穷的人无可奈何。但我想，当阿尼尔发现谁是盗贼时，他只能是悲伤失望。这倒不是因为丢了钱，而是因为失去了信任。

不知不觉，我来到了一个广场，在一条凳子上坐下。11月初的夜晚有些凉意，毛毛细雨更使我心烦意乱。不一会儿，又下起大雨。我浑身湿透，衣服紧贴在身上。凉风夹着暴雨，无情地抽打着我的面颊。我摸了摸腰间，钞票都被雨水打湿了。

啊，阿尼尔的钱！如果我不离开他的话，早上他很可能给我两三个卢比，让我去看电影。但我现在把他的钱全部拿走了，我再也不用做饭，不用跑集市，不用学写句子了。

学习？偷盗成功的激动，早已使我忘记了学习的事。我知道，总有一天学习会给我带来比几百卢比更大的好处。但偷盗简直太容易了，有时就像被别人捉住一样容易。可是，要做一个真正的人，一个聪明能干的人，一个受人尊敬的人，则是另一回事。"我应该回到阿尼尔身边，即使只是为了学习。"我对自己说。

我急忙向阿尼尔的房子走去，心情异常紧张，因为把赃物送回而不被发现比偷盗更难。我轻轻地推开门，伫立在月色朦胧的门口。阿尼尔仍在熟睡。我悄悄地爬到他的床前，手里捏着那沓儿钞票。我把手慢慢伸向床边，将钱塞进垫子下面。

第二天早上，我起晚了，阿尼尔早已煮好了茶。他把手伸向我，手指间夹着一张 50 卢比的票子。我的心提到了嗓子眼儿，以为我的行为被发现了。"我昨天赚来一点儿钱，"他解释说，"你将定期得到工钱。"我精神振奋，但当我接过钱时，票子还是湿的。

"今天我们开始学写句子。"他说。看来他对我所干的事是知道的，但他什么也没表露出来。

广告的受害者

[法国]左拉

我认识一个诚实的小伙子,他去年才去世,他一辈子可以说是受尽了折磨。

克洛德从他懂事的年龄起,就抱定这个主张:"我的生活计划已经定了。我只要闭上眼睛接受我的时代的恩赐。为了跟得上文明的进步,过美满幸福的生活,我只消每天早晚看看报纸和广告,准确地按照这些无比崇高的导师的指点去做。这是真正聪明的办法,唯一可能得到幸福的方法。"从这一天起克洛德把报纸上登的和墙上贴的广告当作他的生活法典。它们变成了帮他解决一切问题的、万无一失的指南。凡是广告上没有大力推荐的他都一概不买或者不做。

这个不幸的人就是因为这个主张,生活在一个真正的地狱里。

克洛德买了一块地产,土是从别处运来的,他只能在桩基上

左拉(1840—1902),男,法国作家,自然主义文学创始人。主要作品为由20部长篇小说组成的《卢贡-马卡尔家族》。

盖房子。这所房子是按照最新的方法盖的,一刮风就晃悠,一下大雨就一块块往下掉砖。

房子内部呢,壁炉里装着结构精巧的除烟器,冒出来的烟可以把人呛死。电铃不管您怎么按它,就是不肯响。厕所是按照一个极好的式样造的,后来变成了一个可怕的臭屎坑。抽屉和橱门装的是特别的机件,开了关不上,关上了又开不开。尤其是那一架自动钢琴,其实不过是一只糟透了的手摇风琴罢了。还有保险箱,撬不开,烧不着,却在一个冬天的夜里,被几个贼轻轻松松地搬走了。

不幸的克洛德,他不光是财产上受到损失,身体上也吃足了苦头。

他刚到街上,衣服就裂缝了。他的衣服是从那些出清存货举行大拍卖的公司里买来的。

有一天我遇见他,他的头完全秃了。他是想把他的金黄色的头发变成黑色,这又是受他对文明进步的爱好的驱使。他刚用过一种药水,金黄色的头发全部脱光,他非常高兴,因为照他自己说的,他现在可以涂一种油膏,一定可以使他长出一头比以前的金黄色头发厚两倍的黑头发。

他吞服的各种药品,我就不一一详谈了。他原来很强壮,现在变得很瘦弱,一用力就喘气。也就是从这个时候起,广告开始把他的小命断送了。他相信自己有病,他按照广告上开的良方医治自己。他看到每种药品都受到同样的赞扬,拿不定主意,于是为了使疗效更高,同时服用各种药品。

广告对他的智力的损害就更加厉害了。他把报纸上向他推荐的书籍摆满了书架。他采用的分类法是最奇妙的:他把一本本书按照价值的高低排列,我的意思是说,按照出版商花钱叫人写的那些评论文章的热情程度的高低排列。当代的所有荒谬和下流无耻的书籍都集中在那儿,还从来没有人看到过有谁收藏了这么多伤风败俗的东西。克洛德很仔细地把介绍他买书的广告贴在每本书的书脊上。

有了这一套办法,他完全变成了一个白痴。

这出悲剧的最后一幕是令人悲痛的。

克洛德看到一个女梦游者能治百病，于是连忙跑去请她医治他实际上并没有的毛病。这个女梦游者十分热心，要帮助他返老还童，还把重回十六岁的秘方告诉了他。其实方法也很简单，只要用某种水洗澡，再内服某一种药水就行了。

他吞下药水，钻到洗澡水里，他变得非常年轻了，年轻得半个钟头以后别人发现他已经死在澡盆里了。

克洛德甚至在死了以后，也是广告的受害者。他在遗嘱中吩咐，要把他装在一口能够很快就起防腐作用的棺材里。这种棺材是一位药剂师新近取得专利权的。棺材刚抬到公墓，就裂成两半，这个可怜虫的尸体滚到烂泥里，只好和碎棺材板混在一起埋了。

他的坟是用硬质纤维板和人造大理石砌的，这些东西在头一个冬天就被雨水淋坏了，很快就在他的墓穴上变成了一堆叫不出名堂的破烂。

小鬼如何将功抵过

［俄国］列夫·托尔斯泰

有个穷苦农民在早饭前就出门去耕地,他从家里带了一块面包。他放下木犁,把用具解开,搁在小树丛下,还把面包放在那儿,用呢袍盖住。马干累了,农民也饿了,他把犁插进土里,卸了马,放它去吃草,自己走到放呢袍的地方去吃面包。他拿起呢袍一看,面包没了。他找来找去,把呢袍翻过来,抖了几下,还是没有。农民感到很奇怪。

"真是怪事,"他想,"没看见一个人,但面包被拿走了。"

原来,这是一个小鬼趁他耕地的时候把面包偷走了,这会儿正坐在小树丛下面听农民骂神咒鬼呢。

农民挺难过的。

"算了,"他说,"我饿不死!他既然要拿走,一定是需要面包。让他吃吧!愿他健康!"

列夫·托尔斯泰(1828—1910),男,19世纪俄国批判现实主义作家,在世界文学中有巨大影响。主要作品有《战争与和平》《安娜·卡列尼娜》《复活》等。

于是农民走到井边,喝了一肚子井水,歇了一会儿,把马牵过来,套上木犁,继续干起活来。

小鬼慌了,他没能引诱农民犯罪,就跑去向鬼王报告。他对鬼王讲,他怎样偷走农民的面包,农民不仅没有骂他,反而说:"让他吃吧!愿他健康!"

鬼王听了十分生气。他说:"这次农民战胜了你,是你自己的过失,只怪你不会办事。如果这些庄稼汉,还有他们的娘儿们,都养成这种脾气,那咱们就没法生存了。不能让他们这样!你再到农民那儿去,将功抵过。限你在三年之内战胜他,不然我就叫你洗圣水澡。"

小鬼恐慌极了,又跑到地上来,琢磨将功抵过的好办法。

他想来想去,好容易想出一条妙计来。他摇身一变,变成一个仁厚的老实人,去给那个穷苦农民当雇工。正逢干旱的夏天,他教农民在沼泽地里种庄稼。农民听了他的话,在沼泽地里下了种。

别人的庄稼都让太阳晒死了,而农民的庄稼长得茎粗叶茂,穗多粒满,打下的粮食吃到新粮下来还绰绰有余。第二年,雇工又教农民把作物种到山上去,这年夏天雨水极多,别人的作物都倒伏了,沤坏了,颗粒也不饱满,而农民的庄稼种在山上,长得穗多粒满,沉甸甸的。余粮就更多了,农民简直不知道如何处理。

于是,雇工教农民把粮食捣碎酿酒。农民酿了很多酒,自己喝上了,也给别人喝。小鬼跑到鬼王那儿去表功,吹嘘他怎样将功抵过了。鬼王就亲自来察看。

鬼王来到农民家里,看见农民请了许多阔人来做客,并用酒招待他们。女主人上来给客人斟酒,刚走了几步就被桌子绊了一下,把一大杯酒洒了。农民十分生气,把妻子大骂了一顿。

"该死的蠢货!"他说,"你以为这是泔水?笨手笨脚的,把这么好的东西往地上泼!"

小鬼用胳膊肘碰了鬼王一下,说:"你注意,这回他可舍不得给面包了!"

农民把妻子大骂一顿以后，就自己斟酒。有一个穷苦农民不请自来，他向主人问安，在桌旁坐了下来，看见大家在喝酒，他干活干累了，也想喝点酒。但是他坐在那儿左等右等，直咽口水，主人就是不给他斟酒，还嘀咕："谁都喝，哪够哇！"

鬼王见了这个情景得意得很。小鬼又得意地说："别急，好看的还在后面呢！"

那些阔人干了一杯酒，主人也干了一杯。接着他们就开始互相吹捧，互相奉承起来，说的都是骗人的鬼话。

鬼王听着听着，忍不住叫起好来。他说："人们喝了这种饮料竟会这样互相吹捧，互相欺骗，现在他们都要被我们捏在掌心里了。"

小鬼说："别急，看看他们还要干什么。让他们再喝一杯。现在他们就像狐狸一样，彼此在对方面前摇尾巴，互相打对方的主意。你瞧着，他们立刻就要像恶狼一样了。"

阔人们又干了一杯，嗓门变大了，话也粗野了。他们不再说甜言蜜语，而是对骂起来了，互相显露出凶恶的样子，还揪打起来，互相抠破了对方的鼻子。主人也卷进去厮打，而且还被打伤了。

鬼王见此情景，得意极了。

"这太妙了。"他说。

可是小鬼又说："你别急，还有好看的呢！让他们喝第三杯吧。这会儿他们像狼一样互相发威，等第三杯酒下肚，他们就要像猪一样了。"

阔人们干了第三杯酒，全都醉得东倒西歪，话也说不明白，连自己都不知道自己在嚷什么，谁也不听谁的。散席了，有的一个人走，有的三三两两同行，后来全都醉倒在街上。主人送客出门，结果一头栽进水坑里，滚了一身泥，像公猪似的躺在那里直打呼噜。

鬼王见了，欣喜万分。

"你发明的这种饮料太棒了，"他说，"可以将功抵过。但是你得告诉我，这种饮料是怎么做成的？一定是开头放些狐狸血在里面，他们因此变得像狐狸一样狡猾。接着再放入些狼血,他们因此变得像狼一样凶狠,最后准是放入了猪血,他们因此变成了猪猡。"

"不对,"小鬼说,"我不是这样做成的。我只不过让他有了余粮。这兽血嘛,他身上本来就有,不过粮食不够吃的时候显不出来。以前他连最后一块面包也舍得给人。但是一旦有了余粮,他就想办法寻开心。于是我教他喝酒,等到他把余粮酿成酒来寻开心的时候,他身上的狐狸血、狼血、猪血就都沸腾起来了。现在只要他喝酒,他就老是跟野兽一样。"

鬼王夸奖了小鬼一会儿,宽恕了他拿那块面包时犯下的过错,还派他当了个头目。

河里漂来的幸福

[日本]岛田洋七

我小时候被寄养在外婆家。

那时外婆的工作是清扫佐贺大学和佐贺大学附属中学、小学的教职员室和厕所,快的话上午11点左右就可以回家了。走在回家路上的外婆,样子有点儿奇怪,她每走一步,就发出嘎啦嘎啦的声音。我仔细一看。她腰间好像绑着一根绳子,拖着地上的什么东西一路走来。

"阿嬷,那是什么?"

"磁铁。"外婆看着绳子说。绳子一端绑着一块磁铁,上面粘着钉子和废铁片。"光是走路什么事也不做,多可惜,绑着磁铁走,你看,可以赚到一点儿外快的。"

"赚到?"

"这些废铁拿去卖,可以卖不少钱哩!不捡起掉在路上的

岛田洋七(1950—),男,本名德永昭广,日本著名漫才(相声)师、作家。著有《佐贺的超级阿嬷》一书。

东西，要遭老天惩罚的。"外婆说着，取下磁铁上的钉子和铁片，丢进桶里。桶里已经收集了不少"战利品"。外婆出门时，好像一定会在腰间绑着绳子，我简直看呆了。但这还不是最让我惊讶的事。

外婆把钉子、铁屑都丢进桶里后，又大步走到河边。我跟在后面，奇怪外婆为什么看着河水微笑。

"昭广，帮我一下。"她回头叫我之后，转身从河里捞起木片和树枝。河面架着一根木棒，拦住一些上游漂下来的木片和树枝。之前我到河边张望时，还在好奇那根木棒为何横在河里。哪里想得到它是外婆用来拦截漂流物的"法宝"！外婆把木棒拦下的树枝和木片晒干后当柴烧。

"这样，河水可以保持干净，我们又有免费柴火，真是一举两得。"外婆豪爽地笑着说。现在看来，外婆早在几十年前就已经开始资源回收利用了。

木棒拦住的不只是树枝和小木块。上游有个市场，畸形的萝卜、小黄瓜等卖不出去的蔬菜，都被丢进河里，也都被木棒拦住了。外婆看着奇形怪状的蔬菜说："畸形的萝卜切成小块，煮出来味道一样，弯曲的小黄瓜切丝用盐腌一腌，味道也一样。"

是这样。

还有一些果皮受损的水果，也因为卖相不好而被丢弃，但是对外婆来说，那些"只是外表差一点儿而已，切开来吃，味道一样"。真是这样。

就这样，外婆家大部分的食物，都仰仗河里漂来的蔬果。而且，夏天时西红柿用河水冷藏着漂流下来，更加好吃。甚至有时候，会有完好无损的蔬菜漂下来。当时，市场批发的蔬菜还沾满泥土，需要兼职的大妈在河边将蔬菜冲洗干净，通常都是十几个人一边聊天一边洗菜，有人不小心手一滑，蔬菜就被水冲走了。

每天总有各式各样的东西顺流而下，被木棒拦住，因此外婆称那条河是我们家的"超级市场"。

她探头望着门前的河水，笑着说："而且是送货上门，也不收运费。"

偶尔，木棒什么也没拦到，她就遗憾地说："今天超市休息吗？"

外婆说这个超市只有一个缺点："即便今天想吃小黄瓜，也不一定吃得到，因为完全要听凭市场的供应。"

真是无比开朗的外婆呀！别人家是看着食谱想着要做什么菜，外婆是看着河里想："今天有什么东西呢？"再决定菜单。

外婆对那条河的情况了如指掌。

有一次漂来一个苹果箱子，里面塞满米糠，米糠上放着腐烂的苹果。我拿着斧头，打算把米糠倒掉，只留箱子当柴火时，外婆就说："你先摸摸米糠里面。"

"啊？"我心想，"为什么？"但还是乖乖地伸手去摸——里面竟然还留着一个完好无损的苹果！我简直觉得外婆像个预言家。

还有一次，漂来一只很新的木屐。"只有一只，没办法，当柴烧吧。"我拿起斧头时，外婆又说："再等两三天吧，另一只也会漂下来的。"我想再怎么幸运，也不会有那么如意的事吧。可是两三天后，另一只木屐真的漂下来了，吓了我一跳。

"那个人掉了一只木屐在河里之后，一时还舍不得，但是过了两三天就会死心，把另外一只也扔了，这样，你就刚好凑成一双了。"外婆的智慧，让我惊叹不已。

1991年，91岁高龄的外婆去世以后，我更深刻地领会到她带给我的人生启示：幸福不是金钱左右的，而是取决于你的心态。

寻根者

[智利]聂鲁达

爱伦堡读过也译过我的诗,他责怪我:"你的诗里'根'太多,实在太多了。为什么写这么多'根'呢?"

确实,我的《回忆录》第四卷问世之前,就有人对我说了不少类似的话。这部回忆录就叫《寻根者》。

边境的土地把它的根伸进我的诗里,再也不能离去。我的一生便是一次漫长的漂泊,始终四处奔波,而且总是要回到南方的森林,回到那莽莽的林海。

在那里,参天大树有时在结结实实活了七百年后,竟倒了下来,有时被湍急的洪水连根拔起,有时被大雪冻伤,有时被大火焚毁。我听到过巨人般的大树在森林深处倒下的声音,栎树沉重倒下时发出天塌地陷般的响声,有如一只巨手在敲大地的门,要敲开一个墓穴。

聂鲁达(1904—1973),男,智利诗人。1971年获诺贝尔文学奖。主要作品有《二十首爱情诗和一支绝望的歌》《地球上的居所》《诗歌总集》等。

可是，树根却暴露在地面上，任凭满怀敌意的时间、潮湿、地衣去宰割，遭受接连不断的摧残。

没有什么比那些受伤和遭焚的张大的巨手更美的了，这些巨手横在林间小径上，向我们诉说埋在地下的树木的秘密，诉说支撑枝叶、控制植物的奇异肌肉的奥秘。那些悲惨的粗硬的巨手，对我展示了一种崭新的美，因为它们是具有深度的雕刻——大自然的神秘杰作。

胡利娅·罗赫尔斯夫人简直是个森林仙子，她把一个重一百公斤、年轮为五百年的树根，当作礼物送给我，所以使我又想起这一切。她的礼物立刻使我领会到，那些根都是属于我的一位亲人的，属于总以某种方式在我家里出现的植物之父的。曾经，我也许在山上听过它的劝告，听过它那多重的飒飒声，听过它那清新的话语。过了这么多年之后，它们现在来到我的生活里，也许是要把它们的沉默传染给我。

啊，我的寻根者哟！

我可以想见她迎着花草的浓郁芳香，在湿润的腐殖质上寻觅的情景，智利南洋杉、柏树、智利肖楠像一座座高塔那样耸立在那里。我可以想见她骑马穿过纷纷扬扬的雨丝，把脚插入烂泥，听着短尾鹦鹉喉音很重的话语，每次为了找到更加粗实、更加盘根错节、更加诡谲的根，她把指甲都弄劈了。

罗赫尔斯夫人写信告诉我，有些被连根拔起的大树，在旷野里听凭风吹雨打和隆冬的肆虐已达上百年。而这会赋予她所寻觅的杰作以伤痕累累的形体，银灰的色调，尤其是会形成树根的那种粗硬的、令人心碎的庄严美。

南方的莽莽森林正渐渐被砍伐、焚毁、侵占一空。景色日益单调，披上一件"造纸厂"需要的实业外衣。森林终于被一行行望不见尽头的、披着绿蓑衣的松树取代。寻根者决心为我们保存的这些智利树根，也许有朝一日会像古生物大懒兽的颌骨那样成为文物。

我赞扬她的热情不仅仅因为这一点，还因为她为我揭示出形态神秘的大千世界，提示出大地再次给予我们的美学教育。

……

后来，我骑马越过崇山峻岭奔向阿根廷那一侧时，在参天大树形成的绿色拱顶下碰上了一个障碍，那就是其中一棵大树的根，它比我的坐骑更高，阻断了我的去路。我费了九牛二虎之力，还动用了斧子，才得以通过。那些根像坍塌的教堂一样，其宏伟一经展现，便令人慑服。

以上所述，均因想到存在这位新的热心寻根者而发。她的工作很了不起，就像收集火山或晚霞一样。

始终出现在我的诗中的那些根，确实像是会在地下穿行，追逐我而且赶上我那样，已经回来又安顿在我家里了。

刻在树上的记号

[日本]都筑道夫

六年之间,东京已变得到处都是汽车。而且,居然会有汽车开到人行道上来,这是万万没有想到的。就在这令人大吃一惊的一刹那,躲避已经来不及了,林田幸造紧紧地搂住吉冈,仰面朝天地摔倒在地上。好不容易才服满了刑期,但是,在刚刚成为一个自由人还不到三个小时的时候,林田却又变成了一个不能自由行动的人,这真是一个极大的讽刺。看来吉冈只不过是脚部骨折,而林田,他自己也明白,伤势是十分严重的,就是在医院动手术也需要很长的时间。

"我是要死的了,但是,就这样死掉,我是死也不瞑目的。听到我说话吗?吉冈。你大概很快就会好起来。我有个最后的请求,请一定要答应我。"

在夜深人静的病房里,林田一面强打精神,一面吃力地同

都筑道夫(1929—2003),男,原名松冈岩,日本推理作家。主要作品有《偏差的时计》《向猫舌打钉》《向蛞蝓打听》《诱拐作战》等。

邻床悄悄地说。

"在名古屋，我有个女儿，就这么一个女儿。你要是能把我的钱送到她手里，就分给你三分之一。即使三分之一，也有一百三十多万。这里有一张字条，上面写着我女儿的住址。"

林田拿出那张字条。吉冈用手把字条接过来，说："这么多钱，放在什么地方？"

"埋在地下，用油纸包着，分做两包，总共有四百万。虽然是埋在繁华的东京，但那里和乡村一样，十分偏僻，要走很远的路，是一个有梅林的地方。"

林田详细地交代了埋钱的地方之后，说道："钱是埋在梅林中的一棵树根底下。树上已经做了记号，你就放心吧。即使是细心的家伙看到也不会产生怀疑。这个记号是刻在树上的一个图案：一颗心上面插着一支箭。这支箭的箭羽，上面是四根毛，下面是三根毛。这就是识别记号的标志。"

"四百万，是一万元一张的钞票，四百张吗？"

"是一捆一捆的，总共四十捆。那个时候既没有一万元一张的钞票，也没有五千元一张的钞票。"

"这就是你犯案因而被捕的那笔钱吧？一直藏到现在，真了不起呀。我可以把钱送给她，但是，要分给我一半。"

"没有办法，就这样吧，不过，要是你不送去，我就变成厉鬼来找你算账。不信，就试试看。"

林田的声音，充满了信心。这是一笔让他朝思暮想，死也忘不了的钱。原来是两人合伙抢来的。他的同伙在作案的第二天，因为拒捕被开枪打死了，他那次不过是为了搞到远走高飞的路费才去作案的，但是没有成功。实际上，真正独吞这笔巨款的人正是林田本人，而已死的同伙是无法在法律上提出异议的。

"好吧，我一定给你送到。"

就这样，吉冈答应了林田。但是吉冈的伤却一直没有治好，好容易才出院,却正赶上一直以为自己受了重伤的林田也在同一天出院。林田一出院就马上说:"前些日子,咱们讲的那些话,你就把它忘了吧!"但是吉冈不同意。当天晚上,他们住在一个简易旅馆里,第二天匆忙地赶往车站。在旅馆里,在路上,林田又一而再,再而三地不断哀求吉冈,可是吉冈却一边甜甜地笑着,一边坚持非要那笔钱的一半不可。在车站的站台上,吉冈说:"难道分一半还不行吗?这笔钱,我要是想全部拿走,也不是办不到的。"

冷不防,林田一下子把面带奸笑的吉冈推倒在铁路上。不消说,他是瞄准了火车进站的那个时刻。在一片混乱之中,林田溜出了车站。当他按着计划好的路线,走到目的地的时候,已经接近黄昏了。然而,林田非但没有发现自己做的记号,就连梅林本身也没有找到。他向过路的人打听了一下,得到的回答是:"啊,你问的是挖出巨款的那一片梅林吧?瞧,盖了新房子的那一带,就是原来的那一片梅林。"

六年之间,东京已经到处盖满了房子。

巴尔塔萨的一个奇特的下午

[哥伦比亚] 马尔克斯

鸟笼做成了。巴尔塔萨习惯地把它挂在房檐底下。刚吃完午饭,就听人到处在说他做了一个全世界最漂亮的鸟笼。来瞧热闹的人多极了,巴尔塔萨房前简直门庭若市,吵吵嚷嚷的,他只得摘下鸟笼,把木工作坊的门关上。

"你该刮刮脸啦。"妻子乌尔苏拉对他说。两个星期以来,丈夫一心扑在鸟笼上,干木工活儿就不用心思了,她很不高兴,可是鸟笼一做好,她的烦恼就顿时烟消云散了。

"你能赚多少钱呢?"她问。

"不知道,"巴尔塔萨回答,"我想要价三十比索。末了总能到手二十吧。"

"你先要五十比索,这半个月来,你起早贪黑的。再说,这鸟笼多大呀。我这辈子见过的鸟笼,就数这个大哩。"

马尔克斯(1927—2014),男,哥伦比亚作家,魔幻现实主义文学代表作家,1982年获诺贝尔文学奖。主要作品有《百年孤独》《霍乱时期的爱情》等。

有关鸟笼的消息早就传开了，老大夫希拉尔多的夫人爱养鸟，那天下午，大夫出诊归来，就去看个究竟。

饭厅里挤满了人，那鸟笼放在桌上，供人观赏。偌大的鸟笼用铁丝扎成，分成三层，上下有通道，里面搭着专供鸟儿吃食和栖息的小房。空余部分，装有鸟儿嬉戏用的吊杆。整个鸟笼，犹如一座大型冰厂的模型。老大夫左看右瞧，他寻思，这鸟笼果然名不虚传，比他想给妻子买的那种漂亮多了。

"这鸟笼根本不用养鸟，只要在树上一挂，它自己就会叫起来。"说着，他当着众人的面把鸟笼转了几转，又把鸟笼搁回桌上。

"得，我买下了。"大夫说。

"已经卖给别人啦。"乌尔苏拉说。

"蒙铁尔的儿子已经买下了，是他订的。"巴尔塔萨补充道。

"你可以再做一个嘛！"乌尔苏拉对丈夫说。接着又对大夫说："您又不急着要。"

"可我答应今天下午给我妻子买到鸟笼的呀！"大夫说。

"很抱歉，大夫，"巴尔塔萨说，"可是已经出手的东西是不能再卖的呀。"

大夫耸耸肩膀，问："他们出多少钱买下的？"

巴尔塔萨把目光转向乌尔苏拉。"六十比索。"她说。

大夫又看看鸟笼。"真漂亮，"他赞叹着，"漂亮极了。"说罢，转身朝门口走去，"蒙铁尔可真有钱哪！"

财主蒙铁尔对于鸟笼的新闻无动于衷。他就住在离这儿没有多远的地方，一间堆满家具什物的房子里。他那面容憔悴的妻子，一吃罢午饭就紧闭门窗，在黑洞洞的屋子里，睁着眼睛整整待上两个钟头。她忽然听见人声嘈杂，不禁吃了一惊。她开门一看，只见门前聚集着一大帮人，巴尔塔萨拿着一个鸟笼也在那儿。他穿一身白，胡子刮得精光，神情严肃。

"这玩意儿真太妙啦，"蒙铁尔的妻子喊了起来，顿时容光焕发，她把巴尔塔萨请到屋里，"我这一辈子都没见过这么好的玩意儿。"

"彼贝在家吗？"巴尔塔萨问道。他把鸟笼搁在饭厅的桌子上。

"他还在学校里呢,一会儿就回来。"她答道,接着又补上一句:"蒙铁尔这会儿在洗澡呢。"

蒙铁尔体态肥大,浑身毛茸茸的,脖子上搭着一条毛巾,从卧室的窗户里探出身来:"那是什么呀?"

"彼贝的鸟笼呗。"巴尔塔萨说。

那女人疑惑地瞧他一眼,问:"是谁的?"

"彼贝的呀,"巴尔塔萨的语气十分肯定,"是彼贝让我做的呀。"

蒙铁尔穿着裤衩就从卧室走了出来。"彼贝!"他大喊了一声。

"孩子还没有回来呢。"他妻子喃喃地说。

彼贝在门洞里出现了。他约莫十二岁,眼睫毛弯弯的,沉静忧伤,活像他母亲。

"你过来,"蒙铁尔对他说,"是你让他们做鸟笼的吧?"

孩子低下脑袋。蒙铁尔一把揪住孩子的头发,硬要孩子看着他的眼睛,"你说呀!"

孩子咬咬嘴唇,一声不吭。

"蒙铁尔!"妻子埋怨了。

蒙铁尔放开孩子,转身朝巴尔塔萨走来。他说:"抱歉得很哪,巴尔塔萨,你事先应该跟我商量一下嘛。只有你才会跟小孩子打交道。"他把鸟笼还给巴尔塔萨,并说:"你赶紧拿走,能卖给谁就卖给谁。"

那孩子一直呆立着,连眼皮都不眨一下。等巴尔塔萨接过鸟笼,迟疑地瞧了他一眼,他才像狗打呼噜似的从喉咙里发出一声闷响,然后趴倒在地,号啕大哭。

蒙铁尔冷眼瞧着,无动于衷。母亲想上去抚慰一阵。"别管他!"蒙铁尔毫不妥协。

巴尔塔萨瞧那孩子半死不活的,活像一头害了传染病的牲畜。

"彼贝!"巴尔塔萨笑盈盈地走到孩子跟前,把鸟笼递给他。那孩子一跃而起,抱住跟他差不多大小的鸟笼,透过密集的铁丝瞧着巴尔塔萨,不知说什么好。

"巴尔塔萨,"蒙铁尔轻声说,"我不是说了吗,你把鸟笼拿走吧。"

"还给人家吧。"母亲吩咐孩子。

"你留着吧。"巴尔塔萨说。

"你别犯傻了,巴尔塔萨,"蒙铁尔边说边拦住他,"你把这玩意儿带回家去吧,我一个子儿也不会给你的呀。"

"没事儿。我就是特意做了送给彼贝的,没想过要什么钱嘛。"

巴尔塔萨从挤在门口瞧热闹的人群里拨开一条路,走了出去。他在台球房受到热烈欢迎。这时候,他还在想,他做的鸟笼比别人的好,为了不让蒙铁尔的儿子哭哭啼啼,只得把鸟笼送给他,诸如此类的事情没有什么新鲜的。可是没过多久,他发现这类事情对许多人还挺重要,不禁兴奋起来。

"他们到底还是给了你五十比索才买下鸟笼的吧。"

"六十比索。"巴尔塔萨答道。众人给巴尔塔萨斟上一杯啤酒,他一一回敬。天刚擦黑,他就喝得酩酊大醉,漫无边际地胡扯起来。他说他要做一千个鸟笼,每个售价六十比索。然后,再做它一百万个,攒满六千万比索。电唱机由他出钱不停地唱了整整两个钟头。大家举杯敬祝巴尔塔萨身体健康,生活幸福。

乌尔苏拉做好一盘葱头炸肉,一直等他。有人告诉她,她丈夫在台球房里欢喜若狂地跟大伙儿喝啤酒呢。她不相信,因为巴尔塔萨从来没有喝过酒。差不多半夜了,巴尔塔萨还在灯火通明的台球房里,一步也动弹不得。他花了不少钱,只得留下手表抵押,保证次日还清欠款。过了一会儿,他劈着腿坐在街上。清晨五点钟,赶去"望弥撒"的妇女们路过那儿,都不敢正眼瞧他,以为他已经一命归阴了。

走开!

[法国] 玛格丽特·杜拉斯

我打议院前面经过,看见一大群人聚集在那里。一个警察试图驱散人群。

"走开!"

我却走近警察。

"您能不能告诉我这里为什么会有这么多人?"

"我不想帮您弄明白,"警察说,"我只是叫您走开。"

我走了过去。

还有一天,我想沿着人行道把车停下来,那儿看上去似乎不是"禁止停车"的地方。可一个警察从暗处跑了出来。

"开走!"

"为什么,警察先生?请您告诉我。"

"没什么为什么,开走!"

玛格丽特·杜拉斯(1914—1996),女,法国小说家、电影编导。曾获龚古尔文学奖、法兰西学院戏剧大奖等。主要作品有《广岛之恋》《情人》等。

我没有立刻把车开走，因为他的简洁使我暗自高兴着，更何况我在社会上到底还算得上喜欢说话的一族人。我坚持道："警察先生，您能不能告诉我，我可以把车停在哪儿？"

"在您找得到车位的地方！开走！"

我开走了。可我在想，我在思考。接着我找到了一个车位。而我继续暗自高兴着——每次我和他们说完话都是这样的——为他们的简洁。无疑，正是鉴于汽车的交通状况，他们才会如此简洁。

这种简洁，我们可别弄错了，掩盖着一个我们可以称为循环的梦，它藏于我们内心深处，一直令我们十分紧张。它令我们紧张的直接原因当然还是汽车交通的现状。它的根本目的就在于交通本身，交通的循环。我会再解释清楚一点。

不管我们对警察提出的问题有多简单，在他们看来，这些问题都带有一种恶意（除了询问与交通本身直接有关的公路信息）。这些问题当然是要求回答的，而回答所带来的无非是一种对话的可能。可对话本身却是妨碍循环的。所以……

"如果每个人都这样。"这正是警察们的简洁所表明的假设。

"走开"是他们表现简洁最清楚、最响亮的一个词。首选的一个词。当然，如果没有这个词，问题或许就不存在了。

让我们替他们想一想。每天汽车的数量都在增加，随之而来的，便是我们这些驾驶者数量的增加。但他们，警察，他们的人员却在日益减少，他们只能靠增加循环效率来弥补。也就是说每天在他们的谈话中，都要增加一点点的简洁度。

但是还完不了。

最好我们可以做个统计——比如说在一个星期的范围内——统计一下巴黎的交警所使用的最为简洁的话语，然后我来评出最好的。我们来开展一个这方面的比赛。同时，我们再对驾驶者进行教育，从省略礼貌用语开始，一直到取消冠词，当然还得取消关系代词。最后便是取消汽车了。

或者，对于这些警察来说，最好是取消驾驶者。

七信使

[意大利] 迪诺·布扎蒂

我起程前去对我父亲的王国做一番探险,许多天后,我离我的城市越来越远,家里的信息也越来越不灵通。

我是在我三十刚出头时开始这趟远行的,从那时算起,时光倏忽过去了八年,准确地说,是八年零六个月又十五天。这期间,我一天也未曾停止行路。出发的时候,我相信只消几个星期,我就能不费吹灰之力到达王国的边境。然而,实际情况远非如此,一路上,我总是接连不断地遇到新的民众,新的城镇,所经之处,人们都操着同我一样的语言,都声称是我的属民。

有时我想,莫非我的地理学家的指南针疯了不成,我们自以为一直朝南走,其实也许是在围着我们自己的城市兜圈子,一点也没有拉开我们和都城的距离,这兴许能解释我们仍未到达终极边界的原因。

迪诺·布扎蒂(1906—1972),男,意大利作家,被誉为"意大利的卡夫卡"。主要作品有《七信使》《鞑靼人沙漠》《魔法外套》等。

可是，怀疑这个边界根本就是子虚乌有的想法常常苦苦地折磨着我，王国无限伸展，无边无垠，尽管我马不停蹄，挥鞭赶路，可我永远也走不到尽头。我是在我三十岁不久时才开始旅行的，也许起步太晚。亲朋好友和家人嘲笑我的计划，认为我纯属胡闹，徒劳地浪费年华韶光。事实上，就是我的亲信当中，持赞同态度的，也屈指可数。

虽然我无忧无虑——现在更是如此——我还是在旅途中尽可能地同我的亲人保持联系。我在护送队伍里精挑了七位出类拔萃的骑士，让他们充当信使，为我传递信件。

当时，我天真地认为，动用七个信使未免太兴师动众了，但随着时间的推移，我发现事实同我的想法正好相反，不是太多了，而是少得可笑。是的，他们中无一人在途中病倒过，也没落入匪帮之手，从没过度地役使坐骑。所有的七个骑士，都尽忠尽责，任劳任怨地为我服务，我很难酬谢他们所做的这一切。

为了便于区分他们，我给他们每个人取了一个名字：亚历山德罗，巴尔托洛梅奥，卡约，多梅尼科，埃托雷，费代里科，格雷戈里奥。

我不是在远离我的家庭时才使用他们，而是在出发的第二天晚上就打发第一个信使亚历山德罗上路，那时我们已经走出了将近八十里路。为了保持联络，第二天晚上，我派出了第二个信使，然后第三个，第四个，一直到旅行的第八个晚上，格雷戈里奥出发了。这时，第一个信使还未返回。

第十个晚上，正当我们在一个荒无人烟的山谷里安营扎寨，准备夜宿时，亚历山德罗回来了。从他口中，我得知他赶路的速度比我设想的要慢。我曾设想，他单独一人，骑着最善跑的骏马，在同样的时间里，他能跑出我们走的路程的两倍，可是，他只能跑一倍半。在一天内，我们走四十里路，他跑六十里路，一点也不能多跑。

其余的骑士大抵和他差不多。巴尔托洛梅奥在旅行的第三天夜里动身前往都城，第十五天才回到我们身边；卡约第四夜出发，第二十夜才回来。很快我计算出，只要把到骑士出发时我们所走过的天数乘以五，就能推算出信使返回的日子。

我们离首都越来越远,信使往返的路程一次比一次长。五十天后,一个信使的到来和另一个信使的出发之间出现间断,先前每五天我见到一个信使来到营帐,而现在每隔二十五天才出现一次。这样一来,我得到的关于城市的消息越来越迟缓,整整几个星期里,我得不到任何消息。

六个月过去了——我们已经翻越了法萨尼山头,信差一来一往的时间间隔加大为足足四个月。他们现在给我带来遥远的消息,交到我手里的信封,被揉得皱皱巴巴的,有时,信封上还沾有持信人在野外露营时信被露水濡湿的斑痕。

我们一直往前。我徒劳地努力说服自己,我头顶上飘浮的朵朵云彩,跟我少年时的一样洁白,远方城市的天空,跟我从前头顶上的苍穹一样的蔚蓝,空气还是那样新鲜、风仍是那么柔和,鸟儿的啾啁仍是那样婉转。其实,在我看来,那里的白云、天空、空气、风、鸟儿,都是陌生的,异样的。我感到自己是个异国人。

前进!在平原上遇到的流浪汉对我说:"边境不远了。"我激励我的随从们奋马前行,打消他们挂在嘴上的泄气话。从起程算起,时间已经过去了四年,路漫漫兮多艰。都城,我的家,我的父亲,那么虚无缥缈,我简直不敢相信,那些是真实的。现在,信差的时间间隔为整整二十个月,二十个月里信息全无,我越发觉得孤寂难耐。他们给我带来在漫长的时间里变黄了的奇怪信件。我在信中读到已经遗忘了的姓名,里头充满了我弄不懂的感情。翌日上午,只休息了一个晚上,当我们继续朝前赶路时,信使朝相反的方向出发,给城里带去我很早以前就写好的信函。

八年半又过去了。今晚,当我独自坐在我的营帐里用晚餐时,多梅尼科闯了进来,尽管他风尘仆仆、疲惫不堪,脸上仍堆着笑意。我几乎有七年没见到他了。在这段漫长的年月内,他纵马奔驰,跨草原,穿森林,越沙漠,换乘了数不清的马匹,飞驰而来,把信件交给我。此刻,我却无心拆开信来读。他去睡个美觉,明早天一放亮,就往回赶。

他是最后一次返回了。我在日历上计算过，如果一切正常的话，我按我现在的速度继续走我的路，他保持他的速度跑，他需要三十四年才能返回来，那时我可能见不到他了。我将是七十二岁的老翁。现在我已开始感觉疲累，说不定在这之前，死神会降临到我的头上。

再过三十四年（甚至在这以前，更早以前），多梅尼科会意外发现我的宿营地的灯火，他去问，在这期间，为什么我只走了这么点路程。正如今晚一样，善良的信使手持被流年弄黄的信札跨进我的帐篷，给我带来早已逝去的年代里的老掉牙的旧闻。然而，他会停留在门口，望着一动不动地直挺挺地躺在硬板床上的我，我早已是一具僵尸，两旁守护着手持火把的士兵。

多梅尼科临行前并未说我太不近人情！他带去了我向我诞生的城市致的最后的问候，他是我同曾经也属于我的那个世界之间残存的最后联系。我得到的最后消息说，家里发生了重大变化，我的老父溘然长逝，由我的大弟继承王位，他们认定我不久于人世了，他们在我常到其树荫下戏耍的橡树林，盖起了巍峨的大楼。终归是我的故国呀！多梅尼科是我同他们的最后联系。第五位信使埃托雷，假若上帝愿意的话，再过一年零八个月才能到达我的身边，他不可能起程回国，因为他不可能及时赶回来。多梅尼科之后，就是沉寂。啊，多梅尼科，除非我终于找到了朝思暮想的边界。可是，越是往前走，我就越是相信根本不存在什么边界。

我怀疑存在边界，至少是我们惯性思维意义上的那种边界。没有作为分界线的高墙，没有分开两国的河谷，更没有阻挡去路的高山。可能我会在不知不觉中越过边境，傻里傻气地还往前走哩。

出于这种考虑，我打算等到埃托雷和其他几位信使抵达我这儿后，不再让他们朝首都的方向返回，而是作为我的前导，以便让我预先知道前方等着我的是什么。

从某时起，一种不同寻常的焦虑每晚在我的心头燃烧，我再也不为抛开的愉快日子而懊恼，就像旅游的前一阵那样，反而更急于要认识我朝前走去的陌生的土地。

走着走着，我注意到——迄今我没跟任何人谈过——随着我一天一天地朝不可能的终极走去，天空中出现了一道我连梦中也没有看见的异乎寻常的光。植物，山川，河流，好像是用不同于我们国家的物质做成的，空气带来我捉摸不定的某种东西。

一种新的希望鼓舞我明天清晨踏上征程，向被夜色的昏暗笼罩住的未曾探过险的山岭走去。我再一次卷起帐篷，多梅尼科带着我的已经毫无价值的信，朝极远极远的城市跑去，消失在相反方向的地平线上。

安居

[法国]都德

受惊的首先是些兔子……好久以来,它们见磨坊的门总是关着,墙和露台都被蔓草湮没了,最后,它们终于认为磨坊主们已经灭了种,又因为觉得这个地方还挺不错,于是便把这里当作了它们的一个大本营,一个战略行动的指挥中心,或者称为兔儿们的冉马普磨坊……我初到此地的那天夜里,毫不夸张地说,足足有二十来只兔子在露台上围着圆圈坐着,正借助一缕月光在烘它们的脚呢……我才把天窗打开一条缝,唰的一声,这些宿营者便拔腿而逃,洁白的小小的后身,尾巴朝天翘着,一起钻到了灌木丛中……我真希望它们还会再来哩!

在看到我时,另一个感到惊讶的是二层楼上的住户,一只有着哲学家脑袋的、神色阴沉的老猫头鹰。它已经在这磨坊里住了二十多年了。我是在楼上的房间里发现它的,它正直挺

都德(1840—1897),男,法国著名小说家。主要作品有长篇小说《小东西》、短篇小说集《星期一故事集》(包括名篇《最后一课》)等。

挺地栖息在残墙坠瓦间的床架上,一动也不动,用它那圆圆的眼睛看着我,片刻,因为不认识我而惊慌了起来,发出呜呜的叫声,困难地扇动着那双由于尘土太厚而变成了灰色的翅膀——这见鬼的哲学家,从来不会刷刷自己的……不过没关系,尽管它的眼睛一眨一眨,脸色阴沉,但这位沉默的住客却比其他任何一位都更使我喜欢,于是我赶快和它重新订了租约。它照旧看管磨坊的整个楼上,从屋顶上进出,而我,则保留着楼下一间用石灰刷白的小房间,这房间有着低矮的穹隆形的屋顶,好似一间隐修院里的饭厅。

我正是在这里给您写信。我的房门对着和煦的阳光敞开着。

一片明亮得耀眼的美丽松林,从我面前一直延伸到山坡下,阿尔卑斯山脉在天际勾画出它们纤秀的峰巅……万籁寂静,只偶尔有一个笛音,一声薰衣草丛中的鸟语,一声山路上的骡铃声,隐隐约约地从远处传来再传到更远的地方……

此刻,我怎么会懊悔自己离开了喧嚣而黑沉沉的巴黎呢?我在我的磨坊里是如此的惬意!这正是我所寻求的角落,一个和报纸、马车与雾气远隔千里的温暖芬芳的角落……我的周围有多少美丽的事物哇!我安居到这里才七八天,但我的脑海里已经充满了印象和回忆……噢,就在昨天傍晚,我看到了许多羊群回到山下村庄里来的景象,我可以向您起誓,您就是用巴黎本周内所有第一流的演出来和我交换,我也不会放弃这动人的场面的,您可以想见了吧!

应该告诉您,在普罗旺斯省,当天气炎热起来时,牧人把家畜送到阿尔卑斯山去已成了一种习惯。牧人和牲畜要在那里过五六个月,夜晚便露宿在星光下齐腰深的草丛中,当秋天的第一个战栗到来时,他们才下山回到农庄里来,重新在被迷迭香花熏香了的灰色小山上过着单调的生活……

昨天晚上,这些羊群回来了。从早上起,大门便敞开地等待着,羊圈里铺了新鲜的干草。人们不时地叨念着:"它们现在已到艾吉尔了,现在已到巴拉都了"。终于,黄昏时分,我们突然听到一声大叫:"看,它们已经到那儿啦!"果然,在那边,我们看见了羊群在飞扬的尘土中行进着……

整个路都仿佛在跟羊群一起蠕动……老公羊走在最前面，双角往前伸着，神情凶狠野蛮，公羊后面是羊群的大部队。有些疲倦的母羊们，腹下腿间偎挤着它们的乳羊，背篮里驮着新生的小羊羔，一边走一边摇晃着。最后面是满身大汗淋漓、舌头垂到地上的牧狗和两个高大的穿着褐色毛布外套的顽皮的牧童，牧童的外套好像牧师的祭袍一样，一直拖到脚后跟。

所有这一切，在我们面前快乐地列队走过，带着一阵急雨般的践踏声涌进了大门……

那时院子里是怎样的热闹哇！金绿色的大孔雀，头顶着绢绒般的羽冠，从栖歇的木架上认出了来者，并用一种喇叭似的惊人的鸣叫声来欢迎它们。那些睡着了的家禽也忽然惊醒了：鸽子、鸭子、火鸡、竹鸡，所有的都站了起来，整个家禽群像是疯了一般，母鸡们咕咕地叫了整整一夜。仿佛每只羊的羊毛里都沾染着阿尔卑斯山野的芬芳，带来了一种使人沉醉、使人舞蹈的山野的鲜活空气似的。

就在这种欢欣的骚扰中，羊群各自回到了自己的住所。再没有比这样的安居场面更动人的了，老公羊重新看到它们的食槽，感动得流出了眼泪，那些在这次旅行中出生，还从未看见过村庄的小羊羔，惊奇地打量着它们的周围。

但最令人感动的是那些狗，那些勇敢的、忠于职守的牧狗。它们十分忙碌地跟在羊群后面，在村庄里就只看到它们。守夜的狗在窝里唤它们回来全是徒劳，井边盛满了清凉的水的桶向它们打招呼也是枉然。在羊群还没进到羊栏，粗大的门闩还未把小栅栏门锁上以前，在那两个牧羊人还未坐到低矮小屋的餐桌旁以前，这些狗是什么也不要看，什么也不要听的，一直到了这时候，它们才回到憩息的狗窝，在那儿，一边舔着菜汤盘，一边对村庄里的伙伴们讲述着它们在山上的所见：在那可怕的地方，有狼，还有许多大朵的盛满了露珠的紫色毛地黄。

扫出来的兴

温瑞安

你好,对不起,我是贼。

现在,我又潜入一个小型的住宅里。小单位,小家庭,虽然不一定有什么贵重物品,但所冒的风险也不像富豪之家那么大起大落,搞不好跃出一头狼犬,听到一声霰弹枪响……我只是小偷,不是大盗,我不想太冒险。总之,收入稳定就好。今天,手边只剩下一百块,只好"逼上梁山"来。

可是,潜进来以后,我就几乎给吓坏了。

那对本来看来温文有礼得像长年食斋念佛,在市场上买菜也不会讨价还价,给人搧了一记耳光还说谢谢的年轻夫妇,竟然在这本该上班的大白天,窝在家里!

他们在家里也不打紧,还骂了一场这么可怕的架。"你这没用的东西!"那女的跺着脚,哭骂着,"又被老板炒了鱿鱼!

温瑞安(1954—),男,原名温凉玉。著名武侠小说作家,新派武侠小说代表作家。主要作品有《四大名捕》《逆水寒》等。

你连上司都不晓得怎么巴结,又怎么懂得养家?"

"你这话是什么意思?我被公司辞了职,你是我太太,你该安慰我才是,你却来羞辱我!"男的拍着桌子,绷着脸回骂,"我不会拍上司马屁,是我有个性,你嫁到这么个好丈夫,却连个家也料理不好,你还有脸来说我!"

"你成天只会要我回娘家借钱,一会儿又说有人来跟你要账,我真后悔嫁给了你!"女的竟摔起东西来了,有一个空奶粉罐子几乎砸在我脸上了,"要不是有大乖小乖,我就跟你离婚!"

"离就离!"那男的转身就走,砰地关上大门,还在门外回了一句话:"孩子我也不要了!"嘿,真是人不可貌相,在外面善,回家心狠,已成了"做人方程式"。

那女的伤心痛哭了一场,也不理那个在摇篮中的小乖正在哇哇大哭,更不理那大概五六岁的大乖睁大了茫然无助的眼睛,咯咯咯地又走出去了。

接下来,自然是大门砰地关上了。

真可怕,这样做夫妻,不如当陌生人。

也真扫兴,看来没什么油水可捞了,不如"东家不偷偷西家",撒泡尿图个吉利就走。

可是,襁褓里的小孩哇哇哭个不休,好像许久没吃过东西了,听着也有点儿不忍心,眼看摇篮因他的手舞足蹈而翻倒,我只好硬着头皮,挺身而出,泡了瓶热奶喂他喝。

这时,厨房里烧着的水又呜哇鬼叫起来。真是的,那对夫妻骂上了兴头,连煤气也没关就怒气冲冲地离去。

大乖也真乖,过去关炉子。结果,一声巨响,我吓得飞快地赶到厨房,还好,开水虽给打翻一地,但大乖侥幸没给烫着,不过炉边却着了火。

火势还不小哩。

这下真非同小可。我全力扑灭了火苗,幸未酿成火灾,但也搞得我焦头烂额。大乖见我手忙脚乱地与火对抗,只吃吃地笑,好像在看卡通电视,一点儿也没惊讶我的出现,一如我本来就是他们家里一株会走动的盆栽一般理所当然。

搞了半天,门铃声大作,我正要躲起来。大乖去开了门,乖乖,门外来了两个凶神恶煞的大汉,原来是来讨债的。

他们见没有大人在,就拿小孩子来出气。我看不过眼,挺身而出,恶斗恶、凶对凶。结果,他们看见我腰间那把"家伙",知道我不好惹,赔着笑脸走了。一场架几乎打了七成。

我见大乖、小乖可怜,又不知那对倒霉夫妇何时才回来,便给了大乖我最后的一百元钱,摸摸他乱草般的头发。我正要走时,忽然,钥匙孔发出声响,有人回来了,我连忙跳出阳台。

原来是那对夫妇回来了,还十分亲密,如胶似漆。女的还诧叫:"怎么大乖手上有一百块?"他们的情形大概就是现代夫妻的常态吧。

嘿,我这才记起:我本来是要来打劫的。

虽然很扫兴,但我心里还是很高兴。

狂人说

嘴唇翕动
应该是
世界上最难的运动
说 还是不说
灵魂都左右不了

童言无忌

张爱玲

　　小学生下学回来，兴奋地叙述他的见闻，先生如何偏心，王德保如何迟到，和他合坐一张板凳的同学如何因为不整洁被扣一分，说个无了无休，大人虽懒于搭茬儿，也由着他说。我小时候大约感到了这种现象之悲哀，从此对于自说自话有了一种禁忌。直到现在，和人谈话，如果是人家说我听，我总是愉快的。如果是我说人家听，那我过后思量，总觉得十分不安，怕人家嫌烦了。当真憋了一肚子的话没处说，唯有一个办法，走出去干点惊天动地的大事业，然后写本自传，不怕没人理会。这原是幼稚的梦想，现在渐渐知道了，要做个举世瞩目的大人物，写个人手一册的自传，希望是很渺茫的，还是随时随地把自己的事写点出来，免得压抑过甚，到年老的时候，一发不可收拾，一定比谁都唠叨。

　　张爱玲（1920—1995），女，生于上海。中国现代著名作家。主要作品有《倾城之恋》《半生缘》《红玫瑰与白玫瑰》《金锁记》等。

钱

不知道"抓周"这风俗是否普及各地。我周岁的时候循例在一只漆盘里拣选一件东西,以卜将来志向所趋。我拿的是钱——好像是个小金镑吧。我姑姑记得是如此。还有一个女佣坚持说我拿的是笔,不知哪一说比较可靠。但是无论如何,我似乎从小就很喜欢钱。我母亲非常诧异地发现这一层,一来人就摇头道:"他们这一代的人……"我母亲是个清高的人,有钱的时候固然绝口不提钱,及至后来为钱逼迫得很厉害的时候也还把钱看得很轻。这种一尘不染的态度很引起我的反感,激我走到对面去。因此,一学会了"拜金主义"这名词,我就坚持我是拜金主义者。

我喜欢钱,因为我没吃过钱的苦——小苦虽然经历过一些,和人家真吃苦的比起来实在不算什么——不知道钱的坏处,只知道钱的好处。

在家里过活的时候,衣食无忧,学费、医药费、娱乐费,全用不着操心,可是自己手里从来没有钱。因为怕小孩买零嘴吃,我们的压岁钱总是放在枕头底下,过了年便交还给父亲的,我们也从来没有想到反抗。十六岁以前,我没有单独到店里买过东西,没有习惯,也就没有欲望。

看了电影出来,我像巡捕房招领的孩子一般,立在街沿上,等候家里的汽车夫把我认回去(我没法子找他,因为老是记不得家里汽车的号码),这是我回忆中唯一的豪华的感觉。

生平第一次赚钱,是在中学时代,画了一张漫画投到英文《大美晚报》上,报馆里给了我五块钱,我立刻去买了一支小号的丹琪唇膏。我母亲怪我不把那张钞票留着做个纪念,可是我不像她那么富于情感。对于我,钱就是钱,可以买到各种我所要的东西。

有些东西我觉得是应当为我所有的,因为我较别人更会享受它,因为它给我无比的喜悦。眠思梦想地计划买一件衣裳,临到买的时候还得再三考虑着,那考虑的过程,于痛苦中也有着喜悦。钱太多了,就用不着考虑了;完全没有钱,也用不着考虑了。我这种拘束的苦乐是属于小资产阶级的。每一次看到"小市民"的字样我就局促地想到自己，仿佛胸前佩着这样的红绸字条。

这一年来我是个自食其力的小市民。关于职业女性，苏青说过这样的话："我自己看看房间里的每一样东西，连一颗钉子，也是我自己买的。可是，这又有什么快乐可言呢？"这是至理名言，多回味几遍，方才觉得其中的苍凉。

又听见一位女士挺着胸脯子说："我从十七岁起养活我自己，到今年三十一岁，没用过一个男人的钱。"仿佛是很值得骄傲的，然而也近于负气吧。

到现在为止，我还是充分享受着自给的快乐的，也许因为这于我还是新鲜的事，我不能够忘记小时候怎样向父亲要钱去付钢琴教师的薪水。我立在烟铺跟前，许久，许久，得不到回答。后来我离开了父亲，跟着母亲住了。问母亲要钱，起初是亲切有味的事，因为我一直是用一种罗曼蒂克的爱来爱着我母亲的。她是位美丽敏感的女人，而且我很少有机会和她接触，我四岁的时候她就出洋去了，几次回来了又走了。在孩子的眼里她是辽远而神秘的。有两趟她领我出去，穿过马路的时候，偶尔拉住我的手，我便觉得有一种生疏的刺激性。可是后来，在她的窘境中三天两头伸手问她拿钱，为她的脾气磨难着，为自己的忘恩负义磨难着，那些琐屑的难堪，一点点地毁了我对她的爱。

能够爱一个人爱到问他拿零用钱的程度，那是严格的试验。

穿

因为我母亲爱做衣服，我父亲曾经嘀咕过："一个人又不是衣裳架子！"我最初的回忆之一是我母亲立在镜子跟前，在绿短袄上别上翡翠胸针，我在旁边仰脸看着，羡慕万分，自己简直等不及长大。我说过："八岁我要梳爱司头，十岁我要穿高跟鞋，十六岁我可以吃粽子汤团，吃一切难以消化的东西。"越是性急，越觉得日子太长。童年的一天一天，温暖而迟慢，正像老棉鞋里面，粉红绒里子上晒着的阳光。

有时候又嫌日子过得太快了，突然长高了一大截子，新做的外国衣服，葱绿织锦的，一次也没有上身，已经不能穿了。以后我一想到那件衣服便伤心，认为是终生的遗憾。

有一个时期我在继母治下生活着，拣她穿剩的衣服穿，永远不能忘记一件暗红的薄棉袍，碎牛肉的颜色，穿不完地穿着，就像浑身都生了冻疮，冬天已经过去了，还留着冻疮的疤——是那样的憎恶与羞耻。一大半是因为我自惭形秽，中学生活是不愉快的，也很少交朋友。

中学毕业后跟着母亲过。我母亲提出了很公允的办法：如果要早早嫁人的话，那就不必读书了，用学费来装扮自己；要继续读书，就没有余钱兼顾到衣装上。我到香港去读大学，后来得了两个奖学金，为我母亲省下了一点钱，觉得我可以放肆一下了，就随心所欲地做了些衣服，至今也还沉溺其中。

对于不会说话的人，衣服是一种言语，随身带着的一种袖珍戏剧。这样生活在自制的戏剧气氛里，岂不是成了"套中人"了？（契诃夫的"套中人"，永远穿着棉衣，带着伞，严严地遮住他自己，连他的表也有表袋，什么都有个套子。）

弟　弟

我弟弟生得很美而我一点也不。从小我们家里谁都惋惜着，因为那样的小嘴、大眼睛与长睫毛，生在男孩子的脸上，简直是白糟蹋了。长辈就爱问他："你把眼睫毛借给我好不好？明天就还你。"然而他总是一口回绝了。有一次，大家说起某人的太太真漂亮，他问道："有我好看吗？"大家常常取笑他的虚荣心。

他妒忌我画的图，趁没人的时候拿来撕了或是涂上两道黑杠子。我能够想象他心理上感受的压迫。我比他大一岁，比他会说话，比他身体好，我能吃的他不能吃，我能做的他不能做。

一同玩的时候，总是我出主意。我们是《金家庄》上能征惯战的两员骁将，我叫月红,他叫杏红,我使一把宝剑,他使两只铜锤,还有许许多多虚拟的伙伴。开幕的时候永远是黄昏,金大妈在公众的厨房里咚咚切菜,大家饱餐战饭,趁着月色翻过山头去攻打蛮人。路上偶尔杀两头老虎,劫得老虎蛋,那是巴斗大的锦毛毯,剖开来像白煮鸡蛋,可是蛋黄是圆的。我弟弟常常不听我的调派,因而我们争吵起来。他是"既不能令,又不受令"的,然而他实在是秀美可爱,有时候我也让他编个故事:一个旅行的人被老虎追赶着,赶着,赶着,泼风一样地跑,后头呜呜赶着……没等他说完,我已经笑倒了,在他腮上吻一下,把他当个小玩意儿。

有了后母之后,我住读的时候多,难得回家,也不知道我弟弟过的是何等样的生活。有一次放假,看见他,我吃了一惊。他变得高而瘦,穿一件不甚干净的蓝布罩衫,租了许多连环图画来看。我自己那时候正在读穆时英的《南北极》与巴金的《灭亡》,认为他的口味大有纠正的必要,然而他只晃一晃就不见了。大家纷纷告诉我他的劣迹,逃学,忤逆,没志气。我比谁都气愤,附和着众人,如此激烈地诋毁他,他们反而倒过来劝我了。

后来,在饭桌上,为了一点小事,我父亲打了他一个嘴巴子。我大大地一震,把饭碗挡住了脸,眼泪往下直淌。我后母笑了起来道:"咦,你哭什么?又不是说你!你瞧,他没哭,你倒哭了!"我丢下了碗冲到隔壁的浴室里去,闩上了门,无声地抽噎着,我立在镜子前面,看我自己的掣动的脸,看着眼泪滔滔流下来,像电影里的特写。我咬着牙说:"我要报仇。有一天我要报仇。"

浴室的玻璃窗临着阳台,啪啦一声,一只皮球蹦到玻璃上,又弹回去了。我弟弟在阳台上踢球,他已经忘了那回事了。这一类的事,他是惯了的。我没有再哭,只感到一阵寒冷的悲哀。

大地上的事情

苇岸

1

麻雀和喜鹊，是北方常见的留鸟。它们的存在使北方的冬天格外生动。民间有"家雀跟着夜猫子飞"的说法，它的直接意思，指小鸟盲目追随大鸟的现象。我留意过麻雀尾随喜鹊的情形，并由此发现了鸟类的两种飞翔方式，它们具有代表性。喜鹊飞翔，姿态镇定、从容，两翼像树木摇动的叶子，体现着在某种基础上的自信。麻雀敏感、慌忙，它们的飞法类似蛙泳，身体总是朝前一耸一耸的，并随时可能转向。

这便是小鸟和大鸟的区别。

2

一次，我穿越田野。一群农妇，蹲在田里薅苗。在我凝神

苇岸(1960—1999)，男，原名马建国，北京人。中国当代散文家。主要作品有《大地上的事情》《太阳升起以后》《上帝之子》等。

等待远处布谷鸟再次啼叫时，我听到了两个农妇的简短对话。

农妇甲："几点了？"

农妇乙："该走了，十二点多了。"

农妇甲："十二点了，孩子都放学了，还没做饭呢。"

无意听到的两句很普通的对话，竟震撼了我。认识词易，比如"母爱"或"使命"，但要完全懂得它们的意义难。原因在于我们不常遇到隐在这些词后面的，能充分体现这些词的含义的事物本身；在于我们正日渐远离原初意义上的"生活"。我想起曾在美术馆看过的美国女画家爱迪娜·米博尔的画展，画家曾有这样一段话，我极赞同："美的最主要表现之一，是肩负着重任的人们的高尚与责任感。我发现这一特点特别地表现在世界各地生活在田园乡村的人们中间。"

3

栗树大都生在山里。秋天，山民爬上山坡，收获栗实。他们先将树下杂草刈除干净，然后环树刨出一道道沟垄，为防敲下的栗实四处滚动。栗实包在毛森森的壳里，像蜷缩一团的幼小刺猬。栗实成熟时，它们黄绿色的壳斗便绽开缝隙，露出乌亮的栗核。如果没有人采集，栗树会和所有的植物一样，将自己漂亮的孩子自行还给大地。

4

进入冬天，便怀念雪。一个冬天迎来几场大雪，本是平平常常的事情，如今已成为一种奢求（谁剥夺了我们这个天定的权利）。冬天没有雪，就像土地上没有庄稼，森林里没有鸟儿。雪意外地下起来时，人间一片喜悦。雪赋予大地神性；雪驱散了那些平日隐匿于人们体内，禁锢与吞噬着人们灵性的东西。我看到大人带着孩子在旷地上堆雪人，在我看不到的地方，一定同样进行着许多欢乐的与雪有关的事情。

可以没有风，没有雨，但不可以没有雪。在人类美好愿望中发生的事情，都是围绕雪进行的。

5

一只山路上的蚂蚁，衔着一具比它大数倍的蚜虫尸体，正欢快地朝家走去。它似乎未费太多的力气，从不放下猎物休息。在我粗暴地半路打劫时，它并不惊慌逃走。它四下寻着它的猎物，两只触角不懈地探测。它放过了土块，放过了石子和瓦砾，当它触及那只蚜虫时，便再次衔起。仿佛什么事情也没发生，它继续去完成自己庄重的使命。

6

在北方的林子里，我遇到过一种彩色蜘蛛。它的罗网，挂在树干之间，数片排列，杂乱联结。这种蜘蛛，体大、八足纤长，周身浅绿与橘黄相间，异常艳丽。在我第一次猛然撞见它的时候，我感觉它瞬间带来的恐怖，超过了世上任何可怕的事物。

相同的色彩，在一些事物那里，令我们赞美、欢喜；在另一些事物那里，却令我们怵目、悚然，成了我们的恐怖之源。

7

尽管我很喜欢鸟类，但我无法近距离观察它们。每当我从鸟群附近经过，无论它们在树上，还是在地面，我都不能停下来，不能盯着它们看，我只能侧耳听听它们兴高采烈的声音。否则，它们会马上警觉，马上做出反应。终止议论或觅食，一哄而起，迅即飞离。

我的发现，对我，只是生活的一个普通认识；鸟的反应，对鸟，则是生命的一个重要的经验。

8

秋天，大地上到处都是果实，它们露出善良的面孔，等待着来自任何一方的采取。每到这个季节，我便难于平静，我不能不为在这世上永不绝迹的崇高所感动，我应当走到土地里面去看看，我应该和所有的人一道去得到陶冶和启迪。

太阳的光芒普照原野，依然热烈。大地明亮，它敞着门，为一切健康的生命。此刻，万物的声音都在大地上汇聚，它们要讲述一生的事情，它们要抢在冬天到来之前，把心内深藏已久的歌全部唱完。

第一场秋风已经刮过去了，所有结满籽粒和果实的植物都把丰足的头垂向大地，这是任何成熟者必至的谦逊之态，也是对孕育了自己的母亲的一种无语的敬祝和感激。手脚粗大的农民再次忙碌起来，他们清理了谷仓和庭院，他们拿着家什一次次走向田里，就像是去为一头远途而归的牲口卸下背上的重负。

看着生动的大地，我觉得它本身也是一个真理。它叫任何劳动都不落空，它让所有的劳动者都能看到成果，它用纯正的农民暗示我们：土地最宜养育勤劳、厚道、朴实、所求有度的人。

9

人类与地球的关系，很像人与他的生命的关系。在无知无觉的年纪，他眼里的生命是一口取之不尽、用之不竭的井，可以任意汲取和享用。当他有一天觉悟，突然感到生命的短暂时，他发现生命中许多宝贵的东西已被挥霍一空。面对未来，他开始痛悔和恐惧，开始锻炼和保健。

不同的是，人类并不是一个人，它不是具有一个头脑的整体。今天，各国对地球的掠夺，很大程度上已不仅仅为了满足自己国民的生活。如同体育比赛已远远超出原初的锻炼肌体的意义一样，不惜牺牲的竞争和较量，只是为了获得一项冠军的荣誉。

10

我的祖父、祖母，两个年逾八十的老人。一次在我回乡下去看望他们时，他们向我讲了这样一件事：一天深夜，他们突然被响动的院门惊醒。借着微弱的月光，他们看到进来一个人，推着自行车。这个人来到屋前，拍着屋门，含混地叫着："大爷您开开门，大爷您开开门！"他的叫声不断，声音可怜。听着这陌生而又哀求的叫声，起来的祖父给他打开了门。这是一个壮年汉子，喝了酒，自称走错了门，说了几句什么，不久便退出去了。

有着一生乡村经验与阅历的祖父、祖母，依然保持着人的最初的心和他们对人的基本信任。

密思

亦舒

人如其名?不一定,真正成为国家栋梁的国栋是很少的。

人如其文?更不一定。

很多时候,人是人,文是文,两码事。

文字是银幕,投射在幕上的景象多多少少经过美化剪辑,当然与真人真事颇有出入。

少不了有性子奇烈的人写出非常温婉平和的文字来,无可厚非,电影里主角往往是生活中的好好先生。更有人平时最最聪敏伶俐,十分精明,花样百出,落笔忽然笨拙起来,无论什么题目都处理得平淡无奇,异常老套。

也有人一辈子从未谈过恋爱,但有一篇浪漫爱情小品会感动读者。

读者原不要求写作人贤良淑德,孝悌忠信,但如果某一作

亦舒(1946—),女,生于上海,5岁时迁居香港。中国当代著名作家。主要作品有《玫瑰的故事》《喜宝》《她比烟花寂寞》等。

者长年累月标榜他是情圣，他是青年导师，他疾恶如仇，他是皇室贵胄，而文非其人，西洋镜一旦被拆穿，读者必起反感。

我就是我好了。

尽其本步而游于自得之场，大半作者不耐烦动脑筋设计假形象。

我不是一个爱哭的孩子。家中兄弟姐妹实在太多，你乖，总有人比你更乖，你功课好，也总有人比你更好，竞争太厉害，略有差池，便一生受歧视，不得翻身，艰苦生活中不容温情这种奢侈，谁敢哭？反正哭了也没人听，徒惹大人厌恶，有眼泪不如往肚里吞省事，渐渐造成习惯。

不，我没有哭过。

午夜梦回，只觉前半生做过无数蠢事，我永远是我认识的最笨的一个人。

幸亏如此。

不笨白不笨。

因为蠢，故横冲直撞，摔了跤，仍然笑嘻嘻，拍拍身子就站起来，继续闯，若无其事，从头再来。

换了一个聪明的、多心的年轻人，早就懊恼后悔得吐血，忙着检讨是与非、得与失，步步为营，一下子就变成裹足不前，也就看不到更好的风景。

我们有时会看到那种两三岁大小的美人胚子，小公主般矜持懂事，多可惜！幼儿其实应该好好过一段调皮耍赖的日子，像只猪包，动辄啼哭胡闹。

少年老成，过人的智慧，一早懂得避忌，心思缜密，每一次都做得对，可能失去若干冒失的乐趣，不吃亏就学乖，密密实实，生活也许就乏善可陈。

某子幼时顽劣，动辄离家出走，可是到了黄昏，也就自动回家，他父亲讽刺他：「没地方吃饭是吧，故回家来了。」

真是的，拂袖而去，拍案而起，当然潇洒有型，谁不想那样做，人一受委屈，自然通通是龙搁浅水、虎落平阳，怀才不遇，走，走出去！

可是，到什么地方去开饭呢？肚子会饿呀。

杀了身成了仁不要紧，都只为了争口闲气，丢了差使，窝囊猥琐地去到更下流的地方，可真活该。

成年人应当知己知彼，离开了浅水，逃脱平阳之后，是否能够腾空飞跃，三五年间，已经很清楚。倘若依然故我，无丝毫长进，那就是阁下对不起环境，而不是环境对不起阁下。

没有才，没有情，要什么脾气，不如好好珍惜手头已拥有的人与事，失意之际，练习忍耐。

走，一开门就可以走掉。门嘭的一声关上，门锁立刻换掉，再也回不去。

武艺高强者当然不怕，此处不留人，自有留人处，练得更茁壮才衣锦还乡，扬眉吐气。

走之前要研究一下个人能力。

镜子与面具

[阿根廷] 博尔赫斯

克朗塔夫一战,挪威人威风扫地,高贵的国王招来诗人对他说:"最显赫的功绩如果不用文字记录下来也要失去它的熠熠光彩。我要你歌颂我的胜利,赞美我。我将成为埃涅阿斯,你将成为讴歌我的维吉尔。这件事会使我们两人永垂不朽,你认为自己能不能胜任?"

"能,国王陛下,"诗人说,"我潜心研究韵律学有十二年之久。构成正宗诗歌基础的三百六十个寓言我都熟知。厄尔斯特和芒斯特的史实都积蓄在我的琴弦上,一触即发。我满腹珠玑,最古雅的字句、最深奥的隐喻都如数家珍。我掌握我们这门艺术的秘密,它保护我们的艺术不受凡夫俗子麻木不仁的眼睛的干扰。我可以赞扬爱情、偷盗牲畜、航海和战争。我了解爱尔兰所有王室的神话般的家谱。我深谙药草的功效、星象占

博尔赫斯(1899—1986),男,阿根廷著名作家。曾获阿根廷国家文学奖、西班牙塞万提斯奖。主要作品有《面前的月亮》《交叉小径的花园》等。

卜、数学和教会法规。我在公开的比赛中打败了我的对手。我精通讽刺，而这讽刺能诱发包括麻风病在内的皮肤病。我会使剑，在陛下的战役中已经证明了这一点。我只有一件事不懂，那就是如何感激陛下的恩赐。"

国王很容易对别人的长篇大论感到厌烦，听他说完，舒了一口气，说："这类事情，我很清楚。听说夜莺已在英格兰歌唱。等雨和雪的季节过去，等夜莺从南方归来，你就在朝廷，在诗院全体成员面前，朗诵你的颂歌。我给你整整一年的时间。每字每行，你都得推敲斟酌。你知道寡人的脾气，报酬绝不会亏待你的夙夜劬（qú）劳。"

"陛下，最好的报酬莫过于一睹龙颜。"诗人说。他颇通谄媚之道。

诗人行礼告辞，心里已经琢磨出一些诗句。

这一年瘟疫流行，叛乱频增。期限到时，诗人交上颂歌。他根本不看手稿，不慌不忙地背诵起来。国王不住地点头赞许。满朝文武，甚至挤在门口的人都看样学样，尽管他们一个字都没有听清。

国王最后发话了。

"我认可你的作品。"国王说，"这是又一次胜利。你给每一个词以它真正的含义，你用的形容词无一无出处，都有最早的诗人使用的先例。整篇颂歌中的形象在古典作品中都有根有据。战争是人们壮丽的交织，剑头淌下的水是鲜血。海洋有它的掌管神，云彩预示未来。你熟练地运用了脚韵、叠韵、近似韵、音量、修辞的技巧、格律的呼应。爱尔兰文学即使泯灭——但愿不会成为事实——凭你的古典似的颂歌也能重建。我命令三十名誊写员每人照抄十二遍。"

国王静默了片刻，接着又说："好虽然好，但是大家毫无反应。脉管里的血流并没有加速。手没有抓起弓箭。谁的脸色都没有变。谁都没有发出战斗的呐喊，谁都没有挺起胸膛面对北欧海盗。我再给你一年时间，期待你写出另一篇颂歌，诗人。现在我赐给你一面银镜，作为嘉奖。"

"我明白了，十分感谢。"诗人说。

斗转星移，又是一年。夜莺再次在撒克逊的森林里歌唱，诗人带着手稿来了，这次的诗没有上次长。他并没有背诵，而是期期艾艾地照念，略去了某些段落，仿佛他自己也根本看不懂，或者不愿糟蹋它们。诗的内容很怪，诗的形式也相当怪，单数名词后面跟的是复数动词，介词的用法也不符合通用的规则，败笔和精彩之处混杂。隐喻牵强附会，或者看起来古里古怪。

国王同身旁的文人交谈了几句，开口说："你的第一篇颂歌可以说是集爱尔兰古今诗歌之大成。这一篇胜过上一篇，同时把上一篇彻底推翻。它给人悬念、惊讶，使人目瞪口呆。愚昧无知的人看不出它的妙处，只配有学问的人欣赏。这部手稿将用象牙盒子保存。我们指望你的生花妙笔再写出一篇更高明的作品。"国王微笑着补充，"我们都是寓言里的人物，要记住寓言崇尚三之数。"

诗人壮胆说："巫师的三种本领，三人为众，还有那不容置疑的三位一体。"

国王又说："作为我们赞许的表示，我赐给你这个黄金面具。"

"我明白了，十分感谢。"诗人说。

新的一年又来临了。王宫的守卫注意到诗人这次空手而来，没拿手稿。国王见到他不禁有点吃惊，他几乎成了另一个人。某些东西（并不是时间）在他脸上刻上了皱纹，改变了他的模样。他的眼睛仿佛望着老远的地方，或者瞎了。诗人请求同国王单独说几句话，于是奴隶们退了出去。

"你写了颂歌没有？"国王问道。

"写了，"诗人悲哀地说，"但愿我主基督禁止我这么做。"

"你能念念吗？"

"我不敢。"

"我给你欠缺的勇气。"国王说。

诗人念出那首诗，只有一行。

诗人和国王都没有大声念出那行诗的勇气，只在嘴里品味，仿佛它是秘密的祈祷或者诅咒。国王的诧异和震惊的程度不下于诗人。两人对视着，面色惨白。

"我年轻的时候,"国王说,"曾向西方航行。在一个岛上,我看到银的猎犬咬死了金的野猪。在另一个岛上,我闻到魔苹果的香味肚子就饱了。在一个岛上,我见到了火墙。在一个最远的岛上,有一条通天河,河里有鱼,河上有船。这些都是神奇的事物,但都不能同你的诗相比,因为你的诗仿佛把它们全都包括在内了。是什么巫术使你写出了这首诗?"

"天快亮时,"诗人说,"我一觉醒来,念念有词,开始自己也不明白是什么意思。那几个字就是一首诗。我觉得自己犯了天主都不会饶恕的罪孽。"

"这正是我们两人现在共犯的罪孽,"国王悄声说,"这是懂得了什么是美的罪孽。这是一种才能,不能为人类所有。现在我们该为之付出代价了。我给过你一面镜子和一个金面具,这里是第三件,也是最后一件礼物。"

国王拿出一把匕首放在诗人的右手。

据我们所知,诗人一出王宫就自杀了,而国王成了乞丐,在他的王国四处流浪,再也没有念过那句诗。

向书致谢

[奥地利]茨威格

它们竖立在那儿,等待着,默不作声。它们不拥挤,它们不呼叫,它们不企求。它们静悄悄立在墙边。它们仿佛都睡着了,可是它们的每个名字又像是睁开的一只眼睛在看着你。你的目光若只是一瞥而过,你的手若只是一触即离,它们也不会乞求着呼唤你,它们也不会拥上前炫耀自己。它们等待着,直到你去把它们开启,然后它们才开启自己。只有我们的周围安静下来,只有我们的内心平静下来——在一个夜晚,当你经过困顿的旅途回到家中;在一个中午,当你不胜疲倦地离开人群;在一个早晨,当你昏昏然从睡梦中醒来——只有这时,你才为它们准备停当了。你想入梦,但要有音乐伴随。满怀着甜蜜尝试的享受性预感,你走向橱边,上百双眼睛,上百个名字默默地、耐心地迎着搜寻的目光,宛如苏丹宫殿里的

茨威格(1881—1942),男,奥地利著名作家,以传记和小说成就最高。主要作品有《象棋的故事》《一个陌生女人的来信》《心灵的焦灼》等。

女奴在迎候自己的主人，谦卑地听候使唤，同时对自己被选中、被享用而又感到欢欣。于是，犹如手指触动了琴键，你找到了内心旋律的音调。这沉默的洁白之物，柔弱地偎在你手上，它简直就是一把锁着的提琴，蕴含了上帝的一切音符。

你打开一本，读一行字句，咏一个诗节，可是在这一刻它的声音却不那么清晰。你失望了，你几乎毫不留情地把这本书放了回去。合适的，对这一刻正合适的书终于找到了。于是你忽然被拥抱起来，你的气息融进了陌生人的气息之中。现在你把书拿到灯下，而它，这个被选中的幸运儿，仿佛放射出所有内在的光芒。魔术开始了，在梦境的轻云薄雾中，幻影袅袅升起。宽阔的道路伸展开去，遥远的地方攫走了你那熄灭之中的感觉。

有个钟在什么地方嘀嗒嘀嗒响着。不过这儿的时间已经超脱了自己，它是挤不进来的。计算钟点，这儿有另外的算法。这儿有书，在其话语传到我们的嘴唇以前，它们已经游荡了许多世纪。这儿有年轻人，他们昨天才出生，昨天才从一个嘴上无毛的孩子的困惑与苦难中成长起来。但它们说的是富有魔力的语言，不论是这一个还是那一个，都震荡着我们的呼吸，令人心潮澎湃。而且，它们一面令你激动，一面也在安慰你；它们一面引诱你，一面又在平息你刚刚被挑起的欲望。于是你自身渐渐地沉浸到它们里面去，你会沉静下来，进行体验，泰然漂游在它们的旋律中，漂游在这世界彼岸的属于它们的那个世界。

阅读的时刻，你们是最纯洁的，你们脱离了白日的喧嚣。书哇，你们是最忠诚、最沉默寡言的伴侣，你们总是准备着随时听命，我多么感谢你们哪！在那灵魂孤独的最黑暗的日子里，你们意味着什么呀！在野战医院，在军营，在监狱，在病榻，你们无处不在，你们时时守护着，你们赐人以幻想，并在烦躁与痛苦中给人献上一刻宁静！每当灵魂被掩埋在凡生之中的时候，你们这上帝的温柔磁石，总是能够把它们吸引走，使之回归自身的本质要素；每当天空阴沉昏暗的时候，你们总是把我们内心的天空扩展到远方。

你们小小的躯体，无穷无尽，静静地排列在一无装饰的墙边。你们这样立在我们的屋里，毫不起眼。可是，一旦有双手解放了你们，一旦有心灵触摸了你们，你们便会在无形之中冲破日常劳作的房间，你们的语句就会像开着的火热车辆，载着我们冲出狭隘境地，驶入永恒。

摆渡

高晓声

有四个人到了渡口,要到彼岸去。

这四个人,一个是有钱的,一个是大力士,一个是有权的,一个是作家。他们都要求渡河。

摆渡人说:"你们谁把自己最宝贵的东西分一点给我,我就摆;谁不给,我就不摆。"

有钱人给了点钱,上了船。

大力士举举拳头说:"你吃得消这个吗?"也上了船。

有权的人说:"你摆我过河以后,就别干这苦活了,跟我去做一点干净省力的事吧。"摆渡人听了高兴,扶他上了船。

最后轮到作家开口了。作家说:"我最宝贵的,就是写作。不过一时也写不出来。我唱个歌给你听听吧。"

摆渡人说:"歌我也会唱,谁要听你的!你如果实在没有

高晓声(1928—1999),男,江苏常州人。中国当代著名作家。主要作品有《李顺大造屋》和以陈奂生为主人公的系列小说。

什么,唱一个也可以。唱得好,就让你过去。"

作家就唱了一个。

摆渡人听了,摇摇头说:"你唱得算什么,还没有他(指有权的)说的好听。"说罢,摆渡人不让作家上船,篙子一点,船就离了岸。

这时暮色已浓,作家又饿又冷,想着对岸家中,妻儿还在等他回去想办法买米烧夜饭吃,他一阵心酸,不禁仰天叹道:"我平生没有作过孽,为什么就没有路走了呢?"

摆渡人一听,又把船靠岸,说:"你这一声叹,比刚才唱的歌好听,你把你最宝贵的东西——真情实意分给了我。请上船吧!"

作家过了河,心里哈哈笑。他觉得摆渡人说得真好,作家没有真情实意,是应该无路可走的。

到了第二天,作家想起摆渡人已跟那个有权的人走掉,没有人摆渡了,那怎么行呢?于是他就主动去做摆渡人,从此改了行。

作家摆渡,不受惑于财富,不屈从于权力。他以真情实意待渡客,并愿渡客以真情实意报之。

过了一阵之后,作家又觉得自己并未改行,原来创作同摆渡一样,目的都是把人渡到彼岸去。

两百年后的世界

刘慈欣

亲爱的女儿：

你好！这是一封你可能永远收不到的信，我将把这封信保存到银行的保险箱中，在服务合同里，我委托他们在我去世后的第二百年把信给你。不过我还是相信，你收到信的可能性更大一些。

现在你打开了信，是吗？这时纸一定是比较罕见的东西了，这时用笔写的字一定消失已久，当你看着这张信纸上的字时，爸爸早已消逝在时间的漫漫长夜中，有二百多年了。我不知道人的记忆在两个多世纪的岁月中将如何变化，经过这么长的时间，我甚至不敢奢望你还记得我的样子。

但如果你在看这封信，我至少有一个预言实现了：在你们这一代，人类征服了死亡。在我写这封信的时候已经有人指出，

刘慈欣（1963　　），男，山西阳泉人。中国当代科幻小说代表作家之一。主要作品有《超新星纪元》《球状闪电》《三体》等。

第一个永生的人其实已经出生了，当时我是相信这话的少数人之一。我不知道你们是怎么做到的，也许你们修改了人类的基因，关掉了其中的衰老和死亡的开关，或者你们的记忆可以数字化后上传或下载，躯体只是意识的承载体之一，衰老后可以换一个……我还可以想出其他很多种可能，但有一点可以肯定：不管你们的生命已经飞跃到什么样的形态，你还是你，甚至，在你所拥有的漫长未来面前，你此时仍然感觉自己是个孩子。

好吧，你也许根本没在看信，信拿在别人手里，那人在远方，是他（她）在看我的信，但你在感觉上同自己在看一样，你能够触摸到信纸的质地，也能嗅到那两个多世纪后残存的已经淡到似有似无的墨香……因为在你的时代，互联网上联结的已经不是电脑，而是人脑了。信息时代发展到极致，必然实现人脑的直接联网。你的孩子不用像你现在这样辛苦地写作业了，传统意义上的教育已经不存在了，每个人都可以在联入网络的瞬间轻易拥有知识和经验。但与人脑互联网带来的新世界相比，这可能只是一件微不足道的事，那将是怎样的一个世界，我真的无法想象了，还是回到我比较容易把握的话题上来吧。

说到孩子，你是和自己的孩子一起看这封信吗？在那个长生的世界里，还会有孩子吗？我想会有的，那时，人类的生存空间应该已经不是问题，太阳系中有极其丰富的资源，如果地球最终可以养活一千亿人，这些资源则可以维持十万个地球，你们一定早已在地球之外建立新世界了。

也许你现在已经不在地球上了，你就在一座太空城中，或者在更远的地方。我想象你在一座火星上的城市中，那城市处于一个巨大的透明防护罩中，城外是一望无际的红色沙漠。你看着防护罩外的夜空，看着夜空一颗蓝色的星星，你是从那里来的，二百多年前我们一家也在那里生活过。

我知道，每个时代都有自己的烦恼，我无法想象你们时代的烦恼是什么，却能够知道你们不会再为什么而烦恼。首先，你不用再为生计奔忙和操劳，在那时贫穷已经是一个古老而陌生的字眼；你们已经掌握了生命的奥秘，不会再被疾病困扰；你们的世界也不会再有战争和不公正……但我相信烦恼依然存在，甚至存在巨大的危险和危机，我想象不出是什么，就像春秋战国时期的人想象不出地球的温室效应一样。这里，我只想提一下我最担心的事情。

你们遇到TA们了吗？

你知道我指的是什么，人类与TA们的相遇可能在十万年后都不会发生，也可能就发生在明天，这是人类所面临的最不确定的因素。我写过一部关于人类与TA们的科幻小说，那部书一定早已被遗忘，但我相信你还记得，所以你一定能理解，关于未来，这是我最想知道的一件事。你们已经与TA们相遇了吗？虽然我早已听不到你的回答，但还是请你告诉我一声吧，只回答是或不是就行。

亲爱的女儿，现在夜已经深了，你在自己的房间里熟睡，这年你十三岁。听着窗外初夏的雨声，我又想起了你出生的那一刻，你一生出来就睁开了眼睛，那双清澈的小眼睛好奇地打量着这个世界，让我的心都融化了，那是二十一世纪第一年的五月三十一日，儿童节的前夜。现在，爸爸在时间之河的另一端，在二百多年前的这个雨夜，祝你像孩子一样永远快乐！

爸爸

2013年5月24日

时间断想

赵丽宏

1

天地之间,只有一样东西永远无法阻挡,它就是时间。

时间迎面而来,无声无息。它和你擦身而过,不容你叹息,你希望抓住的现在就已成了过去。你纵有铜墙铁壁,纵有千军万马,纵有比珠穆朗玛峰更高的堤坝,纵有比太平洋更浩渺的阔海深渊,都不可能阻挡它一步,更不可能使它在空中延缓半步。

转瞬之间,你正在经历的现实就变成了历史,变成了时间留在世界上的脚印。

2

我们所能见的一切,都凝集着过去的时间,都是时间的

赵丽宏(1951—),男,上海人。中国当代散文家、诗人。曾获冰心散文奖、"五个一"工程奖等。主要作品有《珊瑚》《云中谁寄锦书来》《童年河》等。

脚印。

　　前些日子,我在欧洲旅行。在庞贝,面对着千百年前覆灭于火山喷发的古城,我感慨在神秘的自然面前人类是多么脆弱渺小。庞贝的毁灭,只是瞬间的事件,火山轰然喷发,岩浆和火山灰埋葬了人间的繁华。当年的天崩地裂,已经听不见一丝回声。然而一切都还留在那里,石街廊坊,残垣断柱,颓败的宫殿、作坊和浴场,过去的千年岁月,都凝集在这些被雕琢过的石头中。而那些保持着临死时挣扎状的火山灰人体雕塑,似乎正在向后人描述时间的无情。

　　天边的火山是沉静的,当年的喷发已经改变了它的外形。即便是威力无比的自然,在时间面前,也无可奈何地放弃了它的威仪。

　　时间把过去的一切,都凿刻成了雕塑。

3

　　在罗马,我走进有两千多年历史的万神殿大厅,抬头看阳光从镂空的穹顶上洒下来,辐射在空旷的大殿里。两千多年来,阳光每天都以相同的方式照亮幽暗的厅堂,然而在相同的景象中,时间却一年又一年地流逝,使这座宏伟神殿从年轻逐渐走向古老。

　　在厅堂一角,埋葬着画家拉斐尔,在这个古老厅堂的居住者中,他显得如此年轻。而站在这样的古殿中,我觉得自己就像一个刚来到这个世界的婴孩。

　　哲人的诗句可以将时间描绘成流水,而流水也有停滞的时候。时间更像是光,在黑暗中一闪而过。我的目光,和辐射在古殿里的阳光相交,和殿堂中古代雕塑神像们的目光相遇,我感觉时间在这样的交汇中似乎有了片刻的停留。这当然是幻想,过去的时间永不再回来。我们可以欣赏时间的雕塑,却无法和逝去的时间重逢。

4

　　还是回到中国,回到上海,回到我的生活中来。时间如同空气,无时不在,无处不在，我们的世界永远是现在进行时。正在进行的时间，也就是不断地和我们擦肩而过的时间，似乎是最珍贵的，也是最有魅力的。它可以使梦想变成现实，也可以使现实变成梦想。

在我的周围，我每时每刻都听见时间有条不紊的脚步声。从正在修建的道路和桥梁上，从正在一层层升高的楼房里，从马路上少男少女活泼的身影中，从街心花园正在打太极拳的老人微笑的表情里，甚至从路边花草在阳光下舒展的枝叶间，我目睹着时间正在实施它改变世界的计划。

婴儿的啼哭，孩童的欢笑，情侣的拥吻，中年人鬓边的白发，老年人额头的皱纹，都是时间的旋律。幼芽的萌发，花蕾的绽放，落叶的飘动，早晨烂漫的云霞，黄昏迷人的夕照，都是时间的呼吸。

珍惜时间，就是爱生活，爱生命，爱人。

5

此刻，新年的钟声已经随风悠悠飘来。

我感觉到时间如风，吹来春天的气息。风声忽忽，是庆贺，是催促，是提醒。

时间在流逝，世界也在随之前进。我们每一个人，都在时间中前行。人类永远不可能长生不老，因为时间不会停留。但是我想，生命是可以延长的，只要我们不荒废从我们身边经过的每一年，每一月，每一天，每一分……

对潘西中学的告别

[美国] 塞林格

你要是真想听我讲,你想要知道的第一件事可能是我在什么地方出生,我倒霉的童年是怎样度过,我父母在生我之前干些什么,以及诸如此类的大卫·科波菲尔式废话。可我老实告诉你,我无意告诉你这一切。首先,这类事情叫我腻烦;其次,我要是细谈我父母的个人私事,他们俩准会大发脾气。对于这类事情,他们最容易生气,特别是我父亲。他们为人倒是挺不错——我并不想说他们的坏话——可他们的确很容易生气。再说,我也不是要告诉你我的整个自传。我想告诉你的只是我在去年圣诞节前所过的那段荒唐生活,后来我的身体整个儿垮了,不得不离家到这儿来休养一阵。我是说这些事情都是我告诉哥哥的,他在好莱坞,那地方离我目前可怜的住处不远,所以他常常来看我,几乎每个周末都来。我打算在下个月回家,他还

塞林格(1919—2010),男,美国著名作家。他的小说《麦田里的守望者》被认为是20世纪美国文学经典作品之一。另著有《弗兰妮与祖伊》《九故事》等。

要亲自开车送我回去。他刚买了辆"美洲豹",那是种英国小轿车,一个小时可以驶两百英里左右,买这辆车花了他将近四千块钱。最近他十分有钱,过去他并没有钱。过去他在家里的时候,只是个普通作家,写过一本了不起的短篇小说集《秘密金鱼》,不知你听说过没有。这本书里最好的一篇就是《秘密金鱼》,讲的是一个小孩怎样不肯让人看他的金鱼,因为那鱼是他自己花钱买的。这故事动人极了,简直要了我的命。这会儿他进了好莱坞,而我最最讨厌电影,最好你连提也不要向我提起。

我打算从我离开潘西中学那天讲起。潘西这学校在宾夕法尼亚州埃杰斯镇。你也许听说过,也许你至少看见过广告。他们差不多在一千份杂志上登了广告,总是一个了不起的小伙子骑着马在跳篱笆。好像在潘西除了比赛马球就没有事可做似的。其实我在学校附近连一匹马的影子也没见过。在这幅跑马图底下,总是这样写着:"自从一八八八年起,我们就把孩子栽培成优秀的、有脑子的年轻人。"这完全是骗人的鬼话。潘西也像别的学校一样,根本没栽培什么人才。而且在这里我也没见到任何优秀的、有脑子的人。也许有那么一两个,可他们很可能在进学校的时候就是那样的人。

总之,那天正好是星期六,要跟萨克逊·霍尔中学赛橄榄球。跟萨克逊·霍尔的这场比赛被看作是潘西附近的一件大事。这是年内最后一场球赛,要是潘西输了,看样子大家非自杀不可。我记得那天下午三点左右,我爬到高高的汤姆逊山顶上看球赛,就站在那尊曾在独立战争中使用过的混账大炮旁边。从这里可以望见整个球场,看得见两队人马到处冲杀。看台里的情况虽然看不太清楚,可你听得见他们的吆喝声,一片震天价喊声为潘西叫好,因为除了我,差不多全校的人都在球场上。不过给萨克逊·霍尔那边叫好的声音却是稀稀拉拉的,因为到客地来比赛的球队,带来的人总是不多的。

在每次橄榄球比赛中总很少见到女孩子。只有高班的学生才可以带女孩子来看球。这确实是个阴森可怕的学校,不管你从哪个角度看它。我总希望自己所在的地方至少偶尔可以看见几个姑娘,哪怕只看见她们在搔胳膊、擤鼻子,甚至在吃吃地傻笑。赛尔玛·绥摩——她是校长的女儿——倒是常常出来看球，可像她这样的女人，实在引不起你多大兴趣。其实她为人倒挺不错。有一次我跟她一起从埃杰斯镇坐公共汽车出去，她就坐在我旁边，我们俩随便聊起天来。我挺喜欢她。她的鼻子很大，指甲都已剥落，像在流血似的。她戴着那种垫高了的破胸罩，绷得鼓鼓的，可你见了，只觉得她可怜。我喜欢她的地方，是她从来不瞎吹她父亲有多伟大。也许她知道他是个假模假式的饭桶。

我之所以站在汤姆逊山顶，没下去看球，是因为我刚跟击剑队一道从纽约回来。我还是这个击剑队的倒霉领队，够牛吧。我们一早出发到纽约去跟麦克彭尼中学比赛击剑。只是这次比赛没有比成。我们把比赛用的剑、装备和一些别的东西一股脑儿落在地铁上了。这事也不能完全怪我。我得不住地站起来看地图，好知道在哪儿下车。结果，我们没到吃晚饭的时间，在下午两点三十分就已回到了潘西。乘火车回来的时候全队的人一路上谁也不理我。说起来，倒也挺好玩的。

我没下去看球的另一个原因，是我要去向我的历史老师老斯宾塞告别。他得了流行性感冒，我估计在圣诞假期开始之前再也见不到他了。他写了张条子给我，说是希望在我回家之前见我一次。他知道我这次离开潘西后再也不回来了。

我忘了告诉你这件事。他们把我踢出了学校，过了圣诞假后不再要我回来，原因是我有四门功课不及格，又不肯好好用功。他们常常警告我，要我好好用功——特别是学期过了一半，我父母来校跟老绥摩谈过话以后——可我总是当耳边风，于是我被开除了。他们在潘西常常开除学生。潘西在教育界声誉挺高，这倒是事实。

那是十二月，天气冷得邪门儿，尤其是在这混账的小山顶上。我只穿了件晴雨两用的风衣，没戴手套什么的。上个星期，有人从我的房间里偷走了我的骆驼毛大衣，大衣袋里还放着我那副毛皮里子的手套。潘西有的是贼。不少学生都是家里极有钱的，可学校里照样全是贼。学校越贵族化，里面的贼也越多——我不开玩笑。总之，我当时一动不动地站在那尊混账大炮旁边，看着下面的球赛,屁股都快给冻掉了。只是我并不在专心看球,我流连不去的真正目的,是想跟学校悄悄告别。我是说过去我也离开过一些学校,一些地方,可我在离开的时候自己竟不知道。我痛恨这类事情。我不在乎是悲伤的离别还是不痛快的离别,只要是离开一个地方,我总希望离开的时候自己心中有数。要不然,我心里就会更加难受。

巴黎隐士

[意大利]卡尔维诺

巴黎,对我和全世界各地的人一样,是通过书本得知的虚幻城市,一个经由阅读而熟识的城市。从小读《三剑客》,然后是《悲惨世界》,同时,或随即,巴黎变成了历史之城,法国革命之城;稍晚,在青少年读物中,巴黎又变成了波德莱尔、流传上百年的伟大诗篇、绘画、不朽的小说之城,巴尔扎克、左拉、普鲁斯特……

巴黎到底是什么呢?巴黎是一本巨大的参考书,是一本查阅这座城市的百科全书。打开这本书,它给你一连串的信息,它包罗万象,别的城市望尘莫及。我们来看商店,它提供一个城市所能有的最开放、最具号召力的话题。我们难道不是一直沿着商店在阅读一个城市、一条街和一段人行道吗?有些商店是一篇论文的几个章节,有些是百科全书上的词条,有些则是

卡尔维诺(1923—1985),男,意大利当代最具世界影响的作家。主要作品有《通向蜘蛛巢的小径》《树上的男爵》《看不见的城市》等。

几页报纸。在巴黎有乳酪店陈列着上百种不同的乳酪，还给每种乳酪标着名字，有外头裹了一层灰的乳酪，有核桃乳酪……由这些乳酪可以看出，一个城市文明的多样性让为数可观的相异形式存活下来，使产品就经济角度来说得以营利，同时维持其不同的风貌，只要前提是提供选择，不违背乳酪体系和乳酪语言。如果哪一天我想写乳酪，可以出门去参阅巴黎，当它是乳酪的百科全书。或者去某几间杂货铺，那里找得到属于上个世纪的异国情调，殖民主义初期商业气息浓厚的异国情调，我们可以说来自万国博览会。

在某一种商店内你会感受到这就是让人面对文化，即博物馆时心领神会的城市，博物馆反之又赋予日常生活的形形色色以意义，使得罗浮宫各厅与商店橱窗连成一气。我们大可说街头种种随时能收入博物馆，或博物馆随时可将街头种种收纳进来。所以我最喜欢的博物馆是题献给巴黎生活及历史的卡尔纳瓦莱博物馆，这并非偶然。

我们可以将巴黎诠释为一本梦之书，一本相簿，一本妖魔大全。所以身为稚龄女儿玩伴的我的行进路线上，巴黎可供查阅的有植物园里的寓言动物，鬣蜥和变色蜥蜴的蛇园和爬虫区，史前动物，以及我们的文明摆脱不掉的龙窟。

我们身外有形的无意识妖魔与幽灵是这个曾为超现实主义首都的城市的固有特色。因为巴黎早在布雷东之前就吸纳了所有后来变成超现实主义文学作品的基本元素，全城无处不见超现实主义留下的足迹、曳痕，那正是强调影像魅力的一种方法，像在某些超现实风格的书店里，或在某些规模不大，专放恐怖片的电影院里。

巴黎的电影院也是博物馆，或供查阅的百科全书，我指的不光是电影资料馆浩瀚的影片，还有拉丁区里密密麻麻的所有电影放映室。在这些窄小、臭烘烘的放映室里，你可以看到巴西或波兰的新导演刚拍完的片子，也可以看到默片或二次大战时期的老片。稍微留点神加上运气，每个观众都能将电影史一片片拼凑起来。像我最迷 20 世纪 30 年代的电影，因为那个时候电影对我而言就是全部的世界。在这里我可以获得成就感，我是说寻找失去的时光,重看我少年时期的电影或补上当年失之交臂,我以为再也看不到的电影。在巴黎你永远有希望找回你以为失去的,找回过去,重归己有。另外一个看巴黎的地方是一间偌大的失物招领室,有点像《愤怒的奥兰多》里的月亮,收集了世间所有遗失的东西。

我们现在谈的是癖好收集者的辽阔无垠的巴黎,这个城市引诱你收集所有东西,然后囤积分类并重新分配,像在考古现场一般在这里寻寻觅觅。属于收集者的城市,同时可以是一次存在的冒险,借物研究自己,勘测世界并且自我实现。不过我不算具备收集者的精神,或许应该说只有像老电影画面、回忆、黑白幻影这类触摸不着的东西我才有收集的欲望。

我得到的结论是,我的巴黎是成熟期的城市,我是说我不再以青少年冒险犯难发现新大陆的眼光来看它。我与世界之间的关系由探索改为咨询,也就是说世界是所有资料的总和,独立于我之外。这些资料,我可以比对、组合、传送,也许,偶尔有节制地享受一下,但自始至终保持外人身份。我家下面有一条老旧的环城铁路,巴黎环城线,几近停摆,但一天两次,还是有一列小火车会经过,让我想起拉福格的诗:

我永远不会有奇遇;
大自然中,多么渺小,
巴黎环城铁路!

同居者

[马来西亚] 黎紫书

在这屋子里住了快十年,直到几个月前水管坏了,她才发现天花板上有秘密。

修水管的师傅向她展示那些物件:衬衫、袜子、香烟、杂志、半瓶矿泉水,还有一个小抱枕。

"有人住在那里。"水管工说出他的结论。

她望着天花板,刚才水管工攀上去的地方,那不到两平方米的空间,里面一片漆黑。她心里毛毛的,又觉得难以置信,怎么可能呢?太耸人听闻了吧。

可水管工手上的证据又让人不得不相信,真有人住在她家的天花板上。那人是怎样做到的呢?晚上,像个忍者那样飞檐走壁,掀开瓦片蹿进去?

水管工耸耸肩,两人胡乱做了些猜测仍百思不得其解,最

黎紫书(1971—),女,马来西亚华语作家。曾获台湾联合报文学奖、时报文学奖等。主要作品有《山瘟》《告别的年代》《野菩萨》等。

后水管工问她:"要不要报警?"

她愣了一下,再看看那黑洞,很用力地思考了十多秒,最后对水管工说:"得了,我会自己去处理。"

她却是没有去处理。待水管工把东西放回去,盖上天花板,她付给对方修水管的钱,送他到门外,过后便锁上门,躺在沙发上凝视着天花板。她想,那住在天花板上的人应该没想过要伤害她吧,要真有那样的动机,也实在没什么好犹豫的。她一个独居单身女子,每天下班后把自己重门深锁在这屋子里,看电视,做一个人的饭,洗澡,看电视,睡觉。倘若她在这里发生什么不测,大概要等尸臭溢出来了,才会有人发觉吧。

要是没有危险性,她倒喜欢那样,有个人和她住在一起。是吧?对,是的。从那天起,她忽然变得开朗起来,给自己添了好些颜色亮丽的新衣服和化妆品,每天下班后更想赶回家了。她把电视开得大声一些,睡前还会开一点轻音乐,然后钻进被窝聆听天花板上的动静。那人在吗?喜欢这些音乐吗?有没有在窥视着她呢?

她真没想过要去查个究竟,怕最后揪下来的是个蓬头垢面的疯汉,或者是十分不堪的老头子。那样也好,她有一种与人同居的感觉,那几乎是一种幸福感,起码不再孤单。她甚至在做饭的时候,想到要多做一份,然后她摇头笑自己傻,并同时感到快乐。

要不是碰见那邻居,她应该可以一直这样快乐下去吧。但她毕竟遇上了,是同一排屋子的某一户人家,是个男人。她周末早上去菜市场,经过那屋子时,听到男人对隔壁的邻居大声说话:"这畜生是很听话,就一点不好,它常常把家里的东西藏起来,衣服啦,枕头啦,有些都找不回来了。"她心头一震,脚步加快了些,始终不敢转过头去看。

她一边走一边想,这地方真叫人厌倦,也许该搬了。

榕树与公路

许达然

小镇不管怎样着色,榕树都坚持绿着。绿给大家年轻的感觉,然而它比镇上任何人都老,两百多岁了。

两百多年来,榕树在小镇的沧桑中茁壮成长。开拓者把它栽进这块土后,它看过荒土耕成农田。它看过反抗清朝的叛变,起义者被凌迟。它看过互相对抗的械斗,参与者互相杀戮。进入二十世纪后,那些年文化运动,它看过演讲者被抓去。那些年太平洋战争,它看过子弟被抓去。那些年动乱,它看过居民被抓去,都没回来。这些年它看着居民一家一家搬离,扫墓时才匆匆回来,扫完墓又匆匆离开,因为家乡已无家了。

这次回来,长辈们痛心不愿回首,然而看见榕树就使我们回到用树叶做口笛,用芦苇做蚱蜢的年纪。记忆往上爬,爬到树上那个可挤进两个小孩的洞里。洞传说是野蜂飞来建窝时,

---

许达然(1940—),男,本名许文雄,台湾台南人。中国当代作家、历史学家。主要作品有《土》《水边》《人行道》等。

父老点火后烧出的。洞里午睡醒来,鸟声噪得我们也叽叽喳喳,旺根伯不能忍受,就剃我们的头,边剃边讲些民间故事,自己笑却叫我们别笑。他爱吹箫,只有我们是听众。他吹完后,说什么南管北箫,要教我们,我们一听又要学,就都跑了。但再怎样跑开都又回到榕树。识字较多时,他给我们的谜语也多了:"二个王字转又转,二个日字肩并肩,四个口字边挨边,四个山字尖对尖。"要我们猜一个天天看见,做来流汗,写来容易的字。他等不及我们猜就说是"田"字,我们觉得没趣,他还要我们继续猜"挖空心思"后是什么。我们不愿想就都猜不出,他在手心又写个"田"字,说:"把心放回就是啦!要加上心才算思!"趁他沉思时我们赶快跑开。晚间我们跑来听吃蚊子的青蛙呱呱叫时,他却走来讲鬼故事,说鬼最喜欢找缺德的。榕树庇佑,我们从未见到鬼。旺根伯过世不久,我家也搬走了。后来才听说他的独子被日本人调去南洋当军夫一直未回,他告诉我们的那些都是从前在榕树下说给儿子听的。

听说那以后接连好几家搬到台北去了,而台北的艳舞海报、美容中心及化妆品广告也接连搬到小镇,张贴在榕树上。只是仍住这里的人很少来看榕树了。闲时他们不再来下棋,不再来交换经验与谣言,而改在家里看已知结局的歌仔戏及没什么结局的连续剧。普渡时榕树前不再演子弟戏了。小孩也很少爬到榕树上凝望远方——远方已被洋房遮挡。

榕树更寂寞了。忍得住寂寞的也受得了残酷,有辆轿车曾贸然驶来撞它,车翻人死,榕树仍挺着粗壮的身体站着。然而外人却不让它生存。这次我们一听说因为筑路计划,榕树挡路要被砍除,就都赶回到它身边。我们不反对筑路,但坚持保存榕树。它不像台北街上那些被剪裁的年轻榕树可随便移植,它的根已深入泥土。我们的泥土已是榕树的故乡,故乡的榕树比居民还执着。居民为了生活,很多已迁移,回来共同认识的只有榕树。榕树没被附近工厂的二氧化硫熏死,政府却计划要除掉它。该除的不除,不该除的却要除,大家都很愤怒。

保卫榕树的间歇,大家也在树下聊了会儿天,榕树默默听着。它听说阿惠到台北后就没消息了。它听说从前偶尔来打拳卖膏药的到士林摆地摊卖胶鞋,遇见榕树下的熟人都算便宜些。它听说阿良去台中开计程车,被乘客抢过,侥幸活下来,不久却死于车祸。它听说到高雄做工的荣仔,儿子已上大学,本计划今年退休回家乡,去年却被解雇……榕树深深叹息,轻轻撒下几片叶,大家一叶一叶拾起,爱惜地摩挲着,摩挲着。

一大堆工具来的那天,我们六个人合抱着榕树,真像要保护无端被处极刑的家人,紧紧抱住,榕树簌簌掉着叶。我们唯恐触伤它,就手拉手围成圈,但都强行被拆散了,都以妨碍公务的理由被拖走。

不愿走的榕树被砍除很久了,路却迄今仍未筑成。

沙漠

[法国]纪德

多少次我黎明即起程,遥望霞光万道、比光轮还绚烂的东方;多少次我走到绿洲的边缘,那里的最后几棵棕榈树枯萎了,再也战胜不了沙漠;多少次我怀着满腔欲望,眺望沐浴在阳光中的酷热的大漠,就像凝望那无比强烈的耀眼的光源……何等激动的瞻仰、何等强烈的爱恋,才能战胜这沙漠的灼热呢?

不毛之地,冷酷无情之地,热烈赤诚之地,先知神往之地——啊!苦难的沙漠、辉煌的沙漠,我曾狂热地爱过你。

在那时时出现海市蜃楼的北非盐湖上,我看见犹如水面一样的白茫茫的盐层。我知道,湖面上映照着碧空,盐湖湛蓝得好似大海。但是为什么会有一簇簇灯芯草,稍远处还有风化的页岩峭壁?为什么会有漂浮的船只和远处的宫殿?所有这些变了形的景物,悬浮在这片臆想的深水之上。(盐湖岸边的气味

纪德(1869—1951),男,法国著名作家,1947年获诺贝尔文学奖。主要作品有《田园交响乐》《伪币制造者》《人间食粮》等。

令人作呕,岸边是可怕的泥灰岩,吸饱了盐分,被暑气熏蒸着。)

我看见阿马尔卡杜山在朝阳的斜照中变成玫瑰色,像一种燃烧的物质。

我看见天边狂风大作,飞沙走石,刮得绿洲气喘吁吁,像一只遭受暴风雨袭击而惊慌失措的航船。而在小村庄的街道上,瘦骨嶙峋的男人赤身裸体,蜷缩着身子,忍受着炙热焦渴的折磨。

我看见荒凉的旅途上,骆驼的白骨蔽野。那些骆驼因过度疲顿,再难赶路,被商人遗弃了。随即它们的尸体腐烂,落满苍蝇,散发出恶臭。

黄昏时分,除了鸣虫的尖叫,我再也听不到任何歌声。

我还想谈谈沙漠:生长细茎针茅的荒漠,游蛇遍地,绿色的原野随风起伏。

乱石的荒漠,不毛之地。页岩熠熠闪光,小虫飞来舞去,灯芯草干枯了。在烈日的暴晒下,一切景物都发出噼噼啪啪的声音。

黏土的荒漠。这里只要有涓涓细流,万物就会充满生机。只要一场雨,万物就会葱绿。虽然土地过于干旱,难得露出一丝笑容,但这里的青草似乎比别处更嫩更香。由于害怕没有结籽就被烈日晒枯,青草都急急忙忙地开花,授粉播香,它们的爱情是急促短暂的。太阳又出来了,大地龟裂、风化,水从各个裂缝里逃遁。大地坼裂得面目全非,大雨滂沱,激流涌进沟里,冲刷着大地。这大地无力挽留住水,依然干涸而绝望。

黄沙漫漫的荒漠。宛似海浪的流沙,不断移动的沙丘,在远处像金字塔一样指引着商队。登上一座沙丘,便可望见天边另一座沙丘的顶端。

刮起狂风时,商队停下,赶骆驼的人便在骆驼的身边躲避。

黄沙漫漫的荒漠,生命灭绝,只有风与热的搏动。阴天下雨,沙漠犹如天鹅绒一般柔软,傍晚火烫,早晨则像冷灰。沙丘间是白色的谷壑,我们骑马穿过,每个足迹都立即被尘沙覆盖。由于疲顿不堪,每到一座沙丘,我们总感到难以跨越。

黄沙漫漫的荒漠呀,我早就应当狂热地爱你!但愿你最小的尘粒在它微小的空间,也能映现宇宙的整体!微尘哪,你忆起何种生活,从何种爱情中分离出来？微尘也想得到人的赞美。

我的灵魂，你曾在黄沙上看到什么？

白骨——空的贝壳……

一天早上，我们来到一座高高的沙丘脚下。我们坐下，那里还算阴凉，悄然长着灯芯草。

至于黑夜，茫茫黑夜，我能谈些什么呢？

这是一次缓慢的航行。

沙子比海浪还蔚蓝，比天空还粲然。

我熟悉这样的夜晚，星星一颗比一颗美丽。

我的梦中城市

[美国] 德莱塞

我的梦中城市，它是沉默的、清冷的、静穆的。这是一个可惊可愕的城市，这么的气魄，这么的美丽，这么的死寂。它有跨过高空的铁轨，有像狭谷的街道，有大规模壮伟的楼梯，有下通深处的踏道，而那里所有的，却奇怪得很，是下界的沉默。它又有公园、花卉、河流。而过了二十年之后，它竟然在这里了，和我的梦一般可惊可愕，只不过当我醒时，它是罩在生活的骚动底下的。它具有角逐、梦想、热情、欢乐、恐怖、失望的哗鸣。通过它的道路、峡谷、广场、地道，是一大堆奔跑着、沸腾着、闪烁着的存在，都是我的梦中城市从来不知道的。

关于纽约，其实也可说关于任何大城市。不过说纽约更加确切，因为它曾经是而且仍旧是大到这么与众不同的，在从前也如在现在。那使我感兴趣的东西，就是它显示于迟钝和乖巧，

德莱塞(1871—1945)，男，美国现实主义文学的奠基人之一。主要作品有《嘉莉妹妹》《珍妮姑娘》《美国的悲剧》等。

强壮和薄弱，富有和贫穷，聪明和愚昧之间的那种十分鲜明而同时又无限广泛的对照。这之中，大概数量和机会上的理由比任何别的理由都占得多些，因为别处地方的人类当然也并无两样。不过在这里，强壮的或那种根本支配着人的，是那么那么的强壮，而薄弱的是那么那么的薄弱，又那么那么的多。

我有一次看见一个可怜的、失了神的小小缝衣妇，她住在冷街上一所分租房子的厅堂角落的夹板房里，用一个放在柜子上的火酒炉子做饭。在那间房的四周，她有着充分的空间，可以大大地跨三步。

"我宁可住在纽约这种夹板房里，也不情愿住乡下那种十五间房的屋子。"她有一次发过这样的议论，当时她那双可怜的没有颜色的小眼睛，包含着的光彩和活气，是我在她身上不曾看见过，以后也不再见到的。她有一种方法贴补她缝纫的收入，就是替那些和她自己一般下等的人在纸牌、茶叶、咖啡渣之类的东西里面望运气。她告诉许多人说要有恋爱和财气了，其实这两样东西都是他们永远不会见到的。原来这个城市的色彩、声音和光耀，就只叫她见识见识，也就足够贴补她一切的不幸了。

而我自己也不曾感觉到过那种炫耀吗？现在不也还是感觉到了吗？在那些始终如一的夜晚，城市被从西部来的如云的游览闲人拥挤着。所有的店门都开着，差不多所有酒店的窗户都张得大大的，让那种太没事干的过路人看。这里就是这个大城市，而它是醉态的，梦态的：一个五月或是六月的月亮将像擦亮的银盘一般高高挂在高墙间；一百面乃至一千面电灯招牌将要在那里眨眼；穿着夏衣、戴着漂亮帽子的市民和游人的潮水；载着无穷货品震荡着去尽无足轻重的使命的街车；像嵌宝石的苍蝇一般飞来飞去的出租汽车和私人汽车；就是那凡士林也贡献了一种特异的香气。生活在发泡，在闪耀。漂亮的言谈，散漫的材料，百老汇路就是这样的。

还有那五马路，那条歌唱的水晶的街，无论春夏秋冬，总是一样的热闹。当二三月间，春来欢迎你的时候，那条街的窗口都拥塞着精美无遮的薄绸以及各色各样缥缈玲珑的饰品，还有什么能一样分明地报告你春的到来吗？十一月一开头，它便歌唱起棕榈机、新开港以及热带和暖海的大大小小的快乐。到了十二月，这条马路又将皮货、地毯、跳舞和宴会的时装，陈列得多么傲慢，对你大喊着风雪快要来了，其实你那时从山上或海边回来还不到十天哩。你看见这么一幅图画，看见那些划开了上层的住宅，总以为全世界都是非常的繁荣、独出而快乐的了。然而，你如果知道那些俗艳的社会的矮丛，那些成功介入高树之间的徒然生长的乱莽和丛簇，你就会觉得那些无边的巨厦里面并没有一桩社会的事件是完美而沉默的了！

我常常想到那些数量庞大的下层人，那些除开自己的青春和志向之外一无所有的男孩子和女孩子，他们日日时时将面孔朝向纽约，侦察着这个城市能够给他们带来怎样的财富或名誉，不然就是未来的位置和舒适，再不然就是别的他们将可收获的东西。啊，他们的青春的眼睛是沉醉在它的希望里了！于是，我又想到全世界一切有力的和半有力的男男女女们，在纽约以外的什么地方勤劳地工作——一爿店铺，一个矿场，一家银行，一种职业。他们唯一的志向就是要去达到一个地位，可以靠他们的财富进入而留居纽约，支配大众，在他们认为的奢侈里面奢侈着。

你就想想这里面的幻觉吧，真是深刻而动人的催眠术！强者和弱者，聪明人和愚蠢人，心的贪馋者和眼的贪馋者，都怎样地向那庞大的东西寻求忘忧草，寻求迷魂汤。我每次看见有人似乎愿意拿出任何的代价——拿出那样的代价——去求啜一口这毒酒，总觉得十分惊奇。他们展示着怎样一种刺人的颤抖的热心哪。美出卖它的花，德性出卖它的最后的残片，力量出卖它所能支配的范围里面一个几乎是高利贷的部分，名誉和权力出卖它们的尊严和存在，老年出卖它的疲乏的时间，以求获得这一切之中的不过一个小部分，以求赏一赏它的颤动的存在和它造成的图画。你不能听见他们唱它的赞美歌吗？

死

[日本] 黑泽明

既然写了惹人心烦的事,索性把本来不愿意写的也写出来吧。

那就是我哥哥的死。

写他,我心里很难过。但是如果不写,就无法继续写别的,只好写出来。

从看到长排房生活的阴暗面之后,我就突然想回家了。

那时,欧美影片已经完全有声化了,专门放映外国影片的影院不需要影片解说人,影院业主们提出解雇全部解说人。解说人举行了罢工,哥哥担任罢工委员会的主席,但他很是为此苦恼。我依赖如此境遇的哥哥过日子,心里也着实痛苦。因此,我回到了阔别许久的家。

父母亲根本不知道我是走过了什么样的道路之后才回来

黑泽明(1910—1998),男,日本著名电影导演,曾多次在重要国际电影节上获奖,并获得奥斯卡最佳外语片奖。代表作品有《罗生门》《七武士》《梦》等。

的，似乎我只是长期出外写生一样。

父亲想问问我画了些什么，我无言以对，除了随机应变地用谎言搪塞之外也别无他法。我看到一直期望我成为一名画家的父亲，就决心从头做起，开始画素描。

我本来想画油画，但想到大姐当了森村学园的教师，以她的全部收入支撑一家人生活的经济情况，我就不能再提出买油彩和画布的要求了。

有一天，哥哥自杀未遂的消息传来，我以为，这是因为他当罢工委员会主席处于无法摆脱的痛苦之中，才产生了轻生的念头。

哥哥曾经考虑到，随着有声电影技术的发展，取消电影解说人是当然的结果。罢工失败是意料之中的。不得不干的罢工委员会主席的处境是多么痛苦，也不难想象。

为了幸存下来的哥哥，也由于这一事件给我们的家投下了暗影，我衷心盼望出现一桩喜庆事。因此，我曾经考虑过让哥哥和他那同居的女人正式结婚。这个人，将近一年时间我承她照顾，就人品来说是好得没啥说的，我由衷地把她当作嫂嫂看待。因此，我觉得自己应该把这事办成。

父亲、母亲、姐姐也没有表示反对。出乎意料的是，哥哥却没有明确表态。然而我却把这简单地理解为是哥哥目前正失业的缘故。

有一天母亲问我："丙午（哥哥的名字）不要紧吧？"

"您指什么？"

"这还用问……丙午不是常提吗？三十岁之前死掉……"

不错，是这么回事。

哥哥以前常这么说："我要在三十岁之前死掉，人一过三十岁就只能变得丑恶。"这话几乎像口头禅似的不离嘴。哥哥对俄罗斯文学心悦诚服，特别把阿尔志跋绥夫的《绝境》推崇为世界最高水平的文学，总是放在手头。哥哥预告自己自杀的话，我认为那是他被《绝境》中主人公纳乌莫夫所说的奇怪的死的福音迷惑而说出的，不过是文学青年夸大的感慨而已。

所以，我对于母亲的担心竟然付之一笑。

"越是动不动就提死的人越死不了。"我用这样极其浅薄的话回答了母亲。

我说这话之后几个月,哥哥就死了。

果然按他自己常常说的,他在三十岁之前的二十七岁时自杀而死。

哥哥自杀的前三天,请我吃了顿饭。

奇怪的是,我怎么也想不起这顿饭是在哪里吃的,大概是哥哥的死给我的冲击太大了。那天和哥哥最后一别的情况我记得清清楚楚,而吃饭之前和以后的事却无论如何也想不起来了。

我和哥哥是在新大久保站分手的。我坐上了出租汽车。哥哥说:"你坐出租汽车回家吧。"说完就走上车站的台阶。

我坐的出租汽车刚要开走,哥哥又从台阶上跑下来把车叫住。我走出车来,站在他面前,问:"什么事?"

哥哥目不转睛地看了我一阵,说:"没什么,好啦!"

说完他就又走上了台阶。

等我再次看到哥哥的时候,他已是满是血迹的床单蒙着的尸体了。

他是在伊豆温泉旅馆的一间厢房里自杀的。我站在那房门口看到死去的哥哥时,一动也不能动了。

和父亲一起去领取哥哥遗体的亲戚发怒地冲我喊:"小明,干什么呀?"

问我干什么?我是看再也看不到的哥哥,骨肉至亲的哥哥,同一血脉的哥哥,这同一血脉的鲜血仍然流淌不止的哥哥,而且是对我来说无可取代、永远尊敬的哥哥!

还问我干什么呀?他妈的!

"小明,帮一把!"父亲小声地对我说。

然后他开始用床单包裹哥哥的遗体。

我被父亲感动。这时,我才抬脚进了屋子。把哥哥的遗体装进从东京雇来的汽车里时,尸体低声呻吟了一下。这大概是因为他双腿屈着抵在胸部,把胸部的空气挤了出来吧。

汽车司机吓得发抖，即使在去火葬场把哥哥火化之后返回东京的路上，他也发狂似的开快车，结果把车开错了路。

尽管哥哥自杀了，但母亲始终没有掉一滴泪，她只是平平静静地承受着这份痛苦。母亲虽然没表现出谴责我的意思，但是我从她那神态上完全懂得了，因而心里更加痛楚。

母亲为哥哥担心，向我倾诉的时候，我竟以极不负责、非常轻率的态度对待，对此，我怎能不深感内疚呢？

"你说些什么呀？"母亲只说了这么一句。

我看到已死的哥哥而动弹不得的时候，那位亲戚曾经呵斥我："干什么呀？"

对他，我能责怪他吗？

对母亲，我说了些什么？

对哥哥，我又说了些什么呢？

我是一个不折不扣的笨蛋。

信仰

[日本]武田泰淳

回到故乡之后，将军没有和任何人会面。小镇上的人都不知道他回来了。他非常憔悴，即使人们遇见他，也认不出来他。

他登上了一个有古城墙的小山丘，上边立着他的铜像。铜像后面是一条黝黑的城壕，漂浮着水藻。铜像手执军刀，盛气凌人，俯瞰全镇。

昔日的将军在铜像前默默地踱步。现在，这个铜像看上去仿佛不是他，而是一个陌生人，显得愚蠢可笑。

有一天，铜像被几个青年推倒了，在没有搬到别处之前，就那样被遗弃在城壕边。它僵硬的身躯仰面朝天，依然傲气十足。将军来到横卧在地的铜像前，抚摸了它一下，发现它比石头还冰冷。

这时候，有一个老太婆颤巍巍地走过来，弓下身，在铜像

武田泰淳（1912—1976），男，日本小说家，小说多以战争为题材，是"战后派"代表作家之一。主要作品有《森林和湖水的节日》《富士》等。

的石座上放了一束鲜花。

"这可是一位了不起的人物哇！我每天都到他的铜像前参拜。"老太婆对他说。显然，她没有留意对方是谁。

接着,她又告诉将军,她儿子就在将军指挥的部队里服役。"那些遗骨哇，阵亡通知呀，全是靠不住的，靠得住的只有这位大人。假如这位大人还健在，我儿子也会活着；假如这位大人去世了，那么我的儿子也就死了。"

将军大吃一惊，立即低下头，从老太婆身旁走开了。

从此，他很怕遇见这个老太婆。

铜像尚未搬走，全身已被泥水溅得肮脏不堪。将军看到自己的化身竟然落得这般凄惨、丑陋的下场，心里十分难受。他觉得，自己这样赤身裸体地躺在地上遭人嗤笑，还不如干脆掉到城壕里去。铜像下面的泥土被雨水泡得很松软了，只要稍稍把土刨开一些，铜像就会滑落下去。

将军背着人偷偷地这样做了。

这天傍晚，铜像倾斜着，顺着满是枯草的斜坡滑下去，随之发出一声沉闷的声响，城壕里泛起白色的泡沫，铜像沉到了壕底。

将军直起酸痛的腰，茫然地俯视着渐渐恢复平静的水面。

猛然，有人在背后狠狠推了他一下，他猝不及防，"扑通"跌倒了。

他回过头来，看到那个老太婆在暮色中站立着，由于愤怒，她瘦小的身躯不住地战栗："这是你干的好事，天杀的！你为什么要这样做？为什么？"

老太婆一边诅咒，一边朝他吐唾沫，然后，哭喊着跑下了小山丘。

读书是一种享受

[英国] 毛姆

首先,我要强调的是,读书应该是一种享受。不错,有时为了对付考试,或者为了获得资料,有些书我们不得不读,但读那种书是不可能得到享受的。我们只是为了增进知识才读它们,所希望的也只是它们能满足我们的需要,至多希望它们不至于沉闷得难以卒读。我们读那种书是不得不读,而不是喜欢读。这当然不是我现在要谈的读书。我要谈的读书,它既不能帮你获得学位,也不能帮你谋生;既不会教你怎样驾船,也不会教你怎样修机器,却可以使你生活得更充实。只是,要想得到这样的好处,你必须喜欢读才行。

我这里所说的"你",是指在业余时间里想读些书而且觉得有些书不读可惜的成年人,不是指本来就钻在书堆里的"书虫"。"书虫"们尽可以想读什么就读什么。他们的好奇心总是

毛姆(1874—1965),男,英国著名作家、文艺评论家。主要作品有《人生的枷锁》《月亮和六便士》《刀锋》等。

使他们踏上书丛中荒僻的小路,沿着这样的小路四处寻觅被人遗忘的"珍本",并为此觉得其乐无穷。我却只想谈些名著,就是那些已经经过时间考验被公认为一流的著作。一般认为这样的名著应该是人人都读过的,令人遗憾的是真正读过的人其实很少。有些名著是著名批评家们一致公认的,文学史家们也长篇累牍地予以论述的,但现在的一般读者却没有时间,也没有兴趣去读了。它们对文学研究者来说是重要的,只是随着时间和兴趣的转移,它们原来的诱人之处已不再诱人,所以现在要读它们,是很需要有点毅力的。举例说吧:我读过乔治·爱略特的《亚当·比德》,但我没法从心底里说,我读这本书是种享受。我读它多半是出于一种责任心,坚持读完后,才不由得松了口气。

  关于这类书,我不想说什么。每个人自己就是最好的批评家。不管学者们怎么评价一本书,不管他们怎样异口同声地竭力颂扬,除非这本书使你感兴趣,否则它就与你毫不相干。别忘了批评家也会出错,批评史上许多明显的错误都出自著名批评家之手。你在读,你就是你所读的书的最后评判者,其价值如何就由你定。这道理同样适用于我向你推荐的书。我们每个人的口味不可能完全一样,只是大致相同而已。因此,如果认为合我口味的书也一定合你的口味,那是毫无根据的。不过,我读了这些书后,觉得心里充实了许多,要是没读的话,恐怕我就不是今天的我了。所以我对你说,如果你或者别人看了我在这里写的,于是便去读我推荐的书,如果读不下去的话,那就把它放下。既然它不能让你觉得是一种享受,那它对你就毫无用处。没有一个人有这样的义务,一定要读诗歌、小说或者任何纯文学作品。他只是为了一种乐趣才去读这些东西的。谁又能要求,使某人觉得有趣的东西,别人也一定要觉得有趣?

  请不要认为,享受就是不道德的。享受本身是件好事,享受就是享受,只是它会造成不同的后果,所以有些方式的享受,对有理智的人来说是不可取的。享受也不一定是庸俗的和满足肉欲的。过去的有识之士就已经发现,理性的享受和愉悦,是最完美、最持久的。

今天，我们很幸运地拥有公共图书馆和廉价版图书，可以说没有哪种娱乐比读书更便宜了。养成读书习惯，也就是给自己营造一个几乎可以逃避生活中一切愁苦的庇护所。我说几乎可以，是因为我不想夸大其词，宣称读书可以解除饥饿的痛苦和失恋的悲伤。但是，几本引人入胜的侦探小说再加一个热水袋，确实可以使任何人对最严重的感冒满不在乎。反之，如果有人硬要他去读他讨厌的书，又有谁能养成那种为读书而读书的习惯呢？

（毛姆画像）

裁判所

[英国] 王尔德

裁判所里寂静无声。人裸着身体来到上帝的面前。

上帝打开了人的生命簿。

上帝对人说:"你一生都在做坏事,对那些需要救济的人,你表示残酷。对那些急需帮助的人,你表示凶狠和无情。贫穷的人向你求助,你不去听他们倾诉,你不理睬那些受苦的人的哀叫声。你将遗产据为己有,你把狐狸放进邻居的葡萄园。你夺去小孩儿们的面包,拿给狗吃。我那些麻风病人居住在沼泽地上,过着和睦的生活,赞美着我,你却把他们赶到大路上。我用土造出你来,可是你却使我的土地上流着无辜者的血。"

人回答说:"我的确做过这些事情"。

上帝又打开了人的生命簿。

上帝对人说:"你一生都做坏事:我显示出来的'美',你追

王尔德(1854—1900),男,英国著名作家,19世纪末英国唯美主义运动的主要代表。主要作品有《道连·葛雷的画像》《莎乐美》《里丁监狱之歌》等。

求它；我隐藏着的'善'，你却毫不注意。你房间的墙壁上绘满了图像，你听见笛声就从你放荡的床上起来。你筑了七个祭坛来奉祀我所受的罪孽，你吃了不应当吃的东西，你的衣服上绣着三个耻辱的记号。你崇拜的不是能够久存的金或银的偶像，而是会死去的肉身。你用香膏涂在他们的头发上，又放了石榴在他们的手中。你用番红花擦他们的脚，又在他们面前铺上地毯。你用锑粉染他们的眼皮，用草药擦他们的身体。你在他们面前鞠躬到地，你把你的偶像的宝座放在太阳光里。你给太阳看见你的丑行，给月亮看见你的疯狂。"

人回答说："我的确做过这些事情。"

上帝又打开了人的生命簿。

上帝对人说："你一生都在做坏事，你以恶报善，用侵害报答仁慈。你弄伤抚养你的双手，你轻视给你吃奶的乳房。向你讨水喝的人忍渴而去；亡命的人晚上把你藏在他们的帐幕里，你不等到天亮就告发了他们；你的仇敌没有害你的性命，你却暗算了他；你的朋友跟你在一块儿走路，你得到钱就出卖了他；对那些给你带来'爱'的人，你却以'欲'报答。"

人回答说："我的确做过这些事情。"

上帝合上了人的生命簿，说："我一定要把你送到地狱里去。我的确就要送你到地狱里去。"

人叫起来："你不能。"

上帝对人说："为什么我不能送你到地狱里去，你有什么理由？"

"因为我一直就住在地狱里面。"人回答道。

裁判所中寂静无声。

过了一会儿上帝说话了，他对人说："我既然不可以把你送进地狱，那么我一定要送你到天堂。我的确就要送你到天堂里去。"

人叫起来："你不能。"

上帝对人说："为什么我不能送你进天堂，又有什么理由？"

"因为不论在什么时候，不论在什么地方，我绝对想象不出天堂来。"

裁判所里寂静无声了。

我在

张晓风

记得小学三年级时,我偶然生病,不能去上学,于是抱膝坐在床上,望着窗外的寂寂青山、迟迟春日,心里竟有一份巨大幽沉至今犹不能忘的凄凉。当时因为小,我无法对自己说清楚那番因由,但那份痛,却是记得的。

为什么痛呢?现在才懂,只因我知道,我的好朋友都在那里,而我偏不在,于是我痴痴地想,他们此刻在操场上追追打打吗?他们在教室里挨骂吗?他们到底在干什么呀?不管是好是歹,我想跟他们在一起呀!一起挨骂挨打都是好的呀!

于是,我开始喜欢点名。大清早,大家都坐得好好的,小脸还没有开始脏,小手还没有被汗弄湿,老师说:"×××。"

"在!"

回答的声音正经而清脆,仿佛不是回答老师,而是回答宇

张晓风(1941—),女,生于浙江金华,后迁居台湾。中国当代著名作家,被誉为"当代十大散文家"之一。主要作品有《春之怀古》《愁乡石》等。

宙乾坤，告诉天地，告诉历史，说："有一个孩子'在'这里。"

回答"在"字，对我而言总是一种饱满的幸福。

然后，我长大了，不必被点名了，却迷上旅行。每到山水胜处，我总想举起手来，像那个老是睁着好奇圆眼的孩子，回一声："我在。"

"我在"和"××到此一游"不同，后者张狂跋扈，目无余子，而说"我在"的仍是个清晨去上学的孩子，高高兴兴地回答长者的问题。

其实人与人之间，或为亲情、或为友情、或为爱情，哪一种亲密的情谊不是基于我在这里，刚好你也在这里的前提？一切的爱，不就是"同在"的缘分吗？就连神明，其所以为神明，也无非是有"昔在、今在、恒在"，以及"无所不在"的特质。而身为一个人，我对自己"只能出现于这个时间和空间的局限"感到另一种可贵，仿佛我是拼图板上扭曲奇特的一块小形状，单独看毫无意义，及至嵌在适当的时空，却也是不可少的一块。天神的存在是无始无终、浩浩莽莽的无限，而我是此时此际、此山此水中的有情和有觉。

读书，也是一种"在"。

有一年，我到图书馆去，翻一本《春在堂随笔》，那是俞樾先生的集子，红绸精装的封面，打开封底一看，竟然从来也没人借阅过，真是"古来圣贤皆寂寞"呀！心念一动，我便把书借回家去。书在，春在，但也要读者在才行啊！我的读书生涯竟像某些人玩"碟仙"，仿佛面对作者的精魄。对我而言，李贺是随召而至的，悲哀悼亡的时刻，我会说："我在这里，来给我念那首《苦昼短》吧！念'吾不识青天高，黄地厚，惟见月寒日暖，来煎人寿'。"读那首韦应物的《调笑令》的时候，我会轻轻地念："胡马，胡马，远放燕支山下。跑沙跑雪独嘶，东望西望路迷。迷路，迷路，边草无穷日暮。"我觉得自己就是那从唐朝一直狂驰至今不停的战马，不，也许不是马，只是一股激情，为美所迷，被莽莽黄沙和胭脂红的落日震慑，因而思绪万千，不知所止地激动。

看书的时候，书上总有绰绰人影，其中有我，我总在那里。

《旧约·创世纪》里,堕落后的亚当在凉风乍起的伊甸园把自己藏匿起来,躲避上帝。

如果是我,我会走出来,说:"上帝,我在,我在这里,请你看着我,我在这里。不比一个凡人好,也不比一个凡人坏,我有我的谦逊祥和,也有我的叛逆凶戾,我在我无限的求真求美的梦里,也在我脆弱不堪一击的人性里。上帝呀,请俯察我,我在这里。"

"我在",意思是说我出席了,在生命的大教室里。

几年前,我在山里说过的一句话容许我再说一遍,作为终响:"树在。山在。大地在。岁月在。我在。你还要怎样更好的世界?"

煤桶骑士

[奥地利]卡夫卡

煤全用完,煤桶空空,煤铲闲着,炉子呼吸着冷气。房间满是寒气,窗前的树木在严霜中发僵,天空成了抵挡向它呼救的人的银盾。我得弄些煤来,我不能冻死呀!我的背后是冷冰冰的炉子,前面是铁石心肠的天空,因此我必须在两者之间赶紧骑行出去,向居中的煤店老板求助。可是那老板对我的一般请求已经麻木不仁了,我必须一五一十地向他证明我连一粒煤屑都没有了,因此他对我而言就是天上的太阳。我得像乞丐那样,饿得只剩下最后一口痰,眼看就要倒毙在人家的门槛上,主人家的厨娘这才决定把最后的咖啡渣滓倒给我。同样,煤老板将怒气冲冲,但想到"你不要杀人"的训诫,只能将满满一铁锹煤铲进我的煤桶里。

我照这个办法出去一定能解决问题,于是我骑着煤桶前往。

卡夫卡(1883—1924),男,奥地利作家,现代主义、表现主义文学的重要代表,在当代西方文学中占有显著地位。著作有《审判》《变形记》《城堡》等。

我骑在桶上,手抓住上面的桶把手,那是最简单的玩具,我艰难地随桶滚下台阶,但到了下面我的桶却往上升起,妙哉,妙哉。那些卑屈地躺卧在地的骆驼们,在主人的鞭子的威吓下站起来的时候,也没有这样庄严。我以不快不慢的速度穿过冻硬的街巷,我常常被驮到二层楼那么高,从未下降到屋门那么低。结果我以超乎寻常的高度飘到煤老板的拱形地窖的门前,只见他在很深的地窖里蹲在他的小桌旁写字。他嫌太热,便让窖门开着。

"煤老板!"我用冻僵了的、被呼出的寒气蒙住的闷声喊道,"煤老板,请给我点儿煤吧,我的煤桶已经空得可以骑着它走了。帮个忙吧。等我一有钱,就会付清的。"

老板用手掩住耳朵。"我没有听错吧?"他扭过头去问他正坐在炉台上打毛衣的妻子,"我没有听错吧?有一位顾客。"

"我什么也没有听见。"妻子说,她平静地呼吸着,手上织针不停,背朝炉子,舒舒服服地烤着火。

"哦,对的,"我喊道,"是我呀,一个老顾客,一向是不拖欠的,只是目前一时没有办法。"

"夫人,"老板说,"我的确没有听错,是有一个人,我的耳朵不会那样不顶用的,那是一个老顾客,一个很老很老的顾客,他懂得说什么话才能打动我的心。"

"你怎么啦,老公?"妻子说,她略停片刻,把针线压在胸口,"并没有人哪,街道是空的,我们所有的顾客都备好煤了,我们可以打烊歇几天了。"

"可是我正坐在这儿的煤桶上啊,"我喊道,因寒气流出的没有感情的眼泪模糊了我的两眼,"请您朝上面看一眼吧,您马上就会发现我的,我请求您给我一满锹煤,如果您能给我两铁锹,那我会无比高兴的。确实所有其他的顾客都备好煤了。唉,假如我能听到桶里的煤块噼啪作响的声音该有多好哇!"

"我来了。"老板说,但当他正要迈开短腿爬上地窖台阶时,他的妻子已经到了他身边,紧紧拉住他的手臂说:"你待着吧。要是你执意要去,那就由我上去。想想你昨天夜里那个咳嗽样儿吧。为了一桩买卖,何况那只是一桩想象中的买卖,你就不顾老婆孩子,牺牲你的肺不成。我去。"

"那你把我们库里所存的各种各样的煤一一告诉他,我在底下向你喊价钱。"

"好。"妻子说,随即走出地窖到街边来。她当然一眼就看到我了。"煤店老板娘,"我喊道,"你好哇,只要一锹煤,就铲在这煤桶里,我自己把它拿回家去,一锹最次的就行。钱我当然会完全照付的,但不是马上,不是马上。""不是马上"这几个字多么像钟声,它和附近教堂塔顶发出的悦耳的晚钟的响声混杂在一起!

"他要什么呀?"老板喊道。

"没有什么,"妻子回答说,"这里什么事也没有哇。我没有看到什么人,也没有听见什么,只听见钟敲了六下,我们打烊吧。天气冷得要命,看来明天我们还要忙乎一阵呢。"

她什么也没有看见,什么也没有听见,但她解下围裙,用围裙竭力把我扇走。要命的是她成功了。我的煤桶具有一匹良驹的所有优点,抵抗力它却没有。它太轻了,一条妇女的围裙把它一扇,它的两条腿就飘离了地面。

"你这个狠心肠的女人!"我还是大声地回答她,这时她半轻蔑、半满足地挥动着手臂,又去做她的生意。"你这凶狠的女人,我只向你讨一锹最次的煤,而你就是不给我。"说着,我登上了冰山地带,方向不辨,永不复返。

树桩

[德国] 于尔克·舒比格

我在森林里走了很久,又饿又累,所以找了一个树桩坐下来。"现在,午后便餐的时间到了"。我自言自语地说。我喜欢自言自语,这样我才会觉得有伴。我正要从外套的袋子里拿出面包的时候,屁股下面的树桩不见了,我跌倒在潮湿的叶子上。

当我再次坐起来的时候,我看到一个王子站在我面前,他有金色的头发,身上穿着深红色的紧身上衣,深红色的裤子,脚上穿的是深红色的带有银扣子的鞋子。他在哭。"谢谢你解救了我。"他说。

我现在坐得远比先前不舒服,所以很生气。我没好气地说:"我不是有意的。"

那个王子不受干扰地继续说,就像一个很久没用嘴巴的人:"我在这里已经等了好几百年了,我一直在等待有人坐到我身

于尔克·舒比格(1936—2014),男。德国著名作家。主要作品有《当世界年纪还小的时候》《白熊和黑熊》《月亮上的孩子》等。

上,然后说'午后便餐'四个字……"我已经不记得内容了,我只知道故事里有船、有马,还有小矮人,而且刚好也是午后便餐的时间,他被下咒语变成了树桩。

我和一个王子能干什么?我不是公主,又不能跟他结婚。他可以去演戏或是去参加花车游行,但是这也不关我的事,我懒得给他建议。幸好,他说他得走了,他要去帮助某人。至于某人是谁,有什么危险,他要怎么帮,我全忘记了。总之,他很快拥抱了我一下就走了。吃完了面包,我在潮湿的叶子上又坐了很久。"就连个树桩你也不能相信,如果树桩都是王子变的,我们要坐到哪里?"我又自言自语地说。这时我听到耳边有个声音:"你在叫我吗?"是一个小矮人站在我旁边。"没有!我在吃我的面包,你不要来吵我!"我说。

"可是你刚才明明在叫我的名字'树尊'?"小矮人说。"'树尊'?我发誓,我这辈子还没说过这名字,我说的也许是'树桩'或是'树墩',但是'树尊',不可能,而且我干吗要叫你?"

"我的听力越来越差了。"小矮人承认。

我真替他感到难过,他现在站在我旁边,差不多只到我的肩膀那么高。我说:"也许是我讲话的时候,嘴巴还在吃东西的关系。"

我告诉他我刚才生树桩的气的事,他很专心地听我说。

听我说完之后,他说:"以前的情况更糟,那时候几乎没有一个树桩是真的树桩。没有一个国家养得起森林里那么多被施了法术的王子公主们,他们到处都是。转眼间,一个王子可能变成一个蘑菇或闪电;一个公主变成一棵柏树;一匹马变成一个火炉;还有其他的东西,说也说不完。有时候,只是松树变成山毛榉;农夫变成农妇;甚至只是一个核桃变成另一个核桃。"

"真可怕!"我说。

"是呀!"小矮人继续说,"人们不知道该怎么办才好,连自己的孩子也可能不是孩子,而是,譬如说,一头牛。那个时候很多人对自己感到绝望。'我们真的是人吗?'他们自己问自己。似乎只要说一个字、一句话就可能解除一个咒语，或是变成另一个符咒。这么多东西和人变来变去，搞得人都头昏眼花了。"

"那你一定很老了，如果这些你都亲身经历过的话。"我说。

"是的，我已经超过一万岁了。"小矮人说。

当我问他，他是不是小矮人的时候，他大笑："我原本不是真的小矮人，事实上我是一个树桩，就因为这样我才叫'树尊'。好不容易让我等到了今天，今天我终于解脱了，从小矮人永远变回一个树桩。"

"为什么是今天？"我问。

"因为只有当一个树桩变成一个人之后，我才能变回树桩，但是大部分的树桩都不愿意。刚才，事情刚好就这么发生了。"

小矮人等待解救已经超过一万年，现在他等不及了，他要我马上让开位子，他要蹲在树桩原本的位子上，然后我必须坐在他的背上。我照他的话做，而且马上就觉得像坐在原先那个树桩上一样。"啊！"他舒服地叹了一口气。

"如果你是真的树桩就该闭嘴！"我说。

"好啦，我不说话了，你可以相信我。"树桩回答。从此之后，他真的再也没有说话了。

山·注视

[法国] 勒克莱齐奥

我想谈谈实在的美，谈谈人的眼睛，例如山，例如光。

阳光下，它很大，它的石壁，它的褶皱，它的沟壑，它的覆盖着易碎的泥土的缓坡，它的雪崩似的滚滚尘埃。它在光的中心，它像盐、像玻璃一样闪亮，它岿然不动，独立于高空之中。它身上的一切都是那么坚硬，那么真实。它是大地表面致密的一块，是一个隆凸，没有一种活的东西能像它一样。人们可以给它一个名字，如埃布吕斯。人们可以谈论它，讲述它的故事，探索它的起源，说说住在它上面的人。人们可以计算它的体积，研究它的构成、它的演变。然而这一切又能如何呢？它还是它，不动，不听，不应。人们可以在它身上取一小块石头，带到很远的地方，或者扔进大海。人们可以在鼓荡的风中几天几夜地烧它，把它变成火山。人们可以在它的缝隙里放入炸药，按下

勒克莱齐奥（1940— ），男，20世纪后半期法国"新寓言派"代表作家之一，2008年获得诺贝尔文学奖。主要作品有《诉讼笔录》《流浪的星星》等。

起爆装置。然而按起爆装置的手始终离得远远的，爆炸之后，山依然如故。

山是持久的，强大的，它的基石扎根在大地深处，随着人的远离，它始终赫然立于地平线上，继而变得越来越大，越来越模糊。消失的是枯草、树、房屋、道路、水泥场。剩下的只是轻淡的线，宛若空中膨胀的云。灰色和淡紫色的隆凸，胀满了空间。它还在那里，继续在那里，每天，每个早晨，都在同一个地方。它举起它那巨石嶙峋的大块向着天空，就这样，不费一点儿力气，没有一点儿道理，因为它就是它，自由而强大，空气和水的领域中的一个固体。风从它身上吹过，侵蚀它的峭壁，沿着山谷，自北而南。

没有什么比这孤独的山更持久，更真实。任何庙宇，任何建筑，任何人的居所，它们很想跟它一样，充当登天的板凳，向隐藏的神祇们举起盛满祭品的托盘。然而山就是一位女神，人们的注视不断地被引向它。

注视就是光，有生命的光，跳跃着奔向白色的山岩，热力深入岩石，令其微微地颤动。在不动的山的坡上，小树和松柏是灼热的，空气中充满了它们的气味，而寒冷的风从它们周围滑过。每天它们都在那里，用它们的根抓住风化的泥土。云在谷底积聚，然后很快随风而降，然后散开，化水为雨，灌木丛和大树的叶子分开了，人们听见山里发出一阵阵古怪的喘息声。

光不断地从虚空的深处向山移动。重要的不是声音，不是汽车在城市的小路上奔驰，不是古老的无花果树枝条上的一群群蚜虫。重要的是人面对孤独的大山时，他所看见的，他所等待的。

人们看哪，看哪，总是看不够。人们一无所知，不等待启示，也不等待变化。人在目光的一端，女神——山在另一端，它们不再孤独了，它们变成两个完全一样的领域，可以让美通过。

遥远的美，人不能触摸，如夜空中的星辰，天上云层的堡垒的轨迹，或晨曦。然而它就该是这样，不可触及，比人看见的空间还要大，于是注视和它一样，不再是脚、翼和轮子所能及的了。那边，直到那边，它到达路的尽头，越过了有限世界的门槛，进入不可逾越的区域。

它是多么稳定啊！在它周围，一切都跟跟跄跄。人的腿是软的，胳膊没了力气,颈项弯曲如橡胶。然而它,它是石头做成的,巨大、沉重、屹立在大陆的基石上,在宽阔的背上驮着大气层。

有时,它是无情的、粗暴的,它那尖利的棱角,伤人的绝壁,陡峭的悬崖。太阳在它上面闪光,遍及它的全身。这时,它是那样大,占满了整个空间,低处的土地模模糊糊,蓝黑色的天空,缓缓地围着它旋转,仿佛大海围着岛屿一样画出了许多同心圆。它像一个行星那样大,从大地的深处直达天的最高处,整整的一块,石头像冰冷的火焰迸射,而且从不坠落。

它是那样大,不可能有空虚、恐惧和死亡。它像一座冰山一样巨大、寒冷,在凝视着它的光中炫人眼目。一切都冲向它,像铁屑受到磁石的吸引。沿着路一样笔直的目光,人向着它坠落,而它,是直立的巨大,是物质的巨大。

一座孤独的山有很大的力量,有许多的时间,许多的空间,许多的实在的规律。它的石头有许多的思想。在它的坡上,灌木和松柏就像白色灰尘中的许多黑色的符号。它们像是汗毛,头发,眼眉。几只鸟叫着,在悬崖上空慢慢地盘旋。风在石罅中穿过,古怪地哼着歌儿,隐蔽的溪流发出温柔的响声。一切都来自它,空气、水、土、火,甚至云也生自它。在很高的地方,在绝壁之间,它们冉冉如火山的烟气。

有时山也是遥远的,灰蒙蒙的,被水包围着。人们只能看见它的臀部、腰肢、乳房和肩膀的柔和曲线,只能看见它的斜落进谷底的长发的波状线条。当晚霞中一切都消失的时候,或者当城市和道路被烟气笼罩的时候,山也远去了。它在拒绝中沉睡,裹着沉寂和冷漠。女性的巨人,白色的女神,它突然厌倦了,闭上眼睛,不愿再让人看到它。美是聋的、哑的,孤独地躲进它的蚊帐。谁敢靠近它?他将迷路,因为那已不再是坚硬的石头、牙齿状的绝壁、直立的悬崖了。那已不再是骄傲的生命的努力、德行、美的力量了。那是一种很单薄、很柔弱的命运,仿佛幻影,在沉睡的大地之上的半空中飘荡,也许是一句话,一段音乐,人们可以用脸上的皮肤感知到,而你则瑟瑟地抖起来。这时,没有人能发现它。

飞机在云的后面飞过,没有人看见。海天一色,太阳已远。于是目光模糊了,没有什么再发亮了。慢慢地,慢慢地,夜来了。这几天它来得更早了。带着蝙蝠走出所有的洞穴。

这一切过去了,到来了,散走了,周而复始。山是这样美,然而没有注视它就不存在。而注视若没有山就一直向前,如子弹般穿过空气,在空中打转,变小,什么也没有发现就消失了。

名称,地点,词语,思想,有什么关系?我只想谈谈永恒的美,谈谈人的注视,谈谈阳光中很高很高的一座山。

老鼠应该有一个好收成

刘亮程

我用一个下午,观察老鼠洞穴。我坐在一蓬白草下面,离鼠洞约二十米远。这是老鼠允许我接近的最近距离。再逼近半步,老鼠便会仓皇逃进洞穴,让我什么都看不见。

老鼠洞筑在地头的一个土包上,有七八个洞口。不知老鼠为何选择了这个较高的地势。也许是在洞穴被水淹了许多次后,老鼠知道了应该把洞筑在高处。但这个高度它是怎样确定的?老鼠的寸光之目是怎样对一片大地域的地势做高低判断的?它选择一个土包,爬上去望望,自以为身居高处,却不知这个小土包是在一个大坑里。这种可笑的短视行为连人都无法避免,何况老鼠!

但老鼠的这个洞的确筑在高处。以我的眼光,方圆几十里内,这也是最好的地势。再大的水灾也不会威胁到它。

刘亮程(1962—),男,新疆沙湾县人。中国当代著名作家,被誉为"20世纪中国最后一位散文家"。主要作品有《一个人的村庄》《在新疆》《虚土》等。

这个蜂窝状的老鼠洞里住着大约上百只老鼠，每个洞口都有老鼠进进出出，有往外运麦壳和渣子的，有往里搬麦穗和麦粒的。那繁忙的景象让人觉得它们才是真正的收获者。

　　有几次我扛着锨过去，忍不住想挖开老鼠的洞，看看它到底储藏了多少麦子。但我还是没有下手。老鼠洞分上中下三层，老鼠把麦穗从田野里运回来，先储存在最上层的洞穴里。中层是加工作坊。老鼠把麦穗上的麦粒一粒粒剥下来，麦壳和渣子运出洞外，干净饱满的麦粒从一个垂直的洞口滚落到最下层的底仓里。

　　每一项工作都有严格的分工，不知这种分工和内部管理是怎样完成的。在一群匆忙的老鼠中，哪一个是它们的王，我不认识。我观察了一下午，也没有发现一只背着手迈着方步闲转的官鼠。我曾在麦地中看见一只当搬运工具的小老鼠，它仰面朝天躺在地上，四肢紧抱着几株麦穗，另一只大老鼠用嘴咬住它的尾巴，当车一样拉着它走。我走近时，拉的那只扔下它跑了，这只不知道发生了啥事儿，抱着麦穗躺在地上发愣。我踢了它一脚，它才反应过来，一骨碌爬起来，扔下麦穗便跑。我看见它的脊背磨得红红的，没有了毛，它跑起来一歪一斜，像是很疼的样子。

　　以前我在地头见过好几只脊背上没毛的死老鼠，我还以为是它们相互厮打致死的，现在明白了。在麦地中，我经常能碰到几只匆忙奔走的老鼠，它们让我停住脚步，想想自己这只忙碌的"大老鼠"，一天到晚又忙出了啥意思。

　　我终生都不会走进老鼠深深的洞穴，像个客人，打量它们堆满底仓的干净麦粒。老鼠应该有这样的好收成。这也是老鼠的土地。

　　我们未开垦时，这片长满矮蒿的荒地上到处都是鼠洞，老鼠靠草籽和草秆为生，过着富足安逸的日子。我们烧掉蒿草和灌木，毁掉老鼠洞，把地翻一翻，种上麦子。我们以为老鼠全被埋进地里了。当我们来割麦子的时候，我们发现地头筑满了老鼠洞，它们已先于我们开始了紧张忙碌的麦收。这些没草籽可食的老鼠，只有靠麦粒为生。被我们称为细粮的坚硬麦粒，不知合不合老鼠的胃口。

这些匆忙的抢收者，让人感到丰收和喜悦不仅仅是属于人的，也是属于万物的。

在我们喜庆的日子里，如果一只老鼠在哭泣，一只鸟在伤心流泪，我们的欢乐将是多么孤独和尴尬。在我们周围，另一种动物，也在为这片麦子的丰收而欢庆，我们听不见它们的笑声，但能感觉到。它们和村人一样期待了一个春季和一个漫长的夏季。它们的期望没有落空。我们也没落空。它们用那每次只能拿一株麦穗，捧两颗麦粒的小爪子，从我们的大丰收中，拿走一点儿，就能过很好的日子。而我们，几乎每年都差那么一点儿，就能幸福美满地吃饱肚子。

「无概念」

残忍的标签
把人 撕裂开了
黑与白之间的线
什么时候
能把世界 和谐连在一起

我不想去上学了

[土耳其] 奥尔罕·帕慕克

我不想去上学了,因为我太困、太冷了。学校里也没有人喜欢我。

我不想去上学了,因为学校里有两个同学,他们比我大,也比我强壮。每次我走到他们身边的时候,他们都会伸出胳膊,挡住我的去路,我很害怕。

我很害怕,我不想去上学了。在学校,时间仿佛静止不动了,万事万物皆被挡在外面——校门之外。

比如我家的房间,还有我的母亲、父亲,我的玩具,阳台上的小鸟。我在学校的时候,就特别想念他们,想得要哭。我看着窗外,外面的天空飘着朵朵云彩。

我不想去上学了,那里没有我喜欢的任何东西。

有一天,我画了一棵树,没有叶子。老师说:"那可真是

奥尔罕·帕慕克(1952—),男,土耳其当代最著名的小说家。2006年获得诺贝尔文学奖。主要作品有《黑书》《我的名字叫红》《雪》等。

一棵树，画得真好。"我又画了一棵，同样没有叶子。于是就有孩子跑过来取笑我。

我不想去上学了。晚上上床的时候，一想到第二天要去学校，我就感到恐惧。我说："我不想去上学了。"家人就会反问："你怎么能这么说呢？每个人都要去上学呢。"

每个人吗？那就让每个人去好了。我留在家里又会怎样呢？我昨天就去学校了，不是吗？那我明天不去，后天再去怎么样啊？

我只想待在我的床上，待在房间里，或是任何一个地方，只要不是学校就好。

我不想去上学了，我病了。你看不出来吗？只要有人一说"学校"这个词，我就感到恶心，会胃痛，连奶都喝不下。

我不想喝那瓶奶了，我不想吃任何东西，也不想去上学。我太难过了，没有人喜欢我。学校里还有那两个孩子，他们总是伸出胳膊挡我的路。

我去找过老师，老师说："你跟着我干吗？"告诉你一件事情，但你要答应我不生气。我总是爱跟着老师，老师则总会说："不要跟着我。"

我不想去上学了，再也不想了。为什么？因为我就是不想去学校，这就是原因。

课间休息时，我不想走动。只有每个人都忘了我的时候，才是我的休息时间。周围一片混乱，每个人都跑来跑去。

老师厌恶地看了我一眼，她看上去不太随和。我不想去学校了。学校里有个孩子比较喜欢我，他是唯一目光友善的人。但不要告诉别人哪，就连他我也不喜欢。

我坐着不动，独自待在那里。我感到那么孤单。泪水顺着我的脸颊流下来，我一点儿也不喜欢学校。

我不想去学校了。可是到了早晨，他们又把我送到了学校。我直勾勾地望着前方，非但不笑，反倒想哭。我朝山上走去，背着大大的书包，它像士兵的行囊一样大。爬山时，我看着自己的脚。一切都那么沉重：背上的书包，胃里热乎乎的奶。我想哭。

我走进学校。那扇黑色的大铁门在我身后关上了。我哭了:"妈妈,你看哪,你把我丢在这里面。"

我走进教室坐了下来。我真想变成外面的云彩。

橡皮、本子、钢笔,拿它们去喂鸡吧!

一滴水经过丽江

阿来

我是一片雪,轻盈地落在了玉龙雪山顶上。

有一天,我醒来,发现自己变成了坚硬的冰,和更多的冰挤在一起,缓缓向下流动。在许多年的沉睡里,我变成了玉龙雪山冰川的一部分。我望见了山下绿色的盆地——丽江坝,望见了森林、田野和村庄。张望的时候,我被阳光融化成了一滴水。我想起来,自己的前生,在从高空的雾气化为一片雪,又凝成一粒冰之前,也是一滴水。

是的,我又化成了一滴水,和瀑布里另外的水大声喧哗着扑向山下。在高山上,我们沉默了那么久,终于可以敞开喉咙大声喧哗。一路上,我们经过了许多高大挺拔的树,它们名叫松与杉。还有更多开满鲜花的树,叫杜鹃,叫山茶。我们经过马帮来往的驿道,经过纳西族的村庄,所有人都在说:"丽江

阿来(1959—),男,藏族,生于四川马尔康县。中国当代著名作家,茅盾文学奖得主。主要作品有《尘埃落定》《格萨尔王》等。

坝，丽江坝。"那真是山间一个美丽的大盆地。从玉龙雪山脚下，一直向南，铺展开去。视线尽头，几座小山前，人们正在修建一座城。村庄里的木匠与石匠，正往那里出发。后来我知道，视野尽头的那些山叫象山、凤凰山，更远一点的，叫笔架山。后来我知道，那时是明代，纳西族的首领木氏家族率领百姓筑起了名扬世界的四方街。四方街筑成后，一个名叫徐霞客的远游人来了，他把玉龙雪山写进了书里，把丽江古城写进了书里，让它们的名字四处流传。

我已经奔流到了丽江坝放牧着牛羊的草甸上，我也要去四方街。

但是，眼前一黑，我就和很多水一起，跌落到地底下去了。丽江人把高山溪流跌落到地下的地方叫作落水洞。落水洞下面，是很深的黑暗。曲折的水道，安静的深潭，在充满寂静和岩石的味道的地下，我又睡去了。

我再次醒来时，时间又过去了好几百年。

我是被亮光惊醒的。我和很多水从象山脚下的黑龙潭冒出来，"咕咚"一声翻上水面，看见很多不同模样的人。黑头发的人、黄头发的人；黑眼睛的人、蓝眼睛的人。我看见了潭边的亭台楼阁，看见了花与树。我还顺着人们远眺的目光看见了玉龙雪山，它晶莹夺目地矗立在蓝天下面。潭水映照雪山，真让人目眩神迷呀。人们在桥上、在堤上，说着不同的语言。在不同的语言里，都有那个词频频出现：丽江，丽江。这时的丽江已经是一座很大的城了。城里也不是只有最初筑城的纳西人了。如今全中国全世界的人都要来丽江，看纳西古城的四方街，看玉龙雪山。

我记起了跌进落水洞前的心愿：要流过四方街。

顺着玉河，我来到了四方街前。

进城之前，一道闸口出现在前面。过去把水拦在闸前，是为了在四方街上的市集散去的黄昏，开闸放水，古城的石头街道上，水流漫溢，洗净了街道。今天，一架大水车把我扬到高处，我乘水车转轮缓缓升高，看到了古城，看到了凤凰山上苍劲的老柏树，看到了依山而起的重重房屋，看见了顺水而去的蜿蜒老街。古城的建筑就这样依止于自然，美丽了自然。

当我从水车上"哗"一声跌落下来，便又回到了玉河。在这里，我有些犹豫。因为河流将要一分为三，流过古城。作为一滴水，不可能同时从三条河中穿越同一座古城。所有的水，都在徘徊时，便被急匆匆的后来者推着前行。来不及做出选择，我就跌进了三条河中的一条，叫作中河的那一条。

我穿过了一座又一座小桥。

我经过"叮叮当当"敲打着银器的小店。经过挂着水一样碧绿的翡翠的玉器店。经过一座院子，白须垂胸的老者们，在演奏古代的音乐。经过售卖纳西族的东巴象形文字的字画店，我想停下来看看东巴文的"水"字是怎样的写法。但我停不下来，没有看见。我确实想停下来，想被掺入砚池中，被醮到笔尖，被写成东巴象形文的"水"，挂在店中，那样来自全世界的人都能看见我了。在又一座桥边，一个浇花人把手中的大壶没进了渠中。我立即投身进去，让这个浇花的妇人，把我带进了纳西人三坊一照壁的院子。院子里，兰花在盛开。浇花时，我落在了一朵香气隐约的兰花上。我看到了，楼下正屋，主人一家在闲话。楼上回廊，寄居的游客端着相机在眺望远山。楼上的客人和楼下的主人大声交谈，客人问主人当地的掌故，主人问客人远方的情形。太阳出来了，我怕被迅速蒸发，借一阵微风跳下花朵，正好跳回浇花壶中。

黄昏时，主人再去打水浇花时，我又回到了穿城而过的水流之中。这时，古城五彩的灯光把渠水辉映得五彩斑斓。游客聚集的茶楼酒吧中，传来人们的欢笑与歌唱。即便是寂静时分，他们内心也很是喧哗。在这里，他们尽情欢歌，夜凉如水，他们的心像一滴水一样晶莹。

好像是因为那些鼓点的催动，水流得越来越快。很快，我就和更多的水一起出了古城，来到了城外的果园和田地里。一些露珠从树叶上落下，加入了我们。然后，我们在宽广的丽江坝中流淌，穿越大地时，头顶上是满天星光。一些薄云掠过月亮时，就像丽江古城中，一个银匠正在擦拭一只硕大的银盘。

黎明时分，作为一滴水，我来到了喧腾奔流的金沙江边，我跃入江流，奔向大海。我知道，作为一滴水，我终于以水的方式走过了丽江。

野店

臧克家

饭店，旅社，这样的名词一提上口，立刻涌上心来的是新式的华贵，如果换个野店，便是另一种情趣被唤起来了。像山村老翁头上的发辫，像被潮流冲空的古岸，时代至今还把野店留个残败的影子。

虽然说是野店，它所依傍的却是大道。几间茅草小屋，炕占去了房间的大半，留下火镰宽的一点儿空隙好预备你上下炕。这儿是大同世界，人们不问山南海北都挤在一起，各人向着同伴谈论着，说笑着，没有"莫谈国事"的禁条贴在头上，他们可以随便放浪地吐泄，东家的鸡西邻的狗是要谈的，日本鬼子也是一个题目，因为他们中间就有许多人是从东三省被迫回来的，一个小被卷儿是他们全部的财产。

房间少了，得想个法子安插客人，吊铺便像都市的楼房一

臧克家（1905—2004），男，山东诸城人。中国现实主义新诗代表诗人之一。主要作品有《烙印》《罪恶的黑手》《泥土的歌》等。

样悬到半空了,在上面睡的人可以略省一点儿钱。照例,店里得有马棚,大门口竖一两根柱子,等到轿车、两把手车或小车,载着什么人从远处奔来——前面打着红布旒的是新嫁娘,要不就是青春的走亲戚的妇女,痴胖可笑、油光照人的是买卖家。店家小伙计见车子近了,像熟主顾似的几步抢上前去替人家卸牲口,把毛驴或是骡马牵到马棚里去,它们一点儿不认生地随着他,用尾巴打打后身,咴儿咴儿几声表示疲倦。

这是上等客,如果是住宿的话,单间屋得给他们特别预备。客人刚把倦极的身子投到炕上,小伙计肩上搭一块破黑烂布便进来了,要是擦脸,他便立刻把一小泥盆水端到你脸前,要肥皂、要一条白手巾是太奢望的事。

"先生们做个什么饭吃?"这回该他问你了。

"有什么?"

"有大饼,有猪肉炒白菜,有熟鸡子。"如果你接着再问一句:"还有什么?"那小伙计一定会闭起嘴来。愿意喝好茶的话得特别声明,所谓好茶也不过是几个铜板一两的"大红袍",一毛一两的贡尖儿这儿不下货。

等茶喝,你得要有耐性。白水有大铁锅煮,冲茶可不行。一根一根的草对着一把洋铁壶底挑着燎,你如果不是一个趣味主义者,时节再是炎夏,你一定等得舌尖儿上生刺,还要跑到外面去避一避这辣眼的浓烟。

晚上,任你一落太阳就躺下,敢保你不会一沾席就如愿地变成一块泥。夏天的蚊子、臭虫,冬天的虱子和跳蚤最喜欢和客人开玩笑,哼哼着叫你清醒地享受一个客夜,身上留点儿伤痕做一个追忆的记号。还有马棚的牲口也怕主人误了行程,半夜里叫一阵,用蹄子打地咚咚的一阵。当睡梦将要占有了你的黎明的那一刻,店门哐隆一声。接着小伙计的脚步有动静了,一睁眼,微白的曙色使你再也蒙眬不得了。套上车子,披一身星光,冒着晨风,朝曦把你引上了征途。

"鸡声茅店月,人迹板桥霜。"回头望望这一副大红门联。意味够长呢。

门口一个破席凉棚撑着夏天的太阳,为着什么东西奔跑的行人走在这串着天涯和故乡的热土的道上,望着这凉棚像沙漠中的人望见了绿洲。三步并成一步赶上来,卸下身上的负担,扪下沾着汗水的檐溜般的布眼罩,坐在一条长凳上用草帽或是手巾扇风。几碗半冷的残色的茶水浇下去,汗马上从身上涌出来,各人身上背着一身花疏的阴凉。设若有一个像蒲留仙一样的人物,夹在这杂色的队伍里,每个人借给他一把蕉叶,那么一部《新聊斋志异》会很快地集起来。

这些人,像"未有哇"(蝉的一种,在树上只有片刻的居留)一般,在这儿留一个脚印,便飞鸿似的去了,没有留恋,没有感伤,在未来的时候,他们也没想到会在这儿挂这一翅膀。水不能白喝,临走总得留下几个钱,百儿八十是他,三百二百也是他,主人不会嫌太少,伙计也不会说一声"谢谢"。但当你起身以后,"再来!"这一句淡淡的话,每回是不会疏忽的。

野店的常主顾是车伙子。他们到远一点儿的地方去运货贩卖,去的时候带着本乡的土产。这些车子往往成群成帮,队伍展得老长,道上的一帆尘土是他们的旗号。一走近了店门口,他们把车子一插,用披布擦去了脸上的汗,弓着腰很自然地踏入了店门。因为太熟,照例有称号,姓王的是王大哥,姓李的是李二哥。小伙计牵牲口倒水忙乱一气,坐一会儿,叫一袋旱烟把粗气压下,饭上来了。半斤一张的大饼,包着大块肥肉的包子,再要几头大蒜,一块还没腌变色的老白菜帮子,吃起来有点儿可怕。不,不能说吃,应是说吞。看那个劲儿,饼如果是铁的,肚子一定变成熔炉。饭后为了消暑,走到水瓮边去,捧着大瓢的生水往下灌,声音咚咚的可以听好几步远。"掌柜的算账!"这是一闭眼的午睡醒来后的第一句话。外边算盘珠一阵响,几吊几百几十几,小伙计一口喊出来。接着是查铜子的声音,主人一把将钱接到手里,含着笑走到财神位前,不远不近向大粗竹筒内一掷,哗……啦啦……果真是钱龙汇海了。

这些老主顾来到店里若是逢着佳节——端阳、中秋、元宵,不用开口,半壶白干,四样小菜碟便送到眼前了。喝了不够,还可以再开一回口。不打钱,这算主人的一点儿小意思,不要看这是小节,主人的大量与吝啬往往是客人去留的关键。谁不愿用百年不遇的一壶酒去做招徕的幌子?

秋天，连绵的阴雨把一个远道的客人困在野店里，白天黑夜分不开界限。客人闷闷地用睡眠打发日子，风挟着雨丝打进纸窗来，卧着，从眼缝里闪进来一片阴暗，粗人就算是不善于愁，一只孤鸿也难免凄凉。等着，客人胸中灼火地等着，等到雨丝一断，也是第一个把脚印印在泥上的人。野店被撇在身后像撇了一个无情的女人。

时间把什么都变了。有了汽车转眼可以百里，"古道西风瘦马"的趣味算完了，野店的客人因此减少了。加以年头不对，关东客全成了穷鬼，向四方逃难的倒很多，然而他们走店来顶好不过喝一壶白开。野店是诗意的，然而今日的野店成了时代头顶残留的一条辫子了。

莲池老人

贾大山

庙后街,是县城里最清静的地方,最美丽的地方。那里有一座寺院,寺院的山门殿宇早坍塌了,留得几处石碑,几棵松树。那些松树又高又秃,树顶上蟠着几枝墨绿,气象苍古。寺院的西南两面是个池塘,清清的水面上,有鸭,有鹅,有荷。池塘南岸的一块石头上,常有一位老人抱膝而坐,也像是这里的一个景物似的。

寺院虽破,里面可有一件要紧的东西:钟楼。那是唐代遗物,青瓦重檐,两层楼阁,楼上吊着一只巨大的铜钟。据说,唐代的钟楼,全国只有四个半了,可谓吉光片羽,弥足珍贵。只是年代久了,墙皮酥裂,木件糟朽,瓦垄里生满枯草和瓦松。若有人走近它,那位老人就会隔着池塘喝喊一声:"喂——不要上去,危险……"

贾大山(1942—1997),男,河北正定人。中国当代著名作家。曾获全国优秀短篇小说奖。主要作品《取经》《花市》《村戏》等。

老人很有一些年纪了，头顶秃亮，眉毛胡子雪一样白，嗓音却很雄壮。原来我不知道他是干什么的，后来文物保管所的所长告诉我，他是看钟楼的，姓杨，名莲池。1956 年春天，文保所成立不久，就雇了他，每月 4 元钱的补助，一直看到现在。

我喜欢文物，工作不忙时，常到那寺院里散心。有一天，我顺着池塘的坡岸走过去说："老人家，辛苦了。"

"不辛苦，天天歇着。"

"今年高寿了？"

"谁晓得，活糊涂了，记不清楚了。"

聊了一会儿，我们就熟了，并且谈得很投机。

老人单身独居，老伴儿早故去了，两个儿子供养着他。他的生活很简单，一日三餐，五谷为粮，有米面吃就行。两个儿子都是菜农，可他又在自己的院里种了一畦白菜、一畦萝卜，栽了一沟大葱。除了收拾菜畦子，他天天坐在池边的石头上，看天上的鸽子，看水中的荷叶，有时也拿着工具到寺里去，清除那里的杂草、狗粪——这项劳动也在那 4 元钱当中。

他不爱说话，可是一开口，便有自己的道理，很有趣味的。中秋节前的一天晚上，我和所长去看他，见他一人坐在院里，很是寂寞。我说："老人家，买台电视看吧。"

"不买，太贵。"

"买台黑白的，黑白的便宜。"

"钱不够。"

"差多少，我们借给你。"

"不买。"他说，"那是玩具。钱凑手呢，买一台看看，那是我玩它；要是为了买它，借债还债，那就是它玩我了。"

我和所长都笑了，他也笑了。

那天晚上，月色很好，他的精神也很好，不住地说话。他记得那座寺院当年有几尊罗汉、几尊菩萨，现在有几座石碑、几棵树，甚至记得钟楼上面住着几窝鸽子。秋夜天凉,我让他去披件衣服。他刚走到屋门口,突然站住了,屏息一听,走到门外去,朝着钟楼一望两望,放声喊起来:"喂——下来,哪里玩不得呀,偏要上楼去,踩坏我一片瓦,饶不了你……"喊声未落,只见一物状似狗,腾空一跃,从钟楼的瓦檐上跳到一户人家的屋顶上去了。我好奇怪,月色虽好,但是毕竟隔着一个池塘,他怎么知道那野物上了钟楼呢?他说他的眼睛好使,耳朵也好使,他说他有"功夫"。

我不知道这是一种什么"功夫"。他在池边坐久了,也许是那清风明月、水汽荷香,净了他一双眼睛、两只耳朵吧。

可是有一天,我忽然发现他死了。那是正月初三的上午,我到城外给父亲上坟的时候,看见一棵小树下添了一个新坟头。坟头很小,坟前立了一块砖,上写:"杨莲池之墓"。字很端正,像用白灰写的。我望着他的坟头,感到太突然了,心里想着他生前的一些好处,就从送给父亲的冥钱里匀了一点儿,给他烧化了……

当天下午,我怀着沉痛的心情,想再看看他的院落。我一进门,不由吃了一惊,他的屋里充满了欢笑声。推门一看,只见几位白发老人,有的坐在炕上,有的蹲在地下,正听他讲养生的道理。他慢慢念着一首歌谣,他念一句,大家拍手附和一声:"吃饭少一口。"

"对!"

"饭后百步走。"

"对!"

"心里无挂碍。"

"对!"

"老伴长得丑。"

老人们哈哈笑了,快乐如儿童。我傻了似的看着他说:"你不是死了吗?"

老人们怔住了,他也怔住了。

"我在你的坟上,已烧过纸钱了!"

"哎呀,白让你破费了!"

他仰面笑了，笑得十分快活。他说那是去年冬天，他到城外拾柴火，看中那块地方了。那里僻静,树木也多,一朝合了眼睛,就想"住"到那里去。他见那里的坟头越来越多,怕没了自己的地方,就先堆了一个。老人们听了,扑哧笑了,一起指着他,批判他："好哇，抢占宅基地！"

　　天暖了，他又在池边抱膝而坐，看天上的鸽子，看水中的荷叶……

　　有人走近钟楼，他就喝喊一声："喂——不要上去，危险……"

　　他像一个雕像，一首古诗，点缀着这里的风景，清凉着这里的空气。

　　清明节，我给父亲扫墓，发现他的"坟头"没有了，当天就去问他：

　　"你的'坟头'呢？"

　　"平了。"

　　"怎么又平了？"

　　"那也是个挂碍。"他说，"心里挂碍多了，就把'功夫'破了，工作就做不好了。"

猫冢

宗璞

10月份我到南方转了一圈,成功地逃避了气管炎和哮喘——那在去年是发作得极剧烈的。月初回到家里,满眼已是初冬的景色。小径上的落叶厚厚一层,树上倒是光秃秃的了。风庐屋舍依旧,房中父母遗像依旧,我觉得一切似乎平安,和我们离开时差不多。

见过了家人以后,觉得还少了什么。少的是家中另外两个成员——两只猫。"媚儿和小花呢?"我和仲同时发问。

家人回答说:"它们出去玩了,吃饭时会回来。"午饭之后是晚饭,猫儿还不露面。晚饭后全家在电视机前小坐,照例是少不了两只猫的。媚儿常坐在沙发扶手上,小花则常蹲在地上,若有所思地望着我,我总是和它说话,问它要什么,一天过得好不好。它以打哈欠来回答。有时它试图坐到我膝上来,有时

宗璞(1928—),女,原名冯钟璞,生于北京。中国当代著名作家。曾获茅盾文学奖和全国优秀短篇小说奖。主要作品有《红豆》《弦上的梦》《紫藤萝瀑布》等。

则看看门外，那就得给它开门。

可这一天它们没有出现。

"小花，小花，快回家！"我开了门灯，站在院中大声召唤。因为有个院子，屋里屋外，猫儿来去自由，平常晚上我也常常这样叫它。叫过几分钟后，一个白白圆圆的影子便会从黑暗里浮出来，有时快步跳上台阶，有时走两步停一停，似乎是在闹着玩。有时我大开着门它却不进来，忽然跳着抓小飞虫去了，那我就不等它，自己关门。一会儿再去看时，它坐在台阶上，一脸期待的表情，等着开门。

小花被家人认为是我的猫。叫它回家是我的差事，别人叫，它是不理的，仲因为给它洗澡，和它隔阂最深。一次仲叫它回家，越叫它越往外走，走到院子的栅栏门了，忽然回头，见我出来站在屋门前，它立刻转身飞箭似的跑到我身旁。没有衡量，没有考虑，只有天大的信任。

对于这样的信任我有些歉然，因为有时我也不得不哄骗它，骗它在家等着，等到的却是洗澡。可它似乎认定了什么，永不变心，总是坐在我的脚边，或睡在我的椅子上。再叫它，它还是高兴地回家。

可是现在，无论我怎么叫，只有风从树枝间吹过，好不凄冷。

20世纪70年代初，一只雪白的、蓝眼睛的狮子猫来到我家，我们叫它狮子，它活了5岁，在人来讲是30多岁，正在壮年。它是被人用鸟枪打死的。当时它刚生过一窝小猫，好的送人了，只剩一只长毛三色猫，我们便留下了，叫它花花。花花5岁时生了媚儿，因为好看，没有舍得送人。花花10岁左右时，生了另一只小猫也没有送出。也是深秋时分，花花病了，不肯在家，曾回来有气无力地叫了几声，用它那妩媚温顺的眼光看着人，那便是它的告别了。后来花花忽然就不见了。猫不肯死在自己家里，怕给人添麻烦。

孤儿小猫就是小花，它是一只非常敏感，有些神经质的猫，非常注意人的脸色，非常怕生人。它基本上是白猫，头顶、脊背各有一块乌亮的黑，还有尾巴是黑的。它的尾巴常蓬松地竖起，如一面旗帜，招展得很有表情。它的眼睛略呈绿色，目光中常有一种若有所思的神情。我常常抚摸它，对它说话，觉得它不知什么时候就会回答。若是它忽然开口讲话，我一点儿不会奇怪。

小花有些狡猾，心眼儿多，还会使坏。一次我不在家，它要仲给它开门，仲不理它，只管自己坐着看书。它忽然纵身跳到仲的膝上，极为利落地撒了一泡尿，仲连忙站起时，它已方便完毕，躲到一个角落去了。"连猫都斗不过"成了仲的一个话柄。

小花也是很勇敢的，有时和邻家的猫小白或小胖打架，背上的毛竖起，发出和小身躯全不相称的吼声。"小花又在保家卫国了。"我们说。它不准邻家的猫践踏草地。猫儿们的界限是很分明的，邻家的猫儿也不欢迎客人。但是小花和媚儿极为友好地相处，从未有过纠纷。

媚儿比小花大4岁，今年已快9岁，有些老态龙钟了。它浑身雪白，毛极细软柔密，两只耳朵和尾巴是一种娇嫩的黄色。小时可爱极了，所以得"媚儿"之名。它不像小花那样敏感，看上去有点儿傻乎乎的。它曾两次重病，都是仲以极大的耐心带它去小动物门诊，给它打针服药，终得痊愈。两只猫洗澡时都要放声怪叫。媚儿叫时，小花东藏西躲，想逃之夭夭。小花叫时，媚儿不但不逃，反而跑过来，想助小花一臂之力，其憨厚如此。它们从来都用一个盘子吃饭。小花小时，媚儿常让它先吃。小花长大，就常让媚儿先吃。有时一起吃，也都注意谦让。我不免自夸几句："不要说郑康成婢能诵毛诗，看看咱们家的猫！"

可它们不见了！两只漂亮的、各具性格的、懂事的猫儿，你们怎样了？

据说我们离家后的几天中，小花在屋里大声叫，所有的柜子都要打开看。给它开门，又不出去。之后就常在外面，回来的时间少。再以后就不见了，带着爱睡觉的媚儿一起不见了。

"到底是哪天不见的？"我们追问。

都说不清，反正好几天没有回来了。我们心里沉沉的，找回的希望很小了。

"小花，小花，快回家！"我的召唤在冷风中向四面八方散去。

没有回音。

猫其实不仅是供人玩赏的宠物，它对人也是有帮助的。我从来没有住过新造的房子，旧房就总有鼠患。在城内洒兹府居住时，老鼠大如半岁的猫，满屋乱窜，实在令人厌恶，抱回一只小猫，就平静多了。风庐中鼠洞很多，鼠们出没自由。如有几个月无猫，它们就会偷粮食，啃书本，坏事做尽。若有猫在，它不用费力去捉老鼠，只要坐着，甚至睡着喵呜几声，鼠们就会望风而逃。一次父亲和我还据此讨论了半天"天敌"两字。猫是鼠的天敌，它就有灭鼠的威风！驱逐了鼠的骚扰，面对猫的温柔娇媚，我们感到平静安详，赏心悦目，这多么好！猫实在是人的可爱而有益的朋友。

小花和媚儿的毛都很长，很光亮。看惯了，偶然见到紧毛猫，总觉得它没穿衣服。但长毛也有麻烦处，它们好像一年四季都在掉毛，又不肯在指定的地点活动，以致家里到处是猫毛。有朋友来，小坐片刻，走时一身都是猫毛，主人不免尴尬。

一周过去了，没有踪影，也许有人看上了它们那身毛皮。亲爱的小花和媚儿，你们究竟遇到了什么？

我们曾将狮子葬在院门内的枫树下，大概早融在春来绿如翠、秋至红如丹的树叶中了。狮子的儿孙们也一代又一代地去了，它们虽没有葬在家内，也各自到了生命的尽头。"前不见古人，后不见来者"，生命只有这么有限的一段，多么短促。我亲眼看见猫儿三代的逝去，是否在冥冥中，也有什么力量在看着我们一代又一代地消逝呢？

断崖

[日本]德富芦花

从某小祠到某渔村有一条小道。路上有一处断崖。其间二百多丈长的羊肠小径,从绝壁边通过。上是悬崖,下是大海。行人稍有一步之差,便会从数十丈高的绝壁上翻落到海里,被海里的岩石撞碎头颅,被乱如女鬼头发的海藻缠住手脚。身子一旦堕入冰冷的深潭,就会浑身麻木,默默死去,无人知晓。

断崖,断崖,人生处处多断崖!

1

某年某月某日,有两个人站在这绝壁边的小道上。

后边的是"他"。他是我的朋友,竹马之友——也是我的敌人,不共戴天之敌。

他和我同乡,生于同年同月,共同荡一只秋千,共同读一

德富芦花(1868—1927),男,日本小说家、散文家。主要作品有《不如归》《自然与人生》《黑潮》等,其中《自然与人生》是日本近代随笔文学代表作。

所小学，共同争夺一位少女。起初，我们是朋友，更是兄弟，不，比兄弟还亲。而今却变成仇敌——不共戴天的仇敌。

他成功了，我失败了。

同样的马，从同一个起跑线上出发，是因为足力不同吗？一旦奔跑起来，那匹马落后了，这匹马前进了。有的偏离跑道，越出了范围，有的摔倒在地。真正平安无事跑到前头，获得优胜的是极少数。人生也是这样。

在人生的赛马场上，他成功了，我失败了。

他踏着坦荡的路，获取了现今的地位。他的家丰盈富足，他的父母疼爱他。他从小学经初中、高中、大学，又考取了研究生，取得了博士学位。他有了地位，得到了官职，聚敛了许多的财富。而财富往往使人赢得通常难以到手的名誉。

当他沿着成功的阶梯攀登的时候，我却顺着失败的阶梯下滑。家中的财富在一个时候失掉了，父母不久也相继去世。年龄未到 13 岁，就只得独立生活了。然而，我有一个不朽的欲念，我要努力奋斗，自强不息。可是正当我临近毕业的时候，剥蚀我生命的肺病突然袭上身来。一位好心肠的外国人可怜我，在他回国时，把我带到那个气候和暖、空气清新的国家去了，我的病状逐渐减轻。我在这位恩人的监督下，准备功课打算报考大学，谁知恩人突然得急症死了。于是我孑然一身，漂泊异乡。我屈身去做佣人，挣了钱想寻个求学的地方。这时，病又犯了，只得返回故国。在走投无路、欲死未死的当儿，又找到了一条活路。我做了一名翻译，跟着一个外国人，来到海水浴场，而且同 20 年前的他相遇了。

20 年前，我俩在小学的大门前分手，20 年后再度相逢。他成了明治天下一名地位显赫的要人，而我还是一名半死不活的翻译。20 年的岁月，把他捧上成功的宝座，把我推进失败的深渊。我能心悦诚服吗？

成功能把一切都变成金钱。失败者低垂的头颅尽遭蹂躏。胜利者的一举一动都被称为美德。他以未曾忘记故旧而自诩，对我以"你"相称，谈起往事乐呵呵的，一旦提到新鲜事，就说一声"对不起"，但是他却显得扬扬自得,满脸挂着轻蔑的神色。我能心悦诚服吗?

我被邀请去参观他的避暑住居。他儿女满堂,夫人出来行礼,长得如花似玉。谁能想到这就是我同他当年争夺的那位少女。我能心悦诚服吗?

不幸虽是命中注定,但背负着不幸的包袱这是容易的吗?不实现志愿决不止息。未成家,未成名,孤影飘零,将半死不活的身子寄于人世,即使是命中注定,我也不甘休。然而现在我的前边站着他。我记得过去的他,我看到他在嘲笑如今的我。我使自己背上了包袱,他在嘲笑这样的包袱。怒骂可以忍受,冷笑无法忍受。天在对我冷笑,他在对我冷笑。

不是说天是有情的吗?我心中怎能不愤怒呢?

2

某月某日,他和我站在绝壁的道路上。

他在前,我在后,相距只有两步。他在饶舌,我在沉默。他甩着肥胖的肩膀走着,我拖着枯瘦的身体一步一步喘息、咳嗽。

我的眼睛不由自主向绝壁下面张望。断崖十仞,碧潭百尺。只要动一下指头,壁上的人就会化作潭底的"鬼"。

我掉转头,眼睛依然望着潭下。我终于冷笑了,瞧着他那宽阔的背,一直凝视着,一直冷笑着。

突然一阵响动,一声惊叫进入我的耳孔,他的身子已经滑下崖头。为了不使自己坠落下去,他拼命抓住一把茅草。手虽然抓住了茅草,身子却悬在空中。

"你!"

就在这一秒之内,他那苍白的脸上,骤然掠过恐怖、失望和哀怨之情。

就在这一秒之内,我站在绝壁之上,心中顿时涌起过去和未来复仇的快感、同情。各种复杂的情绪在心中搏击着。

我俯视着他,伫立不动。

"你!"他哀叫着拽住那把茅草。茅草发出沙沙的响声,根眼看要被拔掉了。

刹那之间，我趴在绝壁的小道上，顾不得病弱的身子，鼓足力气把他拖了上来。

我面红耳赤，他脸色苍白。一分钟后，我俩相向站在绝壁之上。

他怅然若失地站了片刻，伸出血淋淋的手同我相握。

我缩回手来，抚摸一下剧烈跳动的胸口，站起身来，又瞧了瞧颤抖的手。

得救的，是他，不是我吗？

我再一次凝视着自己的手。

3

翌日，我独自站在绝壁的道路上，感谢上天，是它搭救了我。

断崖十仞，碧潭百尺。

啊，昨天我曾经站在这座断崖之上吗？这难道不就是我一生的断崖吗？

看人

贾平凹

在街头看人的风景,实在是百看不厌。

初入城市的乡民怎样于路心张望,而茫然不知往哪里去,警察的指手画脚,小偷制造拥挤,什么是悠闲,什么是匆忙,盲人行走,不舍昼夜,醉汉说话,唯其独醒。

你一时犯愁了,这些人都在街头干什么,天黑了都会到哪儿去,怎么就没有走错地方而是回到自己家里?如果这时候一声令下,一切停止,凝固的将是怎样的姿势和怎样的表情?突然发生地震,又都会怎样地各自逃命?

每个人都是有父亲和母亲的,街头的人流,几十年前,同样流过的是这些人的父母吗?几十年后,流过的又是这些人的儿女吗?如若不是这样,人死了会变成鬼,鬼仍活在这个世上,那么一代代人死去仍在,活着的继续生出,街头该是多么的水

贾平凹(1952—),男,陕西丹凤人。中国当代著名作家。曾获茅盾文学奖、法国费米娜文学奖。主要作品有《废都》《秦腔》《古炉》等。

泄不通啊！

　　世界上有什么比街头更丰富呢，有什么比街头更让你奇思妙想呢？

　　在地铁入口，在立交桥头，人的脑袋如开水锅冒出的水泡，咕噜咕噜地全涌上来；蹴下来，平视着街面，各式各样的鞋脚在起落。人的脑袋冒出，你疑惑了他们的来自另一个世界的神秘。鞋脚起落，你恐怖了他们来到这个世界要走出什么样的方阵。芸芸众生，众生芸芸，这其中有多少伟人、科学家、哲学家、艺术家、文学家，到底哪一个是，哪一个将来是？你就对所有人敬畏了，于是自然而然想起了佛教上的法门之说，认识到将军也好，小偷也好，哲学家也好，暗娼也好，他们都是以各自的生存方式在体验人生，你就一时消灭了等级差别、丑美界限，而静虚平和地对待一切了。

　　进入这样的境界，你突然笑起来了："我怎么就在这里看人呢？那街头的别人不是也在看我吗？"

　　于是，你看着正看你的人，你们会心点头，甚至有了羞涩，都仰头看天，竟会看到天上正有一个看着你我的上帝。上帝无言，冷眼看世上忙人。到了这时，你的境界再次升华，恍惚间你就是上帝，在看这一切，你领悟到人活着是多么无聊又多么有意义，人世间是多么简单又多么复杂。

　　这样，在街头上看一回人的风景，犹如读一本历史书、一本哲学书，你从此看问题，办事情，心胸就不那么窄了，目光就不那么短了，不会为蝇头小利去钩心斗角，不会因一时荣辱而狂妄和消沉。人既然如蚂蚁一样来到世上，忽生忽死，忽聚忽散，短短的数十年里，该自在就自在吧，该潇洒就潇洒吧，各自完成自己的一段生命，这就是生存的全部意义了。

晒月亮

池莉

常熟有一座山，叫作虞山。虞山有一座寺，叫作兴福寺。兴福寺有年纪，大约一千五百来岁。寺内山坡上有一片竹林。竹林里有一条曲径。曲径因为一首唐人的诗歌而出名。这首诗歌到现在还非常流行。我曾经好几次听见父母们教导幼儿背诵这首唐诗，有一次是在麦当劳快餐厅。这首诗歌我也记得，便是唐人常建的："清晨入古寺，初日照高林。曲径通幽处，禅房花木深。山光悦鸟性，潭影空人心。万籁此都寂，但余钟磬音。"字是宋人米芾写的。米芾是出了名的任性和疯狂，有洁癖，好奇装异服。性情渗透在他的字里，诡异又憨厚、漂亮！今年四月的一天，我就住在这首美丽的诗歌里面。清早起床，推开房门就是竹林。走在竹林的曲径上，梳着头发。根根发丝都飘向远方：唐朝和宋朝。美丽的东西是横截面，一旦美丽便永远美丽。

池莉（1957— ），女，湖北武汉人。中国当代著名作家。曾获鲁迅文学奖。著作有《烦恼人生》《来来往往》《生活秀》等。

兴福寺的茶是兴福寺的。沏茶的水也是兴福寺的泉水。水杯是一般常见的玻璃杯。水瓶也是一般常见的塑料外壳的水瓶。水瓶上用油漆写了号码。油漆已经斑驳，暗中透着沧桑。不知沏了多少杯茶了！我这个不喝茶的人，破例喝茶了。一杯接着一杯。没有别的原因，就是因为茶水香气扑鼻。无须精致的茶具烘托和引导，这是一种明明白白的清澈和香甜。生活中有时候去掉刻意讲究的形式，内容会更好。

入夜，听慧云法师讲经。古老的寺庙，偏偏有年轻的小当家。二十来岁的慧云法师，相貌还没有彻底脱去男孩子的虎气，谈吐却已经非常圆熟老道，可以举重若轻地引领我们前行。我当然是想有所进步的。我努力了，但不知进步了没有，这就需要过一段时间才能够证明。可以肯定的是，想进步总比不思进取的好，努力了总比不努力的好。至少努力是一种健康的姿态。

深夜，我在寺内漫步。看风中低语的古树。看树叶滑落潭水。看青苔暗侵石阶。看夜鸟巢穴梦呓。看老藤椅疑惑深夜的寂寞。看时间失去嘀嗒嘀嗒的声音。看僧人们的睡眠呈现一种寺庙独有的静寂。看细细的茸毛在皮肤上悄悄生长，色泽因此变得柔和。看身体的条条曲线向着灵魂蜿蜒，欲念因此变得清晰。你的眼睛里面有我的眼睛。你的笑意包含我的笑意。你的心情可以覆盖我的心情。朋友们和我自己，都变得透明和简单。所有的牙齿，都曾经被烟垢污染，不记得何时有过今夜的灿烂。一笑，就有贝光闪烁。这就是兴福寺的月亮！

兴福寺的月亮是唯一的月亮。因为它有兴福寺提供的一切人文环境。有兴福寺的院墙作为我们获得某种特定感受的保障。兴福寺的月亮不是单纯的月亮。我越来越不需要单纯的东西。我已经是成年人。我在新疆看见过又大又圆、清澈如水的月亮，可它的背景是沙漠。那种月亮适合失恋少女、行吟诗人、科研工作者和深为声名富贵所累的成功者。而我，还是要等待机会和缘分，再去兴福寺住几日。到了晚上，就出来晒月亮。

太阳的话

[日本]岛崎藤村

"早上好!"

我向太阳隐身的地方致意。没有回答。今天仍旧是太阳隐居的日子。

让我在这里写下一点儿自己记忆中的事吧。我第一次发现太阳的美,并不是在日出的瞬间,而是在日落的时刻。那时我已经是十八岁的青年了。当时在我的周围,虽然也有人教给我对大自然的很淡然的爱,但是没有人指示我说:"你看那太阳。"我在高轮御殿山的树林中发现了正在沉落的夕阳,为了分享那从未有过的惊奇与喜悦,我发狂似的向一起来游山的朋友跑去。我和朋友二人眺望着日落的美景,在那里站立了许久许久。那时充满在我胸中的惊奇与欢乐,至今仍旧难以忘怀。

然而,更使我难以忘怀的乃是我第一次感受到太阳在我的

岛崎藤村(1872—1943),男,日本著名诗人、小说家。其诗集《嫩菜集》开创了日本现代诗歌的新境界。另有作品《千曲川素描》《破戒》等。

精神内部升起的时候。我在青年时代的生活颇多坎坷不平,时时与艰难为伴。在漫长而暗淡的岁月里,我连太阳的笑脸也不曾仰望过。偶尔映入我眼里的,不过是没有温度,没有味道,没有生气,只是朝从东方出,夕由西天落的红色、孤独的圆轮。在二十五岁的青年时代,我感到寂寞无聊而去仙台旅行,就是从那时开始,我懂得了自己的生命内部也有太阳升起的时刻。

阳光的饥饿——我渴求阳光的愿望本是极其强烈的。但是,在似亮非亮的暗淡笼罩的日子里,我也曾非常失望过。我也曾几次失去了太阳,甚至连渴求太阳的愿望也时而变得淡漠。太阳远离我而存在,在我的眼里,它的面容永远是毫无意义的,悲哀痛苦的。

然而,曾一度懂得在自己的生命内部也会有太阳升起之时的我,几经彷徨后,又回归到等待黎明的心境。无论是在每年冬季要持续五个月之久的信浓山区,还是在好似处女地的东京郊外的田野,或是在便于观察那城镇上空日出的隅田川的岸边,我一直在翘盼着天明。不仅如此,在漫长的岁月里,我也曾沦为异邦的旅人。在那时,无论从宛若紫色泥土般的遥远的海上,无论从看上去如同梦境一样流泻着蓝色磷光的热带地区的水波之间,也无论是在如冰的石建筑鳞次栉比、林荫树凄冷昏黑、万物仿佛全部都冻结了似的寒冷的异乡街头,我仍然在固执地盼着天明,甚至在梦中思念着遥远的日出,踏着朝霞向故乡迢迢归来。

我等待了三十多年。恐怕我的一生就要在这样的等待中度过了。然而,谁都可以拥有太阳。我们的当务之急不仅仅是要追赶眼前的太阳,更重要的是要高高地举起自己生命内部的太阳。这种想法与日俱增,在我年轻的心灵中深深地扎下了根。

现在我所想象的太阳,已经到了古稀高龄。仅就我记忆中的,自物心相合以后的太阳的年龄,如今已经是五十有三。如果加上我无从记得的从前的年龄,那么太阳是怎样一位长寿的老人,则是无论如何也无法知晓的。

人若到了五十有三的年龄,不衰老者极为少见。头发逐年变白,牙齿先后脱落,视力也日渐减弱。曾经红润的双颊,变得就像古老的岩壁一样,刻上了层层皱纹,皮肤上甚至还有如同地衣一样的斑点。许多亲密的人相继去世,不可思议的疾病与晚年的孤独,在等待着人们。与人的如此软弱无力相比,太阳的生命力实在是难以估量的。看它那无休无止的飞翔、腾跃,以及每夜沉落不久后又放射出红色朝霞的生气!真正拥有丰富的老年,除太阳之外,更有何者?然而,在这个世上,最古老的就是最年轻的,这个道理深深地震动着我的心灵。

"早上好!"

我再一次致意。仍旧没有回答。然而我已经到了这样的年龄,而且感觉到了自己内部的太阳正在醒来,因此我坚信:黎明一定会在不远的将来光临。

水

[法国]弗朗西斯·蓬热

水在比我低的地方,永远如此。我凝视它的时候,总要垂下眼睛,好像凝视地面的组成部分、地面的坎坷。

它无色,无光,无形状,消极但固执于它唯一的癖性:重力。为了满足这种癖性,它掌握非凡的本领:兜绕、穿越、浸蚀、渗透。

这种癖好对它自己也起作用:它崩坍不已,形影不固,唯知卑躬屈膝,死尸一样俯伏在地上,就像某些修士会的僧侣。永远到更低的地方去,这仿佛是它的座右铭。

由于水对自身重力唯命是从这种歇斯底里的需要,由于重力像根深蒂固的观念支配着它,我们可以说水是疯狂的。

自然,世界万物都有这种需要,无论何时何地,这种需要都要得到满足。例如这个衣橱,它固执地附着于地面,一旦这

弗朗西斯·蓬热(1899—1988),男,法国著名诗人、评论家。曾获法国文学艺术家协会的文学大奖。著作有《12篇短文集》《物象录》《诗歌全集》等。

种平衡遭到破坏，它宁愿毁灭也不愿违背自己的意愿。

可是，在某种程度上，它也作弄重力，藐视重力，并非它的每个部分都毁灭，例如衣橱上的花饰、线脚。它有一种维护自身个性和形式的力量。

按照定义，液体意味着宁可服从于重力而不愿保持形状，意味着拒绝任何形状而服从于重力。由于这个根深蒂固的观念，由于这种病态的顾忌，它把仪态丧失殆尽。这种痴癖使它奔腾或者滞留；使它萎靡或者凶猛，凶猛得所向披靡；使它诡谲、迂回、无孔不入，结果人们能够随心所欲地利用它，用管道把它引导到别处，然后让它垂直地向上飞喷，目的是欣赏它落下来变成霏霏细雨，变成一个真正的奴隶。

水从我手中溜走，从我指间滑掉，但也不尽然。它甚至不那么干脆利落（与蜥蜴或青蛙相比），我手上总留下痕迹、湿渍，要较长的时间才能挥发或者揩干。它从我手中溜掉了，可是又在我身上留下痕迹，对此我无可奈何。

水是不安分的，最轻微的倾斜都会使它发生运动。下楼梯时，它并起双脚往下跳。它是愉快而温婉的，你只要改变这边的坡度，它就应召而来。

山羊会有的一生

李娟

冬天结束的时候,我们刚渡过乌伦古河,一只黄脸矮山羊就产下了一个黑亮皮毛的羊羔。扎克拜妈妈非常高兴,把羊宝宝拴在毡房旁边的杂物架下。于是那一天,羊妈妈找宝宝,从早找到了晚。

直到黄昏,那只黑羊羔才突然开窍了似的,娇滴滴地叫了几嗓子。大羊简直欣喜若狂啊,立刻激情四溢地连应了一长串,绕过木房子箭一样冲过去,在架子下径直地找到了宝宝。

我还真以为是小羊自己开窍了呢,跑过去一看,却是阿依横别克拎着小羊羔的后腿倒提起它,在强迫它叫……这个办法真好,简单有效。亏我赶了一下午的羊,累得够呛,怎么就没想到这么做呢……

大羊看到有阿依横别克在,虽然万分激动却不敢靠近。阿

李娟(1979—),女,生于新疆。中国当代作家。曾获人民文学奖、上海文学奖等。主要作品有《九篇雪》《我的阿勒泰》《走夜路请放声歌唱》等。

依横别克就把小羊放下走开了。于是大羊这才猛冲过去,而小羊也一下子认出了妈妈似的,赶紧凑上去亲妈妈的鼻子,像小狗一样地甩着尾巴,亲热极了。原来它也是会动的呀!之前发了一整天的呆,一整天跟木雕似的僵硬。

直到第六天黄昏,当羊群和平时一样沿着条条羊道从四面八方一群一群聚拢在我们毡房所在的山头下时,小黑羊终于自由了。斯马胡力解下它脖子上的绳套把它丢进羊群中。它的母亲连忙偎过来,亲吻个没完。那时,它已经学会了辨别母亲的声音,而且还学会了呼唤母亲。

最值得一提的是,它还学会了跳跃。又因为是刚刚才学会的,便没完没了地蹦跳着。暮色里,大家都静静地等待入栏,只有它兴奋得不得了,无限新奇地上蹿下跳个没完,是整个队伍中最不安分的一个成员,但大家都不介意。它的矮个子母亲宁静又愉快地看着这一切,不时靠近它,亲吻它。

尽管小黑羊看上去很活泼的样子,但胆子小得不得了,极易受惊。我悄悄走到它身后,冷不丁跳起来大喊一声,别的羊只是一哄而散而已,而它呢?居然立刻四蹄劈叉趴在地上(要是个人的话,做这个动作就是"大"字形),还像母鸡受惊一样把脑袋埋藏起来。

之后的日子里,面对羊群,我总是能一眼就找出这母子俩,一眼看到那只朴素谦逊的矮山羊领着明星一样神气活现的黑羊宝宝走在队伍中。这位母亲真的是非常不起眼:腿短短的,身子瘦小。要不是头上长着与身子很不相称的大羊角,我一定会以为它也是只羊羔呢。提到羊角,矮山羊的羊角真的蛮气派,长长地向后扭转,然后再向两边曼妙地撑开,线条优美流畅。它身上整齐地披着根根笔直的白色羊毛,显得干净利索。

不知为何,我小时候一直以为山羊就是公羊,绵羊就是母羊。后来才知道是两个不同的品种……

山羊就是很能爬山的羊,所以才叫"山羊"嘛。大家都知道这个事实,但山羊还嫌不够似的,整天没事就当着人的面爬高下低,蹦来跳去,唯恐别人忘记了它们。

最可恨的是,越是大家忙得团团转的时候,它们就跳得越欢。每天傍晚赶羊入栏时，明明没它们的事（在我家，山羊不用入栏的），也非要挤在羊群里一起入栏。进去后，它们再以最轻松的姿势得意扬扬地飞跃出栏——这分明是跳给绵羊们看的，意思是："看，我们能这样！"然后再当着大家的面，嗖地跳回栏里："看，我们还能这样！"

于是就这么来来去去跳个没完，如履平地。看得绵羊们面面相觑，郁闷不已，便也学着山羊的样子拼命地耸着身子往上蹦，但怎么可能跳得出去呢？

由于山羊们严重扰乱了羊群的秩序，愤怒的斯马胡力就拿起一块石头准确地砸中一只山羊的脖子。那只山羊一溜烟闪老远，然后大呼小叫个没完，并率领一部分山羊往山上跑去，更是为大家忙里添乱。

山羊们不但表演欲强烈，而且好奇心旺盛。它们常常站在毡房门口朝里面长时间张望。要是你不理会它们的话，它们会一边凝视着你，一边把一只蹄子伸进门槛。若再不阻止，它们更是得寸进尺，径直地走进来东嗅西嗅。

绵羊只需挨一次打，就晓得毡房及四周的围栏是不能靠近的。而山羊呢？对它们可不是打几次的问题，而是根本就打不着——你手还没抬起来，它们就蹦跶到对面山上了。

山羊的灵锐敏感让人吃惊。假如你想收拾一只山羊，刚刚闪动这样的念头，它就能立刻接收讯息，拉开防卫的架势和神情。如果反之，你就是和它在小道上紧擦着路过，它也不躲不避，悠悠然然。

从高处展望移动的羊群，通过整个大致的走势就可分辨出山羊和绵羊来。绵羊是耐心有序的，身子和脑袋都冲着一个方向前行，使整个队伍充满力量和秩序。而山羊东窜窜，西跳跳，不着调地爬高下低，在队伍里切割出乱七八糟的线条，害得好多绵羊莫名其妙，不晓得到底跟着谁走才好。

山羊大概也知道自己比绵羊聪明（要不怎么耍杂技的羊都是山羊而没有绵羊），便有些瞧不起绵羊，很少与绵羊合群。但绵羊们却无比信任它们，就算尾随到天涯海角也无怨无悔。可能绵羊也承认了自己不如山羊这一点吧,所以每次行进的路上,领头的都是山羊。不过也幸亏有山羊,在转道的牧道上,在那些危险陡峭的路面上,在一道又一道拦路的激流中,在悬崖边上,有了胆大自信的山羊们的率领,绵羊们才敢低着头沉默地通过。

还有我们高大威严的领头山羊,它脖子下系着铃铛,声音清脆神秘。当羊群移动在广漠的群山之中,这铃声是最具安抚力的召唤。而当一只雪白的山羊独自站在悬崖上时,那情景像神明的降临一样让人突然心意深沉,泪水涌动……因此,山羊似乎又是暗藏启示的。它无论出现在哪里,都像是站在山野最神秘的入口处一样。它神情闪烁,欲言又止。它一定早就得知了什么,它一定远在我们认识它之前,就已认识我们了。只有它看出了我们的孤独。

在牧场美妙的七月,在吾赛最最丰腴盛大的季节里,擀毡结束了。斯马胡力为结束大型劳动后的大家宰杀了一只山羊羔,这正是吃山羊肉的美妙时节。宰羊时,我飞快地躲到山上的林子里。月光明亮,树林里青翠幽静。我在林子里四处徘徊,望着远处暮色里的火堆,心怀不忍。我认得那只羊,在它还很小很小的时候我就认得了,我记得那么多的有关它的事。当人们一口一口咀嚼它鲜嫩可口的肉块时,仅仅是把它当成食物在享用——从来不管它的母亲是多么疼爱它,在它母亲眼里,它是这世界上的唯一……不管它曾经那些只为学会了跳跃而无尽欢喜的往事,不管它的腰身上是否有着美丽的羽毛状花纹,也不管它是多么聪明,曾经多么幸福,多么神奇……它只是作为我们的食物而存在,而消失的。小尖刀,鲜活畜。仅仅几分钟的时间,它就从睁着美丽眼睛站在那里的形象,化为被卸成的几大块肉,冒着热气堆积在自己翻转过来的黑色皮毛上。我知道斯马胡力在结束它的生命之前,曾真心为它祈祷。我知道,它已经与我们达成了和解……

爱吃的女人

蔡澜

看女人吃东西最有趣,有时不懂得命理,也能分析出对方的个性和家庭背景。比方说主人或长辈还没举筷,自己却抢最肥美的部分来吃,或者用筷子阻止别人夹东西,都属于自私和没有家教的一种人。进食时啧啧地发出声响,都令人讨厌。不断地打嗝而不掩嘴,也不会得到其他人的好感。餐桌上的礼仪,就算父母没有教导,也应该自修,不可放肆。

但是美女例外,她们要怎么吃,发什么声,都让人觉得可爱。小嘴细嚼最漂亮了,即使张开大口狼吞虎咽,也性感得要命。

开怀大嚼的,没有坏人,时间都花在欣赏食物上,哪有心机去害人?爱吃的人,享受食物的人,大多数是个性开朗的,他们不会给你增加什么麻烦,不管在金钱上,还是在感情上,的确值得交往。

蔡澜(1941—),男,香港著名作家、美食家,与金庸、黄霑、倪匡并称为"香港四大才子"。主要作品有《今夜不设防》《蔡澜谈人生》等。

曾经有过几位被公认为大美人的,红烧元蹄一上桌,你一箸我一箸,谁去管减肥?一下子吃得干干净净,你看,那是多么痛快的一件事!

最不想看到的是节食中的八婆,要保持身材苗条我能理解,那么干脆吃素好了,为什么又贪吃又怕胖?夹了一块肉,拼命地把肥的部分用筷子仔细清除后才放进嘴里。吃鸡时,皮剥了又剥,放在碟边,变成不洁的一堆东西,看了就令人反胃。

就算不吃肥,不吃皮,为什么不学一学那些好女人?她们会向旁边的男士说:"你选一块没那么多油的给我好不好?"这么一来,你怎么会厌恶她呢?

我见过一位什么都大吃一顿的女人,旁边的八婆看了,酸溜溜地说:"这个人一定患忧郁症,所以要用食物来填满空虚的心灵。"

去你的,大食姑婆才是最可爱的人物,她们又不会侵犯你,为什么要那么尖酸刻薄地批评人家呢?我听后为其打抱不平,向那些八婆说:"你们才心理有病。"

相反地,我也遇过一位什么东西都不吃、只顾喝酒的女子,旁边的人一直夹菜给她,她也不拒绝,因为她不觉得有什么必要向人解释她只爱酒。最后,面前一大堆食物,她向身边的人说:"请侍者包起来,让你拿回家去当消夜吧。"这种人物,也着实可爱。

真正热爱食物的女人和陪你吃东西的女人,是不同的,一眼就看得出。前者见到佳肴,双眼发光,恨不得一口吞下;后者把东西放进口后,又偷偷地吐出来,或者咬了一小口就摆在碟上,在你的面前装作享受,但是从举止和表情中就能看出她对食物的厌恶。这种女人最假,防之防之。

也有一边吃着大鱼大肉,一边喊着快死了,吃那么多怎么办的女人。这一类最难分辨她们的好坏,可能是很坦白,也可能是做作,但两者皆为性格分裂。

还有一种肯定是令人讨厌的。在宴会中经常遇到一些中年夫妇,太太什么都吃,胖得要命。而先生呢?瘦得像电线杆,他一举筷,太太即刻发出警告:"胆固醇已经那么高了,还敢吃?你吃死了不要紧,千万别爆血管、半身不遂要我照顾!"

怪不得 N 兄常说:"人一上年纪,如果要活得快乐,有两种人的话千万不可听,一是医生,一是太太。"有些先生更不幸,娶的太太是医生。

在自助餐厅,最容易看到女人的贪婪。一次吃自助餐,我看见一个肥婆,整个碟子食物装得满满的,她一共来回无数次,嘴巴旁边都是油腻,还来不及去擦。这件事千真万确,绝非虚构,我的友人看到了,朝她说:"你真是食物界的奇葩。"笑得我们从椅子上跌落至地上。

自助餐厅,也能看到优雅的女士。我遇到一个女士,她拿着空碟子,左一点右一点地拣食物,黄的鸡蛋、绿的海藻、红的西红柿,像在作画。人和食物,都美得不得了,爱死这种女人。

在广阔的荒野中

[日本]村上春树

很久以前,当我还是学生的时候,新宿的西口一带什么都没有。我说那里"什么都没有",并没有任何复杂的含义,既不是"没有任何东西值得一提",也不是"没有任何特别有价值的东西"。实实在在地,就是它字面上的意思,真的是"什么"也没有。有的只是一片广阔的野地,荒凉、寂静、孤零零地在那里。而现在,那里却高高耸立着新的东京都厅以及鳞次栉比的办公楼和饭店。

现在,那里的生活是不是比以前方便了许多?我说不清楚。不过,应该是比以前方便多了吧。因为每天都有那么多的人来来往往,穿梭于此,或在这里上班,或在这里购物。然而,对于我——村上春树来说,却并不觉得那里有什么特别便利的地方。即使今天新宿的西口一带仍是以前那样一片荒凉的野地,

---

村上春树(1949—),男,日本当代著名作家,作品在世界范围内具有广泛知名度。主要作品有《挪威的森林》《海边的卡夫卡》《奇鸟行状录》等。

我也感觉不出它有什么不方便。倒不如说它原来的那个样子更清静，更合我的心意。

那时，虽然那里还是一片荒芜的野地，但作为未来城市规划的一部分，人们已经在这里铺设了一排排整齐的地下管道。每当我在新宿玩到深更半夜，嫌回学生宿舍或找地方住宿太麻烦时，而且，倘若天气又不太寒冷的话，我便常常和几个朋友来这里漫无目的地溜达。那时，这里还没有无家可归的流浪汉，只有一群年纪相仿的年轻人，三三两两地在这里消磨时光，等待黎明的来临。地下管道干净而安全，感觉就像是我们中间的一个伙伴，散发着亲密的气息。

一次，一位立志做摄影家的朋友为我拍了一张肖像照。那是一张黑白照片，照片中的我刚好19岁，留长发，坐在水泥地上靠着墙壁在吸烟。我的身上穿着一件没有烫过的短袖衬衫，下面是一条蓝色的牛仔裤，脚上一双小羊皮靴子。看上去我好像正在跟人怄气、老不高兴的样子。脸上一副满不在乎的表情，仿佛在说："管它什么怎么样的，有什么大不了的？"当时正是下午3点，大约是在1968年的夏天。

我的那位朋友对这张照片颇为满意，便把它放大送给了我。以前我也曾写过，我并不喜欢拍照。但是，唯独这张照片，我却感觉拍得不错。因为，它把我那时内心里的东西清晰而鲜明地呈现了出来，粗大的粒子下面让人强烈地感受到了那个年代的气息。很长一段时间里，我都一直珍藏着这张照片。然而，在经历了数次搬家之后，它却被我弄丢了。

至今，我还依然清晰地记得拍照后那晚的情景。在离我不远的地方，我看见一个身材瘦削的少年孤独地蹲在那里。于是我走上前去与他搭话。他是立川高中的三年级学生。"我不想回家。"他说，"我的恋人怀孕了。但那个人……不是我。"至今我都还记得自己是如何笨拙地想要去安慰他，尽管任何的安慰都已无济于事。现在，他们都过得怎么样呢？

每次，当我经过新宿的西口时，我总会想，很久以前，这里不过是那样一大片荒凉的野地呀！然而，想了又怎样呢？实在是毫无意义。

湖

[瑞士]罗伯特·瓦尔泽

这篇散文其实很简单,写的是一个美丽的仲夏夜,以及在湖边散步的人们。

这人群非同一般,我也在其中。整个城市好像都在散步。假如允许我想象,这沉浸在茫茫夜色中的宽阔湖面,就好比一个昏昏欲睡的英雄好汉,他即便在沉睡当中,那宽广的胸脯也充满了无限的豪情和高尚的德行。不过,这样的想象也许的确有点儿过于张狂了。

湖上有许许多多的小船,灯光摇曳,点缀着黑黝黝的湖面。通往湖边的大大小小的街道,却好似一条条运河,这使我很轻易地联想到威尼斯的仲夏夜。这边有一堆堆的篝火,火光映红了夜空的一角,在那红黑相间中,散步的人影隐隐约约,忽明忽暗,其中不乏对对情侣,他们在那丛丛灌木后面温柔地拥抱,

---

罗伯特·瓦尔泽(1878—1956),男,瑞士著名作家,被誉为现代主义德语文学的开山鼻祖。主要作品有《帮手》《唐纳兄妹》《散步》等。

亲吻。同样，趁那几处幽暗，绵绵轻语、抚摩亲昵的也大有人在。这一切就如同那湖水轻轻地拍打着堤岸，组成了一曲轻柔的小夜曲。一弯新月高高地挂在树梢上，我怎么来形容呢？它就像一处创伤，至少我是这么看的，就像是黑夜女神那婀娜多姿的身躯受了毁损，或者她那高贵的心灵受了伤害，那样，夜女神的高雅不凡和雍容华丽才会显得愈发明显和动人。而在粗俗的现实生活中，那些自作多情、以为自己高贵的心灵受了创伤的人，却会显得十分可笑，但是在文学艺术中就不尽如此了，诗人从来都不会取笑心灵的敏感和脆弱。

我走过一座圆拱桥，听到桥下水面上传来阵阵奇妙的歌声。一个身穿白色连衣裙的少女划着小船穿过桥洞，我，大概还有别的其他什么人被那轻柔飘逸的歌声吸引，大家都从桥栏杆上探出身去，好奇地去寻找那歌声的源头。那明亮温柔的歌声平时只有在娱乐厅和音乐酒吧才能领略到，那曲调是专门用来营造那些所谓高贵气氛的。我们桥上的几个人为这歌声倾倒，大家都不得不承认还从来没有听到过如此美妙的歌声。我们议论着，那可爱的歌女和小船，以及从那边传来的几乎已经消失的歌声之所以那么美，肯定是因为它是一曲发自高尚的内心和纯净的心灵的爱之歌，其次才是她的歌唱艺术和伟大的声乐天赋。此外，我们还说了，也就是说，我们还想到了，那个在桥下暗处引吭高歌的少女，很有可能在欣赏她自己的歌喉，或者在欣赏她自己歌声中蕴藏着的高贵和正直的心灵。她也许在自己的歌声中陶醉，说不准她的脸庞正红得发烧，她那迷人的青春活力，她那甜蜜的脸颊也许由于这湖水的无边无垠和对歌唱的如此投入而羞得滚烫。这歌声宛如从皇宫王府的富丽堂皇忽而变成一种神奇高尚的东西，这时我们好像看到王子和公主骑着装饰得金闪银烁的白马，蹄声嗒嗒，翩翩而来，所有的一切都似乎变成了有声音的生命，变成了美丽的歌声，整个世界就好像是爱的本身，好像生活、世界和人生不会再有什么不幸。

特别让人感动和给人美感的，还有那女孩是如何专心致志地把她心里的千种温情、万种柔肠用歌声唱了出来，她把心中所有的秘密都诉说了出来,完全忘记了自我,忘记了她平时的矜持和所有世俗要求的规矩和俗套。她唱出了脑子里想的一切,唱出了她的渴望,她如同女英雄那样,挺身而起,以一个弱小女子的膈腩,与现实生活中的陋习俗套搏斗,这恰恰赋予她的歌喉以最具魅力的音色,它蕴含一种略带羞涩却无比自豪的韵味,就像我们所说的那样,很多人都非常遗憾,这歌声离我们越来越远,越来越远。

怀表，很老很老了

骆文

一块怀表很老了。它镀铬的壳子已经斑驳了，针盘也有好几个地方锈蚀。

某天，我拿着它去找修钟表的师傅。他一看，笑了："古董啦，不过一般机械表还是 106 个零件吧……上点油？"我说："你看哩！"他拧了拧发条说："只要动个小手术。等着好了。"他打开表，拆了零件。我点烟吸着。给他一支，他急忙阻拦："不是吸烟时候，烟灰掸不得的。"于是，他把零件挨个吹一吹，放在玻璃盘子的 120 号汽油中。然后，以极细软的纸吸干，装配。一根微丝就着瘦长的小瓶口滴下点点油滴，上在轴上，上在钻石上。然后，他将表递给我，说："行喽。"经他一拨弄，怀表复活了，金属簧轻轻响着，像在伴奏一种韵律操。

我把它收进口袋，回到家里。

骆文（1915—2003），男，江苏句容人。中国当代剧作家、诗人。主要作品有《一颗红心为革命》《桦树皮上的情书》等。

母亲说，这是爸爸留下的一块表。吃粉笔的人嘛，攒钱攒了半年，才买了这块表。跟他一起走了40年。他说，他一辈子别的什么都不要，只要知道时辰，只要知道春夏秋冬，只要几件打发寒暖季节的衣裳。就是这样，他起五更，睡半夜，改课本，改答卷，还写了两本数学书。他从不讲究吃的，锅塘里埋几个山芋，拿出、拍拍灰放在袋里，往往可以度过一天。他学生的鬓角发灰了，他自己的头发也更加银白了。两年前的一天，他晚上睡觉睡得好好的，第二天早上就过去了，灯油熬干，捻子熄掉了一堆灰。他就留下了这块表。他留下的就是这平平淡淡的几十年。

怀表在我身上焐得挺热的，我时常摸出来看看它。我听到的是时间的足音。我不可能是敲木鱼的和尚。应该承认我已进入暮年，但还有点晚晴中的火红，我还要追赶时间的晨曦哩。

四周的木落，有些蕴藉深沉，然其飒飒之声不是唏嘘叹息，而是和我们蓝色星球搏斗的一种动力。

这块薄薄的圆圆的金属，我揣着好久了。水红菱绽开了，春之桃打朵了，我都亲切地感受到。还会有什么抱憾的事吗？除非你让秒针、分针在罗马字上寂寞地流转。在人生的旅途上，除非你老在惦记：多几个安适的驿站好让我打尖儿……

"行路人哪，为什么你总显得疲乏呢？"我不知道正在黄泉路上的父亲，踏着骤起旋风似的马蹄，会不会这样惊醒我，促使我时常警觉——精神一点不能萎靡呀。

春联儿

叶圣陶

我出城回家常坐鸡公车,十来个推车的差不多全熟识了,只要望见靠坐在车座上的人影儿,或是那些抽叶子烟的烟杆儿,就辨得清谁是谁。其中有个老俞,最善于招揽主顾,见你远远儿走过去,就站起来打招呼,转过身,拍拍草垫,把车柄儿提在手里,这就叫旁边的车夫不好意思跟他竞争,主顾自然坐了他的车。

老俞推车,一路跟你谈话。他原籍眉州,苏东坡的家乡,五世祖放过道台,只因家道不好,到他这里就流落到成都了。他在队伍上当过差,到过雅州和打箭炉。他种过庄稼,利息薄,不够一家子吃的,把田退了,跟小儿子各推一辆鸡公车为生。大儿子在前方打国仗,由二等兵升到了排长,隔个把月就来封信,封封都是航空挂。他记不清那些时时改变的地名,往往说:"他又调动了,调到什么地方——他信封上写得清清楚楚,下

叶圣陶(1894—1988),男,江苏苏州人。中国现代著名作家、教育家,有"优秀的语言艺术家"之称。主要作品有《稻草人》《倪焕之》等。

回告诉你吧,老师。"

约莫有三四回出城我没遇见老俞。听旁边的车夫说,老俞的小儿子胸口害了外症,他娘听信邻居妇人家的话,没让老俞知道请医生给开了刀,不上三天就死了。老俞哭得好伤心,哭一阵子跟他老婆拼一阵子命。哭了大半天才想起收拾他儿子,他把两头猪卖了买棺材。那两头猪本来打算腊月间卖,有了这本钱,他就可以做一些小买卖,不再推鸡公车,如今可不成了。

一天,我又坐老俞的车。看他那模样儿,上下眼皮红红的,似乎喝过几两干酒,颧骨以下的面颊全陷了进去,左边陷进更深,嘴就见得歪了。他改变了往常的习惯,只顾推车,不开口说话。他的喘息声越来越粗,我的胸口也仿佛感到了压迫。

"老师,我在这儿想,通常说因果报应,到底有没有的?"他终于开口了。

我知道他说这个话的所以然,回答他有或者没有,一样地嫌啰唆,就含糊其词地应接道:"有人说有的,我也不大清楚。"

"有的吗?我自己摸摸心,拷问自己,没占过人家的便宜,没糟蹋过老天爷生下来的东西,连小鸡儿也没踩死过一只,为什么处罚我这么凶?老师,你看见的,长得结实、干得活儿的一个孩儿,一下子没有了!莫非我干了什么恶事,自己不知道?我不知道,可以显个神通告诉我,不能马上处罚我!"

我不敢多问,随口说:"你把他埋了?"

"埋了,就在邻居张家的地里。两头猪,卖了四千元,一千元的地价,三千元的棺材——只是几块薄板,像个火柴盒儿。"

"两头猪才卖得四千元?"

"腊月间卖当然不止,五六千也卖得。如今是你去央求人家,人家买你的是帮你的忙,还论什么高低。唉,说不得了,孩子死了,猪也卖了,先前想的只是个梦,往后还推我的车子——独个儿推车子,推到老,推到死!"

我想起他跟我同年,甲午年出生,平头五十,莫说推到死,就是再推上五六年,未免也太困苦了。于是我转换话头,问他的大儿子最近有没有信来。

"有，有，前五天接了他的信。我回复他，告诉他弟弟死了。只怕送不到他手里，我寄了航空双挂号。我说如今只剩下你一个了，你在外头要格外保重。打国仗的事情要紧，不能叫你回来，将来把东洋鬼子赶了出去，你就赶紧回来。"

"你明白！"我着实有些激动。

"我当然明白。国仗打不胜，谁也没有好日子过，第一要紧的是把国仗打胜，旁的都在其次。他信上说，这回作战，他们一排兄弟，轻机关枪夺了三挺，东洋鬼子活捉了五个，只两个兄弟受了伤，都在腿上，没关系。老师，我那儿子有这么一手，也亏他的。"

他又琐碎地告诉我他儿子信上其他的话，吃些什么，宿在哪儿，那边米价多少，老百姓怎么样，上个月抽空儿自己缝了一件小汗褂，鬼子的皮鞋穿上脚不如草鞋轻便，等等。我猜他把那封信总该看了几十遍，每个字都让他嚼得稀烂，消化了。

他似乎暂时忘了他的小儿子。

新年将近，老俞要我替他拟一副春联儿，由他自己去写，贴在门上。他说好几年没贴春联儿了，这回非要贴一副，洗刷洗刷晦气。我就替他拟了一副：

  有子荷戈庶无愧

  为人推车亦复佳

我约略给他解释了一下，他自去写了。

有一回我又坐他的车，他提起步子就说："老师，替我拟的那副春联儿，书塾里的老师仔细讲给我听了。好，确实好。切，切得很，就是我要说的话。有个儿子在前方打国仗，总算对得起国家。推鸡公车，力气换饭吃，比哪一行正经行业都不差。老师，你是不是这个意思？"

我回转身子点点头。

"老师，你真是摸到了人家心窝里，哈哈！"

在森林里种首歌

张曼娟

如果你在路上遇见一个人,他一边走一边哼唱着一首歌,他也许五音不全,哼唱的歌根本不成曲调,然而,你听得出喜悦的气氛,像一颗颗跳动的光粒子,与你擦身而过。这时候你会怎么想呢?他真是一个幸福的人哪。

几年前,一位相识多年的朋友开车载我在北海岸兜风。春天的阳光和暖风都很温柔,我们有整整一天的时光可以消磨。我们刚刚吃完一袋新鲜草莓,在被草莓的香气裹覆的车中我唱起歌来,因为记性不好,每首歌只唱几句就换下一首,却也能不间断地唱,一副可以唱到天荒地老的样子。

朋友忽然转头望着我:"从来没有见过像你这么爱唱歌的人。"

我觉得不好意思,说:"我太吵了。"

张曼娟(1961—),女,生于台湾。中国当代作家。主要作品有《海水正蓝》《笑拈梅花》《百年相思》等。

"不是，不是，我喜欢听你唱歌，虽然你从没唱过一首完整的歌，可是你总是唱啊唱的，好快乐！"

"是因为和你在一起，很有安全感哪。"我笑嘻嘻地回答，避开快乐不快乐的问题。

因为在那时候，其实我多半的时间并不快乐。因着好强性格的驱使，我命令自己不可以被打倒，一定要若无其事地过日子。每一天，我穿戴整齐去学校教书，试图将国文课上得生动有趣。字词的来源与考证也许很重要，而我更在意的是我们能从古文与古人那儿学到一些什么。也许是一种看待人生的态度，也许是一种超越苦难的方法。当我写完板书，我常常要花费好大的力气才能转头面对那些满怀憧憬的面孔，那些纯真清亮的眼睛，并且给予他们一个合宜的、肯定的微笑，让他们相信世间的美好。

我并不是那么快乐，我只是坚持，不肯让痛苦掠夺了我的快乐。

1997年8月，我只身到香港教书。因为学生尚未开学，校内人烟稀少，几十个单位的面海宿舍只有我和一位高龄老教授居住。老教授善意地与我打招呼："你住哪间房……哦，那间哪，白蚁特别多的……"我渐渐觉得脸颊上兴高采烈的笑意已转为肌肉的抽搐了。

我在寄给朋友的明信片上写着："住在这里就好像住在森林里，空气很新鲜，每天都在鸟鸣声中醒来。"

天黑之后，去一幢大楼前打电话回家报平安。我听着远方的家人一声声问："那里怎么样？安不安全？人多不多？"

"这里很多人的，学校嘛，当然很安全，不用担心。晚上都有人来巡守的。"

为什么我会知道有人来巡守呢？因为那已是我的第三个难以安眠的夜晚了。

第一夜，我在两室一厅的宿舍里整理行李，收音机里播放着音乐，忽然听见DJ喊叫一声，噼里啪啦，一阵火花，四周一片黑暗，寂静的黑。我怔怔地坐了片刻，这才意识到，跳闸了，冷气也没有了。同时，我听见简直不可能会响起的嘀嗒声。那是客厅里的挂钟的行走声，可是，白天我已经注意到它没电罢工了,此刻,它却走得铿锵有力,嘀嗒嘀嗒,在卧室里也能听见。

我逃进书房,将房门紧闭。因为难以成眠,我不断起身到厨房里喝水,便看见窗外经过的巡守的保安人员。

有一天,我得了急症,腹痛如绞,转乘了一个多小时的车,去城里找一位旧识,那人曾交代我有事他一定帮忙。我在那人的办公室附近打电话,对方好像很忙,两三句就急着收线,我没透露出求援的讯息,只是平静地说再见。蹒跚地走到店门口,我蹲下去等待另一阵剧痛的宰割。

回到学校的时候,我已经好些了,只剩下深深的疲惫。小巴士载着我,我在森林的入口处下车,然后,我必须独自一个人穿越黑森林回家。那晚的月色很好,月亮将树影清楚地投射在地上,像一株株萍藻,夜风从海上吹来,有一种走在水中的凉意。忽然,听见歌声,在寂静的夜里,在我一向畏怯的森林中,我听见自己的歌声,保持着愉悦的腔调。

这令我难以置信,却又有些明白了。

其实,生活中的琐碎、折腾和挫败,都是不可避免的,正因为这些困境来势汹汹,安然度过以后,我便有了一种庆幸与感激。真正可贵的幸福,原来不是从快乐之中来的,而是从忧愁之中来的。

饿

刘半农

他饿了。他静悄悄地立在门口,他也不想什么,只是没精打采地把一个手指头放在口中咬。

他看见门对面的荒场上,正聚集着许多小孩儿。他们唱歌的唱歌,捉迷藏的捉迷藏。

他想:"我也何妨去?但是,我总觉得没有气力,我便坐在门槛上看看吧。"

他眼看着地上的人影,渐渐地变长;他眼看着太阳的光,渐渐地变暗。妈妈说的,这是太阳要回去睡觉了。

他看见许多人家的烟囱,都在那里出烟;他看见天上一群群的黑鸦,咿咿呀呀地叫着,向远远的一座破塔上飞去。他说:"你们都回去睡觉了吗?你们晚饭都吃饱了吗?"

他远望着夕阳中的那座破塔,尖头上生长着几株小树,许

刘半农(1891—1934),男,江苏江阴人。中国现代著名诗人、语言学家。主要作品有《扬鞭集》《半农杂文》《半农杂文二集》等。

多枯草。他想着人家告诉他:"那座破塔里,有一条斗大的头的蛇!"他说:"哦!怕呀!"

他回到家里,看见他妈妈正在屋后小园中洗衣服——是洗人家的衣服——一只脚摇着摇篮,摇篮里的小弟弟却还不住地啼哭。他又恐怕他妈妈垂着眼泪向他说:"大郎!你又来了!"他就一响也不响,重新跑了出来!

他爸爸是出去了的,他却不敢在空屋子里坐。他觉得黑沉沉的屋角里,闪动着一双睁圆的眼睛——不是别人的,恰恰是他爸爸的眼睛!

他一响也不响,重新跑了出来,仍旧是没精打采的,咬着一个小指头;仍旧是没精打采的,在门槛上坐着。

他真饿了!饿得他的呼吸也不均匀了,饿得他全身的筋肉发抖!可是他并不啼哭,只在他直光的大眼眶里,微微有些泪痕!因为他是有过经验的了!他啼哭过好多次,却还总得要等,要等他爸爸买米回来!

他想爸爸真好!他天天买米给他们吃。但是一转身,他又想着了——他想着他爸爸,有一双睁圆的眼睛!

他想到每次吃饭时,他吃了半碗,想再添些,他爸爸便睁圆了眼睛说:"小孩子不知道饱足,还要多吃!留些明天吃吧!"他妈妈总是垂着眼泪说:"你便少喝一杯酒,让他多吃一口吧!再不然,便譬如是我——我多吃了一口!"他爸爸不说什么,却睁圆着一双眼睛!

他也不懂得爸爸的眼睛为什么要睁圆着,他也不懂得妈妈的眼泪为什么要垂下。但是,他就此不再吃,悄悄地走开了!

他还常常想着他的姑母。三年前,他姑母来时,带来两条咸鱼,一方咸肉。他姑母不久就去了,他却天天想着她。他还记得有一条咸鱼,挂在窗口,一直挂到过年!

他常常问他的妈妈:"姑母呢?我的好姑母,为什么不来?"他妈妈说:"她住得远咧!有五十里路,要走一天!"

是呀,他天天是同样地想,他想着他妈妈,想着他爸爸,想着他摇篮里的弟弟,想着他姑母。他还想着那破塔中的一条蛇,他说:"它的头有斗一样大,不知道它的两只眼睛有多大?"

他咬着指头,想着想着,直想到天黑。他心中想的,是天天一样,他眼中看见的,也是天天一样。

他又听见一声听惯的"哇……呜……",他又看见那卖豆腐花的,把担子歇在对面的荒场上。孩子们都不玩游戏了,都围起那担子来,捧着小碗吃。

他也问过妈妈:"我们为什么不吃豆腐花?"妈妈说:"他们是吃了就不再吃晚饭的了!"他想,他们真可怜哪!只吃那一小碗东西,不饿吗?但是他很奇怪,他们为什么不饿?同时担子上的小火炉,煎着酱油,把香风一阵阵送来,叫他分外地饿了!

天渐渐地暗了,他又看见五个看惯的木匠,依旧是背着斧头锯子,抽着黄烟走过。那个年纪最大的——他知道他名叫"老娘舅"——依旧是喝得满面通红,一跛一跛地走着,一只手里还提着半瓶黄酒。

他看着看着,直看到远远的破塔已渐渐地看不见了,那荒场上的豆腐花担子也被卖豆腐花的挑着走了。他于是和以前一样,看见那边街头上,来了四个兵,都穿着红边马褂,两个拿着军棍,两个打着灯。后面是一个骑马的兵官,戴着圆圆的眼镜。

荒场上的小孩子们,远远地看见兵来,都说:"夜了!"一下子就不见了!街头躺着一只黑狗,却跳了起来,紧跟着兵官的马脚,汪汪地嗥!

他也说:"夜了!夜了!爸爸还不回来,我可要进去了!"他正要掩门,又看见一个女人,手里提着几条鱼,从他面前走过。他掩上了门,在微光中摸索着说:"这是什么人家的小孩儿的姑母啊?"

深夜

[俄国] 布宁

这是一个梦呢,还是像梦境似的神秘的夜间生活?我感觉到忧郁的秋月老早就在天空徘徊,已经是该摆脱白天的一切虚伪和忙乱而休息的时刻了。似乎整个巴黎,包括它最贫困的角落,都已沉入了梦乡。我睡了很久,最后,睡眠慢慢地离开了我,仿佛一个不慌不忙的关切的大夫做完自己的手术,看到病人已能睁开眼睛均匀地呼吸,为生命得到恢复而羞怯地、愉快地微微一笑,就离开了病人。我醒来,睁开眼睛,看到自己正置身于宁静、明亮的夜的王国。

我在五楼自己的房间里,沿着地毯悄无声息地走到窗口。我时而看看光线微弱的宽大的房间,时而通过窗子上边的玻璃看看月亮。月亮把光洒在我身上,我举目仰望,久久地看着它的脸庞。月光穿过淡白色的花边窗帘,给房间深处添加了一丝

布宁(1870—1953),男,俄国著名作家。1933年获诺贝尔文学奖。主要作品有《落叶》《乡村》《米佳的爱情》等。

微光。房间里边是看不见月亮的，可是房间的所有窗子都被月光映得十分明亮，窗边的一切东西也同样被照得清清楚楚。月光穿过窗子照在地上，形成几个浅蓝色、银白色的拱形图案，每一个图案中都有一个由朦胧的阴影构成的十字架，但图案投在圈椅和靠背椅上，这十字架就被柔和地折断了。靠边的一扇窗子旁边的圈椅里，坐着我所爱的人——她穿着一身白色的衣服，模样像一个小姑娘，面色苍白而美丽。由于我们所经受的一切事情，由于经常使我们反目成仇的一切事情，她已经疲惫不堪了。

这一夜她为什么也不睡呢？

我避免接触她的目光，坐在同她并排的窗台上……是的，夜已深了——对面房屋整个五层楼的墙壁全被阴影笼罩着。那里的窗子露出一个个黑洞，像是失明的眼睛。我朝下看看，街道像是深深的、狭窄的小巷，光线也很昏暗，空无人迹。整个城市也是如此。只有那朦胧的月亮斜挂在天空，慢慢地移动，有时又久久地躲藏在烟雾般飘动的云朵里，一动不动，只有它孤单地、清醒地守卫在城市上空。它直照着我的眼睛，皎洁明亮，可是有点儿亏蚀，因此显得楚楚可怜。薄云轻烟似的在它旁边飘动。在月亮旁边，云也显得很亮，像融化了似的，稍远一点儿，就变得浓厚了，而在屋脊后面，就完全积成阴森的、沉甸甸的一堆了……

我很久没见过月夜的景色了！我的思潮又回到童年时代在中俄罗斯丘陵起伏、树木稀少的草原上的遥远的、几乎遗忘了的秋夜。那里，月亮在我故宅的屋檐下窥视着，那里，我第一次认识并且爱上了它温和的、苍白的脸庞。我在想象中离开了巴黎，刹那间依稀看见了整个俄罗斯，仿佛站在高山之巅俯视着一片辽阔的低地。看，这是波罗的海金波粼粼的荒凉的海面；看，这是在昏暗中向东方延伸的阴沉的松树林；看，这是稀疏的森林、湖泊、小树林。森林中铺着的长达数百俄里的铁轨，在月光下发出暗淡的光。沿铁路线闪烁着睡眼惺忪的五颜六色的小灯，一盏接一盏，一直伸向我的故乡。在我面前是一片丘陵起伏的田野，田野里有一幢古老的、灰色的住房，在月光下显得破旧而温柔……儿时曾经照进我的房间，后来又看我变成少年，而现在又和我一起伤悼我那不幸的青春的，难道就是这个月亮吗？是它在这个明亮的夜的王国给予我安慰吗？

"你干吗不睡觉？"我听到一个胆怯的声音。

经过长久的、固执的沉默之后，她首先同我讲话，我感到既痛苦又甜蜜。我低声回答："不知道……你呢？"

我们又长时间地沉默着。月亮明显地往屋檐那边落下去了，月光已经深深地照进我们的房间。

"原谅我吧！"我走到她身边说。

她没有回答，用双手捂住了眼睛。

我握住她的手，把它从眼睛上移开。她的脸颊上挂着泪水，眉毛扬得高高的，抖动着，像是孩子的眉毛。我跪在她脚下，把脸紧贴在她身上，任凭自己的眼泪和她的眼泪不停地流下来。

"难道这是你的过错吗？"她不好意思地低声说，"难道这不全是我的过错吗？"

她破涕为笑，又快乐又痛苦地笑着。

我对她说，我们两人都有过错，因为我们两人都破坏了在世界上愉快地生活所必须遵循的准则。我们又相爱了，像那些一起经受过痛苦、一起感到过迷惘，后来又一起找到难能可贵的真理的人们一样相爱了。只有这苍白、忧郁的月亮看到了我们的幸福……

依据教材大纲
用小说笔法
所写的
一部更适合中国中学生
阅读的

历史扫盲课！！！

《鬼脸历史课》使用说明书

○ 本书是用来看的，不是用来背的。

○ 教材告诉你结果，本书告诉你过程；老师告诉你是什么，本书告诉你为什么。

● 本书主要面向讨厌历史和懒得背书的人，历史达人请谨慎选择。

○ 本书依据中学历史大纲，用小说和杂文笔法把知识点串联起来，因此只会做鬼脸，绝不会像教材板着脸。

○ 如果教材知识是珍珠的话，那么本书就是穿珍珠的线。这根线你平时可能看不到，但若没有的话，你就无法把珍珠挂在脖子上。

○ 判断历史学得好与坏有一个办法，即看你是否在晨读时把课本当成散文背，如果你是的话，那么本书就是为你量身打造的。

○ 由于本书涵盖大量背景知识和素材，所以能在很大程度上提高你的眼界和写作质量。

● 本书不光针对文科生，理科生看后能增加人文修养，可极大降低与文科生谈恋爱时无话可说的概率。

● 本书代替不了教材，考试时谢绝直接引用。

扫描购买

畅享经典·子母版

名著还可以这样读!

子母版 1+1
专为中学生定制

名著那么多
为何要看"子母版"?

1 母书:名作名译、珍藏全本
• 精选语文新课标必读中外名家经典
• 注难释疑,版式疏朗,无障碍轻松悦读

2 子书:全解经典、轻松应考
• 走近名著、大开眼界、读写连线、畅读通关
 四大栏目汇聚名著精华,助力学习与成长
• 多维透彻的解读,趣味实用的拓展

3 一书两读、超高性价比
• 独特的子母套装,全新的阅读体验
• 内容:1+1>2　定价:1+1=1
 母书+子书=母书超值定价

让名著阅读更轻松、更高效

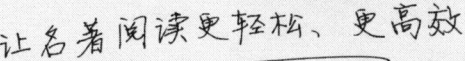

首批29部经典子母套装正在热销

疯狂作文 | 疯狂阅读 | 青春风 联袂推荐

图书在版编目(CIP)数据

大家小文.4/杜志建主编.-- 汕头：汕头大学出版社，2017.4
　ISBN 978-7-5658-3073-0

　Ⅰ.①大… Ⅱ.①杜… Ⅲ.①散文集—中国—当代 Ⅳ.① I267

中国版本图书馆 CIP 数据核字（2017）第 049087 号

大家小文.4　　　　　　　　　　　　　　　DAJIA XIAOWEN.4

主　　编：杜志建
责任编辑：邹　峰
责任技编：黄东生
封面设计：仙　境
出版发行：汕头大学出版社
　　　　　广东省汕头市大学路 243 号汕头大学校园内　邮政编码：515063
电　　话：0754-82904613
印　　刷：河南新华印刷集团有限公司
开　　本：890mm×1240mm　1/32
印　　张：9.5
字　　数：270 千字
版　　次：2017 年 4 月第 1 版
印　　次：2017 年 4 月第 1 次印刷
定　　价：19.80 元
ISBN 978-7-5658-3073-0

发行 / 广州发行中心　通讯邮购地址 / 广州市越秀区水荫路 56 号 3 栋 9A 室
邮政编码 /510075　电话 /020-37613848　传真 /020-37637050

版权所有，翻版必究
如发现印装质量问题，请与承印厂联系退换